献给我的父亲，他让我爱上科学

# IT'S NOT
# ROCKET SCIENCE

# 八堂极简科学课

## 让人人都能读懂热门科学话题

[英]本·米勒／著　金立峰　陈青石／译

北京联合出版公司
Beijing United Publishing Co.,Ltd.

# 科学就得这么好玩儿

我是科学的超级粉丝，但是首先我得承认科学里的很多东西都提不起我的兴趣。让我兴奋的——我想也是让你兴奋的——是那些重要的东西：DNA，黑洞，外星人和宇宙的尽头等。所以，这本书想要达到的是一般科普书很难达到的：我们只想吃比萨上面的馅儿，却不吃下面的面饼。当然面饼只是个比喻，它指的是纸带打点计时器（你要不知道是什么东西，就当我没说），渗透作用（生物老师和渗透作用到底有什么瓜葛？），还有任何跟牛轭湖[1]相关的东西（可能只是我不喜欢吧）。除非那些细节很让人着迷，否则我们是不会深究任何细节的。我们讨论的都是大轮廓。我们会谈一些最酷的知识。你和科学先生/小姐会对对方的缺点视而不见，然后展开一场狂野、热情的罗曼蒂克之旅。

当你开始这段让人激动的感情之旅时，我知道你（在某种意义上）受过伤。科学以前伤害过你。当然，一开始它并不是这么对你的。在你还是个小孩子的时候，你和科学彼此倾慕。毕竟，哪个两岁孩子不会对月亮和星星感到好奇，在自然博物馆里不会大胆地去拍打所有他能拍到的按钮？

而当你慢慢长大的时候，你们之间的关系却变得紧张起来了。虽然你也试图去接近去沟通过，但是科学却让你困惑，敷衍你。最糟糕的是，它让你觉得无聊。同时，人文艺术学科——用他们自由主义的手段——不知羞耻地勾引着你。可能还有同学之间的压力，这种压力对于青少年来说也是不可忽视的。你的朋友咯咯地笑着说，科学太死板了，一点也不酷。你努力地与之抗争着。有可能，看

---

1 在平原地区流淌的河流，河曲发育，随着流水对河床的冲刷与侵蚀，河道愈来愈曲，最后导致河流自然截弯取直，河水由取直部位径直流走，原来弯曲的河道被废弃，形成湖泊，因这种湖泊的形状恰似牛轭，故被称为牛轭湖。

在过去与它有过愉快经验的份上，你做出了最后的努力，看看有没有回旋的余地——你可能参加了自然科学的预科课程——在这段时间里，你又重新找到了些感觉。可惜好景不长，离开大学后你再也没碰过科学，从此与它成了陌路人。

科学对你来说，是未了的心结。

当然，过去的激情对你现在来说已经没有什么直接关系了。在每天的生活中，你可能不需要放下眼前的工作，跑去寻找所谓的上帝粒子，也就是希格斯玻色子。不管存在多少个宇宙，孩子们还是得上学，账单还是得交。不管我们是否正慢慢落入一个巨大的黑洞（事实上，我们确实在落入一个巨大的黑洞），墙上的照片还是得挂上去，邮局的包裹还是得去拿。但是，你的内心还是难以平静，你的某些部分总是忘不了科学世界曾经是多么令你激动，而且你会忍不住想没准儿还能做出最后一次可笑的尝试，跟已经失去联系的老朋友重新接上头。

好吧，我就是来帮你完成这个心愿的。

我完全没有怪你未能坚持科学之路。我认为你做出的选择——你所承担的责任，你所经营的生活——都是值得尊重的。我只是在想，你和科学还是可以建立平淡友好的关系，并从中获益的。这样的话——下面这个比喻可能有点牵强，不过请暂且发挥一下想象力——就把这本书想象成我家里的钥匙吧。我的这个家装修得很豪华，冰箱里装满食物，而且我除了周末也很少回家。我很欢迎你和科学随时大驾光临。如果有人问起你们俩在房间里做什么，我就会一口咬定，说你们从来没有离开过我的视线，每个晚上我们都是三个人在一起，观看着带字幕的东欧电影——或者读着维吉尔[2]的拉丁文原著：你觉得哪个可信就说哪个。

我看到你的眼神中闪过一丝不赞同。可别把我想歪了，我不想拆散你的幸福家庭。事实上，我完全不想插手你的家庭事宜。我只是建议，为了享受更多幸福，你应该把天窗打开，看看外面的星星。

---

八堂极简科学课

2 维吉尔（Publius Vergilius Maro），公元前70年—公元前19年，古罗马诗人。

# 目录 CONTENTS

第三课 **广义相对论的宇宙和时空**

第四课 **生命源起和进化论**

第七课 **气候变迁**

第八课 **探索外星文明**

## 第一课 趣味科学初体验

### 人真的是由星尘组成的

你知道我们都是一颗颗的星星吗？哦，我并不是想要模仿西蒙·考威尔[1]发掘的那种才华横溢又喜欢说"我要把这首歌献给我离去的奶奶"的明星。我是说，人，我们这些有血有肉的人，真的是由星尘所组成的。这听起来好像是那种荒诞的科幻小说——但是从科学的角度来看，这确实就是我们居住的这个世界的样子。

让我给你解释一下吧！你，跟所有你身边的事物一样，都是由原子组成的。你可以把原子想象成这个世界最基本的构成单位。在你中学的教室墙上可能挂有一张叫作元素周期表的图表，它把原子按照大小顺序排列了起来：最小的，比如氢和氦，在最上面；而那些大的，比如铅和铀，则在最下面。你也许还隐约记得这些原子是由更小的元素组成的。确切地说，在原子的中心有一个又小又密，而且带正电的原子核，它被一群带负电的电子所包围。那么，你有没有好奇过，这些原子是怎么形成的呢？

尽管这听起来很不可思议，但答案就是，它们是在恒星内部形成

---

1 西蒙·考威尔（Simon Cowell，1959 年 10 月 7 日— ），英国知名唱片和电视制作人。他是《美国偶像》《英国达人》等多个电视选秀节目的评审，并从中发掘了不少人才。他以经常发表对参赛者十分刻薄、坦率而有争议的评论而受到关注。

的。恒星之所以会发光，是因为它们内部正进行着超大规模的核聚变反应，小的原子核聚合形成大的原子核，同时以热和光的形式释放出巨大的能量。恒星越大，它所能制造的原子核就越大。当你得到了一个原子核之后，你只需要随意点缀一些电子在它旁边——说实话，电子真的太多了，到处都是——你就创造出了一个漂亮的、有活力的、电中性的、不折不扣的原子。

一颗恒星如果跟太阳差不多大小的话，它应该算是小的。这就是说，它只能够制造出较小的原子，比如氦。大一点的恒星可以制造大得多的原子，比如铁和碳——你我的身体就是由这些东西构成的。那么，这些大的原子是怎么从恒星的内部进入我们的身体的呢？

答案是：大型恒星的生命周期会结束于一场巨大的爆炸，也就是被诺埃尔·加拉格尔[2]称之为超新星的事件中结束，这是一场巨大的爆炸，它将恒星的碎片从星系的一头甩到另外一头。几十亿年以后，这些碎片因为引力慢慢聚集起来，有时形成新的恒星，有时形成行星。在这些行星上，只要条件齐备，生命就会诞生。

换句话说，组成我们身体的原子都是几十亿年以前，在一些不掺假的、百分百真实的恒星之中形成的。这些恒星华丽地爆炸以后留下的残骸和碎片形成了许多行星，而生命就在我们的行星——地球上诞生了。这就是科学。它很宏大、很无畏，而且根据我到目前为止所做的每一次实验测试——它是正确的。如果这些确实能让你内心激情澎湃的话，那么本书就是为你而写的。

---

2 诺埃尔·加拉格尔，前绿洲乐队（Oasis）的第二主唱，主音吉他手，词曲作者。

## 好玩的数学

就像喜爱自然科学一样，我也一直很喜欢文艺，而且我一直都觉得很奇怪——也是我写这本书的原因之一——为什么这两个领域会被某种奇怪的学科隔离制度分割开，分为文科和理科？若总结一下我们今天对这个隔离制度的解释，你可能会说：文艺像是带有一种贵族的、皇家的气质，而科学则展现得更加平等、更直白、更清教徒一些。我们有时候会觉得，自己总是位于这些文化轨迹的两侧，而这两侧表现在文化主流之中的形象要么是浮夸、充满空想的创造者，要么就是不修边幅、难以接近、无法融入社会的技术怪才。

无须多说，这种分割是一种非常现代的发明。举个例子说吧：复辟国王查理二世是花花公子中的极品，然而，他对科学的爱好也是其他国王所不能比的——相反，谁都很难想象哪个人会比奥利弗·克伦威尔[3]更不可能去解剖青蛙或者是释放气象气球。但是，整个教育系统却似乎完全接受了这个现代"神话"，好像我们生来注定要么是艺术家，要么是科学家一样。人类的两种智能有可能真的分两类，一种可以写出漂亮的俳句，另一种则可以完美地操作一套化学仪器。为什么科学会让少数人对它极具热情，却让多数人认为它高深莫测？

我认为这跟你最开始同科学打交道的经验有关，而我则非常幸运地遇到了一位最棒的自然科学老师。我们叫他巴利老师。他在维拉斯顿县小学教给我和小伙伴们的知识，我在成人以后还记得很清楚。如果你愿意听的话，我想跟你分享一下，我是如何在他的影响下开始学

---

3 奥利弗·克伦威尔（Oliver Cronwell，1599 年 4 月 25 日—1658 年 9 月 3 日），英国历史上最具争议性的人物之一。英格兰军政领袖，曾以议会和军队的名义处死国王查理一世，担任英吉利共和国护国公。

八堂极简科学课

习自然科学的。

维拉斯顿并没有什么特别的地方，我的童年是在这里度过的。村子里有五六个商店，好像都在卖报纸；一个铁道平交路口，成了当地最大的娱乐消遣聚集地；几个沥青混凝土路面的游戏场地，地底下早就镶嵌了不同年代的孩子在这儿玩耍时摔断的牙齿；还有一个很大的住宅区，它为柴郡数以百计的年轻家庭提供了最基础的居住条件，我家就是住户之一。

维拉斯顿县小学当时是一个新建的学校，目的就是照顾这一大片毫无特点的住宅区里的孩子；它也是"现代的"——在1971年，这个说法只意味着这个房子有一个平顶而已。如果你还没理解我的意思，我可以告诉你，我实际上在描绘一个非常普通的公立学校，在英格兰的任何地方都可以找到，它在任何方面都毫无特点。但我认为，维拉斯顿县小学的课堂非常与众不同，而这全都要归功于我们那位不落陈套的副校长。

巴利先生并不像一个学校老师，他非常惹人注目，身材修长，灰黑相间的头发，整齐的小胡子，而且有着跟 Basil Brush[4] 类似的着装风格。他对什么都很感兴趣，喜欢去野外旅行，最喜欢向人们讲述奇闻轶事。但在他所有的爱好中，有一个是最突出的：数学。

数学，巴利老师说，是一个仅次于英国斗牛犬[5]的好玩儿的东西。他教给我们的第一个知识就是数基[6]。读者中间对于数学不太精通的人可能觉得自己对数基一无所知——但是实际上你是知道的。而且事实

---

4 Basil Brush，英国儿童电视节目中一只拟人化的红狐布偶。

5 英国斗牛犬（British Bulldog），一种在英国孩童的学校里很流行的游戏。

6 数基，即进位的基底。

上，你绝对是某一种数基的十进制的专家。就像巴利老师解释的，我们之所以可以数到十，然后再以十的倍数来数，是因为我们有十个手指头。但是为什么不再继续往前数了呢？巴利老师问道：我们为什么不（只是为了好玩儿）以八为我们的数基呢——就好像我们跟米老鼠一样，只有八根手指？十六进制也不错啊！

我想说的是，从我们第一次接触到数字开始，他就鼓励我们把数字看成是可以动手和玩耍的东西。事实上，巴利老师为我们制作的木块数基套装，在学校里可跟乐高积木和沙坑一样受小朋友们的欢迎呢！对巴利先生来说，数字并不只是一个没用但又必须得学的东西；它们实际上是一种娱乐消遣。而且，虽然当时他不可能知道，但是数基知识对一群使用着基于二进制的——我们现在称之为数位——电脑的孩子们来说，是非常有用且非常重要的。

巴利先生会为他教过的任何一个孩子都举办一个"仪式"——在他通过乘法表执照考试的那天举行。这跟考驾照的形式很像。我们拿两把椅子并排放着，你的一个同学充当考官坐在你旁边，用乘法口诀表来考你。如果你以全对通过的话，那么我们就会举办一个正式的仪式。我们会在一个看起来很正式的小册子上签名，然后把你的照片贴在封面上。册子上面会用印刷字体发表如下的声明："本·米勒，签名如下，经由菲利普·巴利测试并证明，已经精通乘法表 1 到 13，从今以后可随意使用它们，直到永远。"

有时候，巴利老师会进行抽查："不好意思，年轻人。我看到你在做乘法，你拿到乘法表执照了吗？"

接下来就是对这个"重要文件"的一通乱找："在这儿呢，老师！"

而巴利老师就会像一个极负责任的边境哨兵一样检查这份证件："很好！继续吧。"

巴利老师最钟爱的数学标准之一，就是那种让人不敢苟同且玩世不恭的数学高手的态度。"数学家,"巴利老师会说,"是很懒的。"据他估计,计算人员是不想去给一大堆数字做加法,所以就用乘法来代替。不管怎样,当你可以使用十一乘法表就马上可以得到十一乘四的结果——当然你得有相应的乘法表执照——谁会愿意去花时间把十一个四加起来呢?当学习前十三个数字的乘法表就已经够用的时候,谁又会想要去学所有数字的乘法表呢?他还会问:我们是不是听说过身为大人的数学家懒到了一定地步,竟然去出版整本的关于加法结果的书,然后管它们叫对数表?

维拉斯顿县小学是十几所为梅班克中学提供生源的学校之一,梅班克中学位于南特维奇的附近,我后来就是在那里参加我的高中和预科会考的[7]。这所学校按学生自身能力的高低来分班。正是这一点让我感到疑惑:原本是基于天赋的数学、科学或其他任何学科上的能力,有多少成分其实是取决于我们在小学时期是否遇到了一个很有教学天分的老师?经过一系列艰难的考试、评估和三局两胜制的分组较量之后,我被安排到了数学特长班里。班里共有大约三十五个人。我不需要担心交不到朋友,因为班上几乎所有人都是从维拉斯顿来的。毫无疑问,他们都是巴利老师教出来的。


## 懒人更适合学习科学知识

现在回头来看,我学习自然科学的一大原因就是懒惰。毕竟来讲,解答有关万有引力的习题时,每道题看起来都差不多,你只需要

7 英国的学制为小学六年,中学五年,中学毕业后要参加高中会考,取得高中毕业资格。要继续升学就再读两年第六级(sixth form)学院(若中学里设有该学院,就在中学里就读即可),然后再参加预科会考以申请大学。

记住一些基本的原理，然后就可以去尝试解答了。更重要的是，你不用背任何东西；现在的考试甚至把公式直接印刷在试卷上，这就让你临考前不用费工夫把它们偷偷刻到塑料尺子上。

但是文科就不是这样了。当我升到六年级时，我报名参加了英语、历史和法语的预科考试，这经历令我震惊并毕生难忘。人人都劝我们学历史，但我们都知道那只是花言巧语而已。当你选修历史课时，你就会发现你站在四千年历史的尾巴上，回望着一堆杂乱无章的事件，不但理不出头绪，还有无数的时间和地点等着你去搭配。每一个事件都没有任何的形状或结构，更令人头痛的是：半数的英国国王名字都一样，事情就变得更夸张了。此外，还有英国文学阅读清单上那堆和马特洪峰[8]一样高的小说名字，还有永远背不完的法语不规则动词，你就明白任务有多艰巨了！

无须多说，我败下阵来了，回到了科学的领域，投靠了数学、物理和化学这些值得信赖的朋友们。当然，吸引我重回科学领地的另一个原因是：拿到学位后好处多多。另一方面，我对主修英文的大学生未来要面临的困境非常清楚：我父亲曾在那时还叫伯明翰理工学院的学校教英国文学，我旁听过很多次他的课，所以知道其实英国文学并不只是去花时间大声朗读《芬妮·希尔》[9]那么简单。事实上，在我看来，你越是在这个学科上研究得深，你就越会发现文学跟人物和情节没有关系，而是在讨论其他的东西：社会学、女权主义、马克思主义等——你自己选吧！

而在科学领域，我们的预科课程挺无聊的，但好东西在后面——

8 马特洪峰，阿尔卑斯山脉中最为人所知的山峰。

9《芬妮·希尔》(*Fanny Hill*)，欧美情色文学经典。

八堂极简科学课

比如说无比辉煌的相对论和量子理论课程，后面都会学到。如果你也像我一样，除了想推后进入社会赚钱生活的时间之外，没有其他规划的话，那么拥有一个自然科学的学位，前途就无限光明。对我来说，自然科学的学位就是物理学学士。而如果你想要学物理的话，只有一个地方可以去：剑桥。

　　为什么是剑桥？坦白地说，这就有点像问别人为什么一定要在阿比路录音室[10]录唱片一样。剑桥对于物理的意义就跟麦迪逊广场花园对于西蒙和加芬克尔[11]的意义一样。艾萨克·牛顿在剑桥发展了他关于光学、运动和引力的理论，他也在这里发明了微积分——迄今为止在近代物理学中，几乎所有方程式都用微积分来表示。著名的卡文迪许物理实验室是由詹姆斯·克拉克·麦克斯韦——可能是在牛顿和爱因斯坦之后的世界上最有影响力的物理学家——在这里创立的，他也是世界上第一个发现电、磁和光之间的关系的人。此外，对于1985年那年还是一个满脸青春逗的少年的我来说，更重要的是斯蒂芬·霍金当时就住在这里。

　　我在读中学六年级的时候，就在BBC电台看过一个关于霍金和他的黑洞理论的纪录片，对于我来说，能同这样一位神一般的人物在同一个屋檐下研究简直是无法想象的事情，就算不是在同一个屋檐下，在同一个城市里也非常不可思议。同时，霍金的职位是艾萨克·牛顿也曾经担任过的卢卡斯数学教授（Lucasian Chair in Mathematics），当时他的声望正与日俱增。当时他正要出版他的畅销书《时间简史》，他在研究上也有了重大进展——通过与量子力学的结合，他正为广义

---

八堂极简科学课

10 阿比路录音室（Abbey Road），英格兰最著名的录音室，披头士等众多知名乐队就是在这里录制他们的专辑的。

11 西蒙和加芬克尔（Simon and Garfunkel），20世纪60年代美国知名合唱团。

相对论带来新发现；如此的成功再加上他与运动神经元疾病的抗争，让他成了一个广为人知的公众人物。在那个纪录片里，我看到他正跟一大群年轻的研究生们紧密合作，他总是循循善诱并不时地启发大家，他们在一起研究着人类知识最前沿的理论。这有没有可能就是我未来的样子？

我会不会成为史蒂芬·霍金的左右手，帮他去揭示宇宙最深处的奥秘？

## 科学世界是懒人创造的

剑桥大学的面试是必须慎之又慎的。我面试了两次，第一次是由一位非常和蔼的招生导师卡尔·巴隆博士主持的。他问我，你有这么好的预科考试成绩，为什么不考虑当医生或者兽医？我只能猜测他读到的应该是别人的申请表，因为我的成绩单里 A、B、C 都有，能学习当个脊椎按摩师就很不错了。我支支吾吾地说我多么喜欢物理，我还有可能晕血之类的话。

我的学术面试，说得好听点是漫无目的的。在这里我应该解释一下：其实你并不能真正地在剑桥专门学习物理；事实上，你不能申请学习任何单一的学科。所有考生申请的都是包括各类学科，统称为自然科学。校方这样做的理由是说你需要先广泛地在数个科学领域打下基础，然后在最后一年专攻其中一科。因为我已经把我的兴趣写成了物理学，所以我的面试是跟一位物理学家约翰·沙克沙夫特博士和一位化学家保罗·拉丝比博士进行的。

一开场就很糟糕。沙克沙夫特博士问了我一个关于牛顿第二定律的简单问题；由于压力太大，我脑子一片空白，我说出了我当时能想到的唯一"答案"："在学校里我们没有学。"这有点像是在说，在沙宣美发学院没人教过你怎么洗头发一样。他又试着问了我关于电磁的知识，我说我也从来没有听说过这个。我觉得是出于同情心，保罗·拉丝比博士从他的口袋里掏出两个东西放在桌上：一个壁球和一块硬塑料。"如果我告诉你，"他说，"这两样东西的化学组成成分一样的话……"

我顿时愣在那里。我简直不敢相信我的运气有这么好。恰好那天早上，在从柴郡过来的火车上，我一直在填鸭式地读一本牛津与剑桥大学面试的实战手册，而那个问题正好在书上一模一样地出现过。问题的答案跟分子结构相关：组成壁球的分子又长又细又有弹性，它们松散地组合在一起；组成硬塑料的分子则是坚固的晶体结构。

我犹豫了片刻。如果我把早上看到的答案直接说出来，那不就是在作弊吗？在门外冰冷的走廊里，还有六七个满怀希望的十八岁少年，每个人都在祈祷，想要获得一次进入学术殿堂学习的机会。我们不是都应该公平竞争吗？

"我得坦白才行。"我听见自己的心声。一阵沉默过后，我眨了眨眼。"我们上课的时候没学，"我直勾勾地盯着保罗·拉丝比的眼睛说，"尽管我很想试试回答这个问题。"

几周以后，我收到了一封信——我被录取了。我从来没有那么兴奋过，一连几个晚上我都把它压在枕头下睡觉。我实现了我人生中的一大愿望：我被剑桥大学录取，可以去学习物理了。

事实上，我搞错了：我最终被录取的是剑桥大学的化学专业。在我开始上学的第一天，我就发现我的志向跟我的新学院——圣凯瑟琳学院并不太相关。我站在约翰·沙克沙夫特博士面前，告诉了他我想要主修的专业是物理。"真的？"他有些吃惊地说，"但是你对那个化学问题给出了一个如此干脆的答案。恐怕保罗已经认定了你是他的学生。"我跟他表示我还是喜欢物理。"但是你动量是什么都不知道。"

我解释道，面试那天我状态不好，其实我是为牛顿物理学而生的。"好吧，"他叹气道，"欢迎你加入我们。"一直到我走到门边的时候，他才抬起头来，说道："米勒先生？"我转过来，心里充满希望，会不会是要给我奖学金？"你们的学校到底教过你们什么啊？"

## 从一道剑桥大学入学面试题说起

学习自然科学是我做过的最难的事情之一，但是毫无疑问也是最有回报的事情之一。我很幸运上过史蒂芬·霍金、理查德·费曼和卡尔·波普尔的课，与当今最重要的科学家一起学习和研究。就课程安排而言，我们是直接被带进了深水区的。

比如说要学习狭义相对论。这个理论是由爱因斯坦提出的，他认为物质是能量的一种形式，并且给出了两者之间关系的著名公式 $E=mc^2$。在下一课我们讨论"欧洲核子研究理事会（CERN）"的全新大型强子对撞机的时候我们会再次提到这个理论的。我们还学习合成致命的毒药，一滴就可以杀死一个中型艺穗节剧院[12]的所有观众。我们学习了恒星和星系是怎么形成的——第三课我会简单介绍——也知道了关于火山、地震以及全球变暖的知识，我会在第七课简单介绍。在本书中，这些都是我希望与你分享的小小知识宝库的一部分；它们是我自己挑选的精彩科学知识的精选辑。这是个别具一格的选辑，里面有一些毫无疑问的"超级主打歌"，但是也包括一两首我觉得大家应该多听听的"冷门歌曲"——但毫无例外，我选择的每一首"歌曲"都是真真正正的经典。

---

12 适合爱丁堡艺穗节（Fringe Festival）的表演团体使用的剧院。

八堂极简科学课

顺便说一句关于脚注的问题。时不时地，我会忍不住想要多加上一点细节知识，但为了不打断正文的连续性，我更想把它们放到脚注里面。有时候它们就像沙箱[13]，让我在里面做一点数学演算；有时候它们也是一个放点奇闻轶事的好地方。我希望本书有没有脚注读起来都一样。如果说这本书有一个中心目的的话，那它一定就是以愉快为唯一前提，让你按照自己的想法来享受科学。

## 量子效应能吸引你整夜泡在实验室

我不想让你觉得，我在大学里把所有的时间都花在学习上了，那样的话可太浪费生命了。我当了一年的学院文娱委员，入选了学院第二代表队，而且还开怀畅饮过很多啤酒，虽然现在回想起来，那些啤酒只能算料酒级别的。我甚至还说服了学生会购买一个镜面球。在最近的一次同学聚会上，我很高兴地看到它还在我原来学院的酒吧里闪闪发光。虽然这个学科可能看起来不是很酷，但是我非常喜欢，而且我最快乐的一些日子都是在图书馆里度过的，或是在课堂上仔细聆听图书馆所藏教科书的作者们所说的每一个字。到我参加期末考试的时候，我确信我的未来就是研究物理学，那么在哪儿攻读一个物理学的博士学位又会比在卡文迪许实验室（Cavendish Laboratory）更好呢？

我申请就读的博士课程当时是无比出色的；事实上，在1988年，那是世界上最出色的博士项目之一。迈克·佩珀教授十年前创立了半导体物理小组，当时已经发展成为世界上同类机构中最大的一个，招

13 沙箱，通常指一个安全的虚拟的环境，为一些不可靠的程序提供试验而不影响系统运行的环境。现实中的沙箱，是一种儿童网具，儿童可以在这个容器里面随意玩耍，起到保护儿童的作用。

收了一百多个研究生。在这里有一个叫分子束外延机的东西，可以制造出纯度很高的水晶，他们还有低温冰箱——超大型保温瓶里面装有液氦，可以让温度低到只比绝对零度高千分之几度[14]。

　　至于半导体物理，大多数人都知道导体和绝缘体是什么，但是我似乎听到你问了一句："什么是半导体？"说到底，导体就是可以让电流轻松通过的东西，比如铜线。绝缘体则是电流无法通过的物质，比如说塑料——这就是为什么我们会用塑料来包起铜线，因为我们知道这样会很安全，当我们接触到塑料外皮的时候我们不会被电击到。

　　半导体，你可能已经猜到了，是一种稍微可以导电的东西：它不如导体导电性强，但是又不会比绝缘体的导电效果差。最为人所知的半导体是硅——沙子、玻璃和石英的主要成分——它为各种各样的电器提供了制造所需的最基本材料。你可能听说过"硅谷"，它是旧金山圣克拉拉山谷的别称，是因那里有数家生产电子芯片的厂商而得名的。硅的另一种流行替代品是镓，而我加入的研究小组当时很擅长制造高纯度的镓晶体，然后将各种分量的化学杂质掺进去，以改变它的导电性，然后再把这些材料像夹三明治一样贴合在一起。

　　如果做得好，你就会在两个像三明治般贴合在一起的晶体之间创造出一个二维电子气（Two-dimensional electron gas）。如果你能把温

---

14 温度是生活中看起来很理所当然，但是当你深入研究下去的时候，又会变得很奇怪的东西。虽然据我们目前所知，物体的温度似乎没有上限，但是却有一个下限——因为，在某个时候，你必须把所有热量都去除掉。这就是所谓的绝对零度，它出现在大约 -273℃。这是一个随机的、无法让人满意的数字，但是不管怎么样，当我们发明摄氏温标的时候，我们想要找的是一个方便刻画水温范围的温标：0℃是结冰点，100℃是沸腾点。如果你想要处理更广的温度范围，你就可以使用开尔文温标（K）。绝对零度是 0K，而 0℃ 则是，你猜得没错，是 273K。比如说，太阳表面的温度，是大约 10000K。

八堂极简科学课

度降得够低，这就会让电子的自由径——意思是每个电子运动时在撞上其他东西之前平均走的距离——变得非常大，大概有千分之一毫米（我知道这听起来小得夸张，但是一个电子比如在铜这样的金属里，平均走的距离大约只有它的百分之一）。

我读博士期间主要工作是在微小砷化镓芯片上做出各种微小的金质图案，当我用可变式电源给这些金质图案通电时，我就可以在下面的电子气中创造出各种小图案来。

在可以创造出来的所有图案中，我最感兴趣的是"量子点"；因为当你把很小的东西（比如电子）放到很小的盒子里，怪异的事情就会发生；事实上，你会观察到全新的行为，与我们日常生活中观察到的物体所表现的全然不同。这就是量子力学的奇异世界，我们会在下一课详细介绍。

做实验是很花时间的。把一个芯片冷却到接近绝对零度就能让我花上差不多一天的时间，而且我们的量子点图案可能在这个过程中就会被毁。实验经常会一直进行到晚上。我的睡袋和一堆奶酪三明治经常陪伴着我度过极为寂静的夜晚，我观察着，等待着——然后在非常偶然的情况下——亲眼看到量子行为。[15]

## 让霍金开怀大笑的科学脱口秀

在我开始对这本书的结构进行简单的介绍之前，我得先对你脑子里已经产生的一个疑惑好好解释一下。你可能很想知道：你学了这么

八堂极简科学课

15 我的暂定博士论文标题（可惜的是，一直都没有完成）是《在准零维电子系统中的新量子效应》。如果你还没想明白的话，"准零维"只是"点"的花哨说法而已。

多科学知识，又对它们有着这么强烈的感情，为什么最后去演喜剧小品了呢？

虽然很难面对这个话题，但是在我读博士的第一个年末，我开始意识到，虽然我对物理有着强烈的感情，也有能力成为优秀的实验物理学家，但是我是不可能进入史蒂芬·霍金的研究小组的。换句话说，在物理学领域我就相当于音乐界的录音师：技术上可能很有能力，但出现在专辑封面上的那个人永远不会是我。在本科阶段，作为一个领域的纯粹爱好者是没有问题的。但是在研究生阶段，我觉得我应该作为一个领军人，而不是一个跟随者。在我的内心深处，我不禁怀疑这到底是不是正确的选择。我从来都没有尝试过其他东西，我对未来应该做什么感到一片迷茫。

接下来，碰巧在 1989 年的夏天，马戏团来到了剑桥镇。

全国大学生戏剧节是全英国的一个年度性活动，每所大学负责主办两年，两年后再换一个新地方。1989 年来到了剑桥。恰巧那时我的一个朋友，卡萝-安·艾普顿担负起了组织这个活动的重任。

她很好心地给了我一个机会：开车带评委们在各处参加活动，报酬丰厚—— 一天 10 英镑。你知道，我并没有什么收入，所以必须好好利用这次机会。这个工作的额外好处是，我可以去参加戏剧节的各种研讨会。《妈妈说我不该》(*My Mother Said I Never Should*) 的作者——剧作家夏洛特·基特利 (Charlotte Keatley)，举办了其中的一个写作课。在一个非常奇妙的下午，我居然自己动手写了一个小品短剧，让几个演员表演，然后看到观众们笑得前仰后合。这让我感到了前所未有的激动，我想要从事这个行业。

我当时还不知道，夏洛特答应常驻圣约翰学院工作，而且她专门成立了一个学生写作小组。当戏剧节结束时，她邀请我加入了这个小组。写作小组的其他成员当时都在创作严肃的戏剧，关于种族和弱势群体的戏剧；而我则是个滑稽分子。我开始在写作小组表演我创作的短剧。慢慢地，我有了一个想法，我觉得这个行业可能有着不错的前途，我将来会以它谋生。

在第二年结束的时候，我加入了剑桥大学戏剧社——脚灯（Foot Light），担任编剧，然后在戏剧社最重要的演出——夏日巡演中担任编剧并亲自出演。巡演的剧名叫作《荒诞多人组》，我们在剑桥艺术剧院演出的时候，著名喜剧演员格里夫·赖斯也前来观看了表演。他非常喜欢我们的演出，也非常支持我们的工作，想购买我们的一些小品剧本，而其中一两个就是我写的。从此，我开始得到了一点点剧行业的工作机会，给史密斯和琼斯创作剧本；甚至还在一两集里演个小角色，跑个龙套。

学术研究团队是一个互动十分密切的组织，而我的这些外务开始让我的同事感到了不满。那时还是 90 年代初期，移动电话还没出现，所以每次有人叫我去学院办公室接电话，说是经纪人打过来的，总是让我有点尴尬。当我开始有了全职工作，可以和卡罗林·昆汀[16]一起出演亚瑟·史密斯[17]的喜剧《沟吻》时，因为我们需要在爱丁堡实验剧场一口气表演一个月，这时抉择的时刻到了。说到底，不管我选择什么职业，美妙的科学都会一直陪在我身边，因为——就像我希望这本书可以证明的一样——科学的欢愉是所有人都可以获得的。但是戏剧，则有可能不会再给我第二次机会了。

放弃攻读博士是很严重的，因为即便是在最好的情况下，研究经费也是很难保证申请到的；而一个研究生在提交论文前就退学，对下

八堂极简科学课

16 卡罗林·昆汀（Caroline Quentin），英国女演员。

17 亚瑟·史密斯（Arther Smith），英国喜剧演员及编剧。

一年的学术资助申请有很大的影响。但是不管怎么说，在 25 岁时，假如我想去变幻莫测的演艺圈发展的话，我已经在喜剧表演的方面有了一点成绩，而我的博士论文还需要占用我最少 18 个月的时间。我心一横，把这个坏消息告诉了佩珀教授：我要离开半导体物理小组，去喜剧的世界里试试身手。

在我俩之间，我不知道这个消息对谁减去的负担更多，是他还是我。"很好，"他像柴郡猫[18]一样喜气洋洋地说，"你有没有看过《台词落谁家？》[19]里面弹钢琴的理查德·弗兰奇，他以前就是我的学生。他经常穿着晚礼服跑到实验室来工作，很好地调节了这里的气氛。如果你遇到他，请代我问他好。"[20]

如果当时我还曾怀疑自己是否做出了正确决定，那么很快我就打消了这个疑虑。那年夏天我导演了脚灯（Foot Light）的演出——《剑桥地铁》，本剧也跟前一年的《荒诞多人组》一样在剑桥艺术剧院演出。开幕那天晚上，第一排的中间坐着我心中永远的偶像：史蒂芬·霍金教授。他看起来非常喜欢这个话剧。虽然我没办法和他一起探索人类知识的最前沿，但至少能让他开怀一笑。

## 抛开基础知识，从有趣的科学讲起

言归正传，正式开始介绍一下这本书吧！这是一本关于自然科学

---

18 柴郡猫（Cheshire Cat），《爱丽丝梦游仙境》一书中的角色，是一只总是露出笑脸的猫。

19《台词落谁家？》（*Whose Line is it Anyway*），英国著名即兴表演节目。

20 和我不一样，理查德·弗兰奇拿到了他的博士学位，可以卖弄一番。

八堂极简科学课

的书。

很有可能单是这种想法就让你非常激动；也有可能会让你想马上逃离。不管是哪一种，我先向你保证：从现在开始，这本书里纯粹只有好玩儿的东西。书中每一个奇思异想都跟"我们是由死亡的恒星做成的"一样令人兴奋，书中的其他内容也和这个想法一样好懂。本书内容并不冷僻艰深；我们不会痛苦地朝着科学的山峰缓慢攀登，而是会直接空降到山顶上，然后一路滑雪而下。

换句话说，我承诺本书和其他同类科普书的叙述方式略有不同。如你所知，中学学习的科学课程，以及你兴致勃勃地读过的其他科普图书，其中的大多数科学知识都是按照业内人士称之为第一原理[21]的基础模板而进行教授的。

传统观念是这样的：科学教育应该从基础开始，先打基础（比如纸带打点计时器和图表），然后逐渐加入复杂的内容，最后让你掌握整个体系（牛顿运动定律）。这是我们接受学校科学教育的方法，而对于外行人来说，这种教法经常会让他感觉像被玩弄了一样。

拿原子理论举个例子。学校的教法一般会像这样：在中学的第一年，我们会知道所有东西——比如树、房子和大卫·田纳特[22]的小塑料模型——都是由小得非常夸张的，被称为原子的东西所组成的，而且它们就是物质可被分解的最小单元。第二年，我们又会知道，其实还有比原子更小的东西，比如原子核和电子。又过了一年，我们又被骗了，原子核是由质子和中子构成的……然后这个惨剧还在继续，从本科物理学到研究生物理阶段，一直到你对所有的科学家失去信心，

21 第一原理（First Principle），也有的称之为"基本原理"。

22 大卫·田纳特（David Tennant），苏格兰男演员，曾主演电视剧"Doctor Who"。

认为他们根本就不知道自己在干什么，然后你怀疑整个领域里全是积习难改的骗子和说谎者。

一本科学书若从第一原理开始编排，反而会打消人们对科学的兴趣，因为他们根本不需要了解所有的细节。说到底，如果有人对 F1 赛车感兴趣，你会送他们去蒙特卡洛看赛车，而不是带他们去北伦敦大学学习内燃机原理。不过我们这些想要成为科学家的人则必须学习一些枯燥的基础内容——牛顿和匀速直线运动——因为我们知道那些真正好玩儿的东西（弦理论、多维空间、夸克和胶子等）就在前方，而且想要正确理解它们，你就得学会这些基础知识。如果你想要制造一个大型强子对撞机，你最好沉住气，等做了物理学博士后再说。如果你只想要傻盯着一个对撞机，然后想象它在爆炸的时候会有多么酷的话，那你现在就找对了地方。

这就是这本书的目标：把你直接丢入科学最深处，让你用心感受许多成熟而令人惊叹的科学知识，从而让你专心读下去。因为事实上，虽然一切科学的基础——数学——对我们而言可能像是天书，但是被很多科学家叫作"花里胡哨"（hand-waving）的东西则不一定如此。毕竟，只因为我们不懂本地语言，并不代表着我们不能依赖手势去度几周的假。

另外，作为我承诺的一部分，我会给你一块"终极免死金牌"。你不需要理解任何东西。其他科普书的目的可能是教育你、启发你或者挑战你；这本书的目的则仅仅是让你娱乐、放松、深呼吸，并且没有考试。我请你给自己一个许可，准许这些知识从你头上飞过，你只要抓住一些新奇的碎片，看清大致的轮廓就可以了。如果你发现自己在反复读着某一章节，发现自己不能理解的话——我会尽全力不让这种事情发生——那这是我的问题，不是你的，继续往下读吧。这不仅是最好懂的科学课，还是一场科学的狂欢。

## 第二课 量子物理世界的奥秘

### 你的所有一切都由夸克组成

你有没有想过世界上最小的东西是什么？我们日常接触到的东西很多跟人的手掌差不多大小——我不确定这是不是一个巧合。普通尺子上最小刻度是一毫米，很大程度上是因为大部分人都不能理解比它的十分之一还小的东西是什么概念。但是，假设你很喜欢做手工活儿，而且还有一个很特殊的嗜好，就是用放大镜和特别小的刻刀往火柴棍的末端刻一棵棕榈树或是一头微笑的长颈鹿。在新年的家庭聚会上，你想要拿出一个非常特别的东西出来。你希望的最小东西是什么呢？

答案是电子，我的朋友，如果我们能找到可以小到能往电子上刻东西的工具的话。当然，没有这种工具，因为没有东西比电子还小。[1]那么仅次于电子的最小东西是什么呢？这就说来话长了。因为这个东西非常独特，它叫作夸克。

夸克是一种非常迷人的东西。到目前为止，我们已经发现了六种夸克，但是你只需要知道其中两种——顶夸克和底夸克就可以了，因

---

为它们是质子和中子的组成部分——你知道的，原子核是由质子和中子构成的。延伸开来，你所有的一切东西——你的房子、家庭、雪纳瑞宠物狗——都只是夸克奇妙而精致地排列形成的。

我们是怎么知道夸克存在的呢？说到这儿，我们就不得不谈到，有一种设计得非常精巧的工具，叫作粒子对撞机，来帮我们解决这个问题。最新推出的粒子对撞机是举世闻名的大型强子对撞机（Large Hadron Collider），简称为 LHC。

如果这名字听起来让你不知所云，那么就请你把它想象成一种显微镜，透过它，你可以看到一个极小世界里的奇异景象。我们知道光学显微镜能达到的最高分辨率是 0.01 纳米，这样的尺度小到可以看到大一点的病毒，比如埃博拉病毒。一个电子显微镜能辨别比病毒小 1000 倍的物体，比如碳原子。但是想要研究比原子还要小的物质——夸克比原子还要小 10 亿倍——你需要完全不同的方法。听起来很不可思议，但是大型强子对撞机（LHC）的方法就是让两个质子高速对撞后，看看残骸中都有些什么……

## 令人振奋的大型强子对撞机

我很难用言语描述大型强子对撞机有多么令我激动。它对物理学的未来发展，以及由此带动科技领域未来革新的重要性怎么夸大都不为过。不要被这花哨的名字误导了，"强子"只是一系列由夸克组成的某一类粒子的总称，而且整个设备可以称为大型质子对撞机，因为这正是它的主要功能。建造大型强子对撞机（LHC）可是一个非常复杂而浩大的工程，组织者在 20 年间聘请了约 1 万名世界顶级科学家，共花费了 44 亿英镑才建造完成——但是建造它的目的其实是非常简单的：让两个质子高速往相反方向运动，然后让它们彼此相撞，最后看看相撞后会产生什么。

为什么用质子呢？好吧，答案是就我们目前所知，单独的夸克是不存在的，所以相对而言，质子是除夸克以外最适合的东西。质子是由夸克构成的，只要引起它足够多的碰撞，迟早其中一个质子中的夸克就会正面撞上另一个质子中的某个夸克。在我们可能看到的许多物质中，我们最为焦急期待的，当然是希格斯玻色子。

不过我还是得说，别被这个花哨的词迷惑，"希格斯"这个名字是从英格兰堡的一位叫彼得·希格斯的数学家的姓中得来的，因为他是最先用最适宜的数学模型来描述这种粒子的，而"玻色子"[2]则是另一种粒子的名字。我会很愿意向你介绍它极高的重要性——重要到它的昵称居然叫"上帝粒子"。一言以蔽之，如果希格斯玻色子存在的话，大型强子对撞机（LHC）就会找到它。这非常令人期待，找到它后，会给人类增加多少新知？实际上这是一个令人着迷的专业秘密，而我很愿意把这个秘密告诉你。

我们将会在本章的后半部分看到，事实上，大型强子对撞机（LHC）的作用不限于寻找希格斯粒子，它还要做许多事。它为我们打开了一个全新的世界以供我们探索，这是一个物体可以小到10-19米的世界。在这个世界中，在我们可能发现的超乎寻常的事情中，其中包括额外维度——是的，这是真的！——还有一大群从来没有发现过的新粒子。不仅是这些，我们还会看到，大型强子对撞机（LHC）并不只是为了探索量子物理的新篇章而建造出来的，而且它还会尝试回

2 玻色子携带力，经常被称为"力粒子"，因首次描述它们的印度物理学家萨特延德拉·玻色而得名。物质粒子的名字是费米子，得名于意大利物理学家恩里克·费米，随后我们会谈到他。顺便说一句，玻色子和费米子都是晚餐聚会上与人聊天时的绝佳话题。

八堂极简科学课

答宇宙学中两个最基本的问题：第一，如果宇宙大爆炸创造了等量的物质和反物质，那么粒子都去哪儿了？第二，如果大爆炸正如你所预期的，朝所有方向喷射出等量的物质，那么这些物质怎么集结成块，形成恒星和星系呢？我们真的需要仔细回答这两个问题，因为，它们对我们理解人类是如何来到这个世界的至关重要。

当然，另一个关于大型强子对撞机（LHC）的话题就是：对撞会产生极高的能量，以至于除了希格斯玻色子之外，另一个不受欢迎的东西——黑洞，也会被制造出来。这是一种可能性，你可能会心生一种虚无主义的冲动，把书扔到一边，然后打开那瓶自从 90 年代后期就放在壁橱里的，覆盖着拉菲草的劣质马略卡白兰地，然后一口气喝光，但是在这之前，我向你保证，这样的黑洞是不可能摧毁现有的宇宙的——原因稍后奉上。

## 目睹世界最大的科学实验中枢

我搭机去日内瓦只有两个目的：一是到夏蒙尼山区去越野滑雪，另一个就是去拜访欧洲核子研究理事会（CERN）——大型强子对撞机的家。我很难说，两者中哪一个会比另一个更让我紧张。

坦白地讲，欧洲核子研究理事会（CERN）对于物理学的意义，跟梵蒂冈对于罗马天主教的意义是一样的。欧洲核子研究理事会（CERN）成立于 19 世纪 50 年代，最初创建的目的是研究原子核，但是很快，研究方向就转向了高能粒子物理，可他们却一直没打算把缩写给改过来，不过没人在意。世界上最优秀的科学家都在这里，例如蒂姆·伯纳斯－李（Tim Berners-Lee）就是在这里工作时发明了万维网（WWW），用以共享研究信息，后来则发展成为了现代互联网。下次有人问你纯学术研究到底有什么用处时，你可以给他举这个例子。

从日内瓦机场出发，乘坐 30 分钟出租车，就能够到达瑞士小镇的郊区——梅琳，这里坐落着一个很不起眼的建筑，看起来像农场的饲料仓库。这里没有任何标志告诉你，你正在接近人类历史上最伟大的科学实验的神经中枢。我每次来这儿的时候天都在下雨，但这里最好的一点就是我一定能找到停车位。因为关于大型强子对撞机，你最先要了解的就是：没有什么重要的事是发生在地面上的；那些真正激动人心的——喔，我的天，我太激动了——都发生在地下。

说到底，大型强子对撞机（LHC）就是大型圆形地下赛道，可以让质子在里面飞奔。它真的非常之大：这个赛道的周长是 27 公里。这个地下 100 米深的隧道，宽度与伦敦地铁的隧道相当。在中间有两条管子，其中一条里有一团质子顺时针飞速地奔跑，在另一条管子中，质子则是在逆时针飞奔。在圆周的四个特定点上，这两条管子会交叉。这四个交叉点就是质子相撞的地方，在对撞点周围他们安装了巨大的探测器，用以仔细查看质子相撞后留下的残骸，从中辨认出因对撞产生的不同粒子。

所以，你可以认为其实大型强子对撞机（LHC）项目不是一个实验，而是四个：每一个探测器都由一个不同的研究组所设计，他们各有其优先次序及研究目的。在这四个实验中，其中两个——超环面仪器（ATLAS）和紧凑渺子线圈（CMS）——是直接竞争者，他们都在寻找希格斯粒子。另外两个——大型离子撞击实验（ALICE）和大型强子对撞实验（LHCb），则在寻找一些线索，来了解宇宙最初，也就是在宇宙大爆炸发生后的短暂时间内发生过的事件。他们希望能够通过这些实验，给近代物理中最难解的两个棘手问题——反物质为何稀少以及现代宇宙的密度为何不均匀带来一些新的认识。

## 寻找上帝粒子

希格斯粒子为什么如此受人关注呢？要理解这一点，我们需要稍微介绍一下被粒子物理学家称为标准模型的东西——为了理解标准模型，我们还需要了解一些关于粒子和力的知识。

你可能记得在中学物理课上老师说过自然界有四种作用力。其中的三种力的强度都差不多：电磁力是作用于带电粒子之间的作用力；强作用力是作用于夸克之间的力；弱作用力是引起辐射现象的力。第四种作用力是引力，比前三种都弱得多，但比如恒星和行星这种大型物体之间的作用力，则全靠引力来实现。当然地球的引力，就是现在把你按在椅子上，不让你被地球的自转甩出宇宙的力。

你也许还记得以前学过关于力的原理的标准解释是粒子会产生场，而场会对其他粒子产生作用力。比如说，电荷可以产生电场，当另外一个带电粒子放入这个电场时，它就会受到力的影响。我一直觉得这个解释不够好：第二个带电粒子是怎么"知道"这里已经有一个电场呢？如果这个问题也曾经让你困惑，那么现在你不用烦躁了。量子物理学有一个更好的解释：每一个场都有一个媒介粒子，又叫玻色子，比如希格斯玻色子那样的。比如说，两个电子之间的电磁场，是通过光量子（也称光子）来进行传递的。

还记得巴利老师说数学家都很懒吗？理论物理学家也都是数学家，他们甚至懒到不愿意分别处理四种不同的力，所以过去五十年以来，物理学的主要目标之一就是想要简化这一局面。他们发自内心地觉得自然界不应该这么复杂，这四种力都应该以某种根本的方式联系在一起。简单地说，我们已经在这条路上走完了四分之三的路程了，我们目前得到的理论叫作标准模型。

物理学在 20 世纪 60 年代早期产生了飞跃式发展。由格拉肖（S. Glashow）、温伯格（S. Weinberg）和萨拉姆（A. Salam）组成的三人组，证实了电磁力和弱作用力其实是一种力。他们把这个统一的力叫弱电力，而为了符合数学推演，他们还提出了一些激进的想法想让大家接受：所有基本粒子本身都没有固有质量。没错，没有质量。他们这样解释道，宇宙中有另一种尚未发现的场，它和所有普通场一样，也有媒介粒子。有些基本粒子，比如光子，可以从这个场中未经允许就飞快穿过，所以它们似乎是没有质量的。按照这个理论的说法，其他的粒子，就没有这么幸运了，它们被这个场拖慢了很多，因此会带有一些质量。这种新场引的数学推演是一个叫彼得·希格斯的英国佬发展的，所以用他的名字来命名，称为希格斯场。很自然地，传递这个场的媒介粒子很快就被称为希格斯玻色子。

20 世纪 70 年代初期通过科学家的共同努力，强作用力也跟格拉肖、温伯格和萨拉姆的弱电力整合在一起了，这个结合得到的理论被简单地称为标准模型。这个理论的许多观点都完全超越常理，但它真的可以解决很多问题。事实上，把标准模型称为有史以来最成功的理论也毫不为过。

检验任何科学理论，一种比较好的方法就是，看它可否预测没有人想到的事物，并且得到准确度极高的答案。为了让你知道标准模型有多厉害，你只需要知道它的定论：弱作用力跟电磁力一样，也有媒介粒子。事实上，标准模型提出弱作用力应该有两种媒介粒子——W 粒子和 Z 粒子（W 是弱的意思，而 Z 我就不知道这个名字是从何而来的了），并很精准地预测了它们的质量：W 粒子有 86 个质子质量，Z 有 98 个。这是 60 年代的事，当时的粒子加速器还只能制造相当于 10 个质子质量的对撞能量。十几年以后的 1981 年，在欧洲核子研究理事会（CERN），一部被视为大型强子对撞机（LHC）的前身的"超级质子同步加速器"——顺便说一句，这是一个同步加速器，是一种利用圆形轨道来加速带电粒子的机器，只不过这名字听起来好像很学术化罢了——终于达到了 W 和 Z 的能量要求。跟预测提出的一样，W 和 Z 粒子真的存在，而且它们的质量也跟标准模型预测的一模一样。

## 对撞机的把戏——把能量转换成物质

所以总的来说，标准模型就像十分高明的牌术，它把电磁力跟强、弱作用力统一了起来，是有史以来最成功的科学理论之一。然而想要让它真的奏效，物理学家们必须假设一种新粒子的存在，即希格斯玻色子（Higgs Boson），它与其他基本粒子质量的产生有关。寻找希格斯粒子是很重要的，因为如果它存在，就等于证实了标准模型的正确性。不幸的是，到目前为止，希格斯粒子还没有出现在我们的面前。

那么为什么还没有人能找到一个希格斯玻色子呢？有一个可能的答案是——目前我们还不能排除这种可能——就是它不存在。标准模型可能在某些重要方面出了错，但我们暂时还不知道是哪里。另外一种可能性是，直到现在，我们还没有足够高的对撞能量来制造它。为了把我的意思解释得更清楚，我们就得先聊一聊量子世界有多怪异，以及在像大型强子对撞机（LHC）这样的质子对撞机里到底会发生什么。

从某个角度来看，在欧洲核子研究理事会（CERN）巨大的探测器里发生的对撞，就跟你平时在台球桌上看到的碰撞类似。比如说，在大型强子对撞机（LHC）里质子碰撞时的能量是守恒的，就好像在酒吧里玩花式台球时，台球的能量也会守恒一样。区别在于，在台球桌上，你知道在任意碰撞之后，台球的数量是不会变的。在极小物体的世界里——或者按照物理学家的说法，量子世界——事情就不是这样了。当你让基本粒子对撞的时候，有时候你得到的粒子比放进去的多得多。

你可能大概知道为什么了，不管你有没有明白，因为答案就蕴藏在物理学最有名的公式 $E=mc^2$ 里。这个公式清晰地表达出，物质是能量的一种形式。原子弹清楚地为我们示范了一小块物质可以释放出多少能量，只要你找到释放它的方法——在投到长崎的原子弹里大概有1000 克钚发生了裂变，就是大概有一包糖那么重的物质转化成了能量，然后就摧毁了那里。

原子弹是把物质转化成能量，而大型强子对撞机（LHC）这种粒子对撞机的功能刚好相反；换句话说，是把能量转化成物质。简单地说，你把需要相撞的粒子加速到很高的速度，它们就有很多能量，然后相撞时这些能量就被用来制造新的粒子。对撞的能量越高，你可能制造出来的新粒子就越大。大型的同步加速器可以把质子加速到相当快的速度，在大型强子对撞机（LHC）里，它们可以被加速到光速的 99.9999991%，此时它们的速度快到可以每秒绕 27 公里长的轨道跑11000 圈。在如此夸张的高速下，每一个质子所拥有的能量相当于它静止质量的 7500 倍。[3] 这能量相当地大，并且这能量随时准备着转化成新的粒子。

这个能量因素可以帮我们解释，为什么我们从未在以前的对撞机里见过希格斯粒子，就是因为那些对撞能量不够高。大型强子对撞机（LHC）的前身之一大型正负电子对撞机，或者简称为大型电子正子加速器（LEP），已经可以排除希格斯粒子的质量小于质子的静止质量 122 倍的可能性，在我写下这段话时，数据显示希格斯粒子的质量是质子质量的 125 倍左右。基于大型强子对撞机（LHC）有可能产生质量高达质子质

---

3 当你的速度达到光速的比例时，你的质量就会显著增加。这个现象也可以用爱因斯坦的著名公式来说明，因为"$m$"实际上是代表了：$m_0 \times \sqrt{1-\left(\frac{v}{c}\right)^2}$，$m_0$ 是你静止的质量，$v$ 是你移动的速度，$c$ 是光速。当 $v$ 接近 $c$ 的时候，换句话说就是你的速度接近于光速的时候，$\sqrt{1-\left(\frac{v}{c}\right)^2}$ 就变得越来越小，而总质量 $m$ 就会变得越来越大。当我们在第八章说到太空旅行的时候，我还会再提起这个来的。

量 1000 倍的粒子，我们可以很有把握地说，只要希格斯粒子存在，大型强子对撞机（LHC）就会找到它。

那么希格斯粒子是什么样子的呢？答案是，我们不能直接观察到它：因为我们没有希格斯粒子的探测器。就像寻找圣诞老人一样，我们必须通过他所留下的东西来推断它的存在。对于希格斯粒子来说，留下来的东西不会是一个吃了一半的肉馅饼，或是一个空白兰地酒杯，但是会有一个跟希格斯粒子质量一样大的"遗失能量"。在每次实验过程中，数以百万计的交互反应都会被大型强子对撞机（LHC）的几部探测器检测到，电脑会在这无数起的事件中进行过滤，去寻找任何不寻常的事。希格斯粒子的出现会留下某种"痕迹"，而任何出现类似痕迹的事件都会被详细地加以分析，以判断希格斯粒子是否出现过。你或许会问，如果探测器出问题怎么办呢？如果这些复杂的机械出了状况，制造出了假的希格斯信号痕迹呢？亲爱的朋友，这就是为什么大型强子对撞机（LHC）会用超环面仪器（ATLAS）和紧凑渺子线圈（CMS）这两个探测器来探测这最隐秘粒子的原因。他们的想法很简单，当超环面仪器（ATLAS）说他们找到了一颗希格斯粒子，那么肯定地，超环面仪器（ATLAS）的竞争对手紧凑渺子线圈（CMS），在没有同样找到一个希格斯粒子之前，他们是绝对不会承认这个发现的。

## 大型强子对撞机能制造出黑洞？

在我们继续谈论其他可能通过大型强子对撞机（LHC）的探测器可以探测到的，让人激动到胃部痉挛的东西——比如说额外空间维度和超对称粒子——之前，我们还是先来简单地谈谈黑洞这个轻松的话题吧。

你可能还记得，2008 年 9 月初有两场竞赛在同时进行：一个在欧洲核子研究理事会（CERN），物理学家们正彻夜工作，在做大型强子对撞机（LHC）开始运行前的最后准备；另外一个在夏威夷地区法院，一个叫瓦特·L.瓦格纳的人和他的同事路易斯·桑丘正在拼命争取一道禁令，禁止物理学家们开启大型强子对撞机（LHC）。夏威夷这边控告宣称，大型强子对撞机（LHC）里的对撞除了可能制造出比如磁单极[4]和奇异夸克这类可怕的东西之外，还可能制造出微小的黑洞，吞噬掉这个星球。

随着清算之日越来越近，媒体上新闻也越来越多，人们对于大型强子对撞机（LHC）的开启会制造出的黑洞越来越关注，他们担心这样的黑洞即使不会造成已知宇宙的终结，至少瑞士某些偏远地区肯定在劫难逃。事实上，那个时候，只要在聊天中提到大型强子对撞机（LHC），就一定会有人扯到黑洞这个话题，就好像现在你在雨天出门时，如果不怪罪一下全球变暖，就是在有悖常理一样。

其实，单单启动大型强子对撞机（LHC）是不会马上引起粒子对撞的，只不过是两个质子束在主轨道里绕着跑而已；但是整个世界此时都在预期会发生宇宙大爆炸这类壮丽的事件，如果没有发生，那会让人极为扫兴。所以，当大型强子对撞机（LHC）启动几天后，由于液氦泄漏导致了一个超导磁铁失灵，从而引发了一个小爆炸，整个世界的媒体都变得极为八卦，这是他们渴望已久的机会。这些报道的潜台词很清楚：如果这些傻子们连磁铁都不能好好焊在一起，那我们怎

---

4 顺便说一句，磁单级是只有一个磁极的磁铁。由于从未被侦测到，它存在与否现在还没有定论。但是和希格斯粒子一样，可能是因为它们太大了，所以无法在目前的粒子对撞机里被制造出来。奇异夸克团（strangelet）是一种假想的粒子，它含有奇夸克，但是却很稳定。目前所有包含奇夸克的粒子，比如 κ 介子，是有高度放射性的，会很快衰变成由较常见的上、下夸克组成的较小粒子，所以若发现了奇异夸克团，则这会是一件令人意想不到的事。

八堂极简科学课

么能让他们去做一个有可能把所有人都吸进天国的实验？毕竟，我们在讨论的是有关黑洞的话题。

要建造像大型强子对撞机（LHC）这样具有文化上影响力的庞然大物，且不从一些疯子那里招来口水几乎是不可能的，但是对我来说，在整个黑洞舆论风暴中最讽刺的是：真正的科学原理，其实比质疑它的伪科学更为令人困惑。

我们直接说重点吧：我们知道大型强子对撞机（LHC）并不能摧毁地球，因为自然界存在一种非常怪异的东西——宇宙射线。就怪异程度来说，宇宙射线比黑洞要高出很多。

## 宇宙射线的震撼能量

宇宙射线（Cosmic rays）是大新闻。它的名字有些误导人，因为它并不是"星际迷航"里的那种射线，而是粒子。大多数的宇宙射线，大概 90% 左右都是质子，跟大型强子对撞机（LHC）里的粒子一样，剩下的都是重原子的原子核。如你所知，大型强子对撞机（LHC）可以把一个质子的能量加速到它静止时的 1000 倍左右；但是移动速度最快的宇宙射线，拥有的能量大约是质子静止质量的 100 亿倍。

那么这些宇宙射线是从哪儿来的呢？说实话，还不太确定。它们从四面八方袭来，轰击着地球，能量范围也非常大。一些低能量的宇宙射线似乎是源自太阳表面的耀斑。中等能量的宇宙射线则可能是来自银河系内部；超新星，我在书中一开始提到过它，可能是射线来源之一。能量最高的宇宙射线被认为是来自河外星系，目前我们还不知道什么样子的过程可以产生这样的粒子。这就好像在宇宙最遥远的深处，有一个超大型的粒子加速器。只要存在一个快速运动的粒子，对撞就是不可避免的。

当宇宙粒子到达大气层的最外层时，会跟空气分子相撞，生成雨点般散开的新粒子，就跟大型强子对撞机（LHC）里质子对撞时发生的状况一样。换句话说，你可以把地球想象成一个巨大的粒子对撞实验装置，而这个实验持续地进行了约 46 亿年了。粒子物理学最早发现的一批粒子并不是在人造加速器中观测到的，而是在位于山顶的所谓的"云室"[5]里发现的，那里有大量的宇宙射线，比如说奇异夸克，最早就是在云室里发现的，它是第一次以 κ 介子的形式呈现的（介子是由一个夸克和一个反夸克所构成的粒子）。大型强子对撞机（LHC）根本就不是一个反自然的怪胎。相反地，它不过是模仿了宇宙中一种最基本的粒子创造过程而已。

所以说，如果夏威夷的某个书呆子认为，相比宇宙射线弱得多的大型强子对撞机（LHC）中的对撞可能会产生一个微型黑洞，进而吞噬整个地球；或者假想出另一种可怕的事物可能出现，比如磁单极或奇异夸克，随即到处吞噬一空，包括日内瓦机场，我们就已经知道了他根本不懂物理学。你能想象到的宇宙中所有物体——中子星，白矮星，黑洞，星系，恒星，行星，足球运动员，足球，气体分子，质子，电子——都是从宇宙形成以来就一直在被高能粒子轰击着，但它们依然存在着。设想高能粒子撞击可以制造出怪异的次级粒子，比如微型黑洞、奇异夸克团、磁单极，或者叫不出名字的东西，而宇宙中所有物体自创世伊始，就一直被这些次级粒子轰击着。结果你猜怎么着？宇宙中的所有物体都存在着呢！我们总结一下：（1）宇宙一切安

---

5 云室实际上就是一个盛满冷蒸汽的盒子。当宇宙射线这类带电粒子穿过云室的时候，蒸汽会沿着它的行进路线凝结。如果你有兴趣的话，你还可以拍张照片，有空再慢慢检查粒子的轨迹。如果你事先施加了一个已知强度的磁场，那么你还可以从粒子在磁场中轨迹的曲率计算出粒子的质量来。聪明吧？

八堂极简科学课

好;(2)宇宙从创生起就一直被各种粒子轰击着;(3)所以我们几乎可以确定：没有任何已有粒子可以摧毁整个宇宙。这当然并不是百分百确定的，科学从来不会给我们提供这样的保证。但是，这个可能性太接近于确定了，以至于没有哪个正常人会挑战它的正确性。

## 如何分辨伪科学

欧洲核子研究理事会（CERN）的科学家都太有礼貌了，没有明说；但如果你要我说的话，我会告诉你，其实大型强子对撞机（LHC）－黑洞争议说到底就是科学和伪科学的区别。[6]当前我们文化中的主要问题之一就是，我们的媒体是分辨不出它们之间的区别的。在某种程度上，这是可以理解的。因为说到底，伪科学，从定义上来说，是通过模仿科学而进入我们的视野的，有时候还做得有模有样。再者若你考虑到媒体的工作者，基本都是学文科的，对科学还可能存在恐惧感的话，你就知道这些媒体报道的软肋所在了。

很难想象一位全国性报纸的编辑没听说过莎士比亚，但是却很容易找到一个没听说过宇宙射线的报纸编辑。这位新闻编辑可能对一些无根据的伪科学，比如顺势疗法[7]持有合理的怀疑态度，但是当谈到

八堂极简科学课

6 如果你喜欢长篇、详细的解释，你可以去看看欧洲核子研究理事会（CERN）发表的一篇论文《假想的稳定 TeV 级黑洞对天体物理学的意义》，这篇文章约有 100 页。作为一篇严谨缜密的论文，它有力地反驳了微型黑洞可以摧毁地球这一无稽之谈，令人十分佩服，但是一边读，我就禁不住想——我相信也有人会跟我有同样的想法——"这些世界上最好的粒子物理学家应该把他们宝贵的时间花在这上面吗？"

7 顺势疗法又称"同类疗法"（homeopathy），是德国医师哈内曼所发明的一种民俗疗法。

粒子物理学时，我们能确定这些报纸编辑懂这些吗？特别是，在这个"夏威夷禁令事件"中，这些请愿者口中还能够蹦出一些术语来，比如黑洞、奇异夸克团、磁单极等，让他们的说法听起来非常可信。

问题当然就是，当一个伪科学家表现得越像一个科学家时，他们提出的无稽之谈就越危险。一个人穿上黑丝绸袍，戴个顶上缀有星星的尖帽子，号称自己能预测未来是一回事；但是把自己称为"核物理学家"（就像某一个夏威夷请愿者做的一样），却没有任何物理方面公认的资质或学历证明又是另一回事了。没人会把报纸上的星座算命当真的——最少我希望是这样——但是有人已经把黑洞的威胁当真了，并且向参与大型强子对撞机（LHC）计划里的科学家们发出了死亡威胁。约翰·埃利斯是他那个时代最伟大的粒子物理学家之一，也是大型强子对撞机（LHC）安全评估小组的重要人物之一。我们看看他是怎么说的："大型强子对撞机（LHC）对于公众来说是安全的，但是谁又能保证大型强子对撞机（LHC）不会受到公众的迫害？"

## 奇异又美妙的黑洞

尽管欧洲核子研究理事会（CERN）受到这些疯子的控诉，也被那些自封"核物理学家"的人胡乱地猜测，但是客观事实是非常清楚的：在等待磁单极或奇异夸克在欧洲核子研究组织（CERN）的探测器中被发现的过程中，没有任何一位科学家屏息担忧制造出黑洞，但是很多研究粒子物理学的正牌科学家确实是相信，大型强子对撞机（LHC）可能会制造出一个微型黑洞来。但我的朋友，这个事实应该是值得庆贺，还是值得哀悼的呢？黑洞到底是什么东西，大型强子对撞机（LHC）怎样才能制造一个黑洞？

其实，黑洞没有你想象的那么复杂：它只是一个密度很大，会在自身的重量压力下完全坍缩的物体。密度，当然就是指单位空间内物质的质量。一个日常生活中的事物，比如说一架钢琴密度不够大，所以不至于在自己的重量压力下发生塌陷——任何坍缩的趋势都会被组成它的原子之间的力轻松抵消掉。但是恒星比普通物体的密度要大很多；如果碰到了够大的恒星，事情就有意思了。以我们的太阳为例，太阳表面的物质受到的向内的引力非常巨大。太阳没有坍缩的唯一原因就是，太阳的内核中发生的核反应，产生的外向的压力也很大。不过，当太阳的核反应的燃料最终用光的时候会发生什么呢？

答案是太阳会发生部分的坍缩，事实上，天文物理学家预测太阳会被压缩到地球大小，大概是它现在半径的百分之一。环顾宇宙，我们就能发现许多比太阳的质量大好几百倍的星星——它们的燃料如果烧尽了会怎么样？答案是：变成黑洞。因为它们无法承受自身巨大的重量，于是会被压缩到不及一个电子大。如果你离黑洞够远，那么它对你的影响就跟任何可以产生巨大引力场的物体，比如恒星，是一样的。但是如果靠得够近，你就会被吸进去，再也出不来了。当然这就是"黑洞"一词的由来。甚至，靠得够近的话，连光都跑不掉。

就像我们在下一课讲宇宙知识中会看到的一样，我们相信大多数星系，包括我们的母星系银河系，其中央都有一个黑洞。我们的星系中央的那个黑洞的质量相当于太阳的430万倍，其实，任何质量的物体都可以成为黑洞，只要它的密度够大。换句话说，大型恒星之所以可以成为黑洞是因为它们密度很大，而不是因为它们体积很大或者因为它们是恒星。如果我有办法把你压缩得足够小的话，你自己也可以成为一个黑洞。要想在很小的空间里聚集很多质量，除了通过大型强子对撞机（LHC）里面发生的对撞还有什么更好的地方可寻呢？

在大型强子对撞机（LHC）里绕行的一颗质子携带的能量大概是单个质子静止时能量的7000倍，两个质子对撞就有两倍的能量，也就大约是单个质子静止时能量的 14000 倍。对于一个很小的空间来说，这个能量算相当高了。但是问题在于，是不是密度已经大到可以形成一个微型黑洞了呢？

很遗憾，根据现有的理论，这个问题的答案是：还不够大，而且相距甚远。如果引力跟平常生活中表现得一样弱的话，那么大型强子对撞机（LHC）里的质子对撞是不会产生足够高的能量来制造出黑洞的；事实上，这能量大概弱了 1000 兆倍。但是，也有其他理论——弦理论就是其中之一——认为当距离小到量子等级时引力会比平常来得大。如果这是真的话，产生量子大小的黑洞就是非常可能的。

不过，就算这种微型黑洞真的出现了，所有理论都预测它存在不了多久。史蒂芬·霍金是黑洞数学模型的领军人物之一，他预测黑洞会通过一个被称为"霍金辐射"的过程蒸发。黑洞越小，蒸发速度越快；像大型强子对撞机（LHC）里的微型黑洞，基本上瞬间就蒸发掉了，而且看起来就像是突然有各种粒子朝各种方向突然消失。所以，你也可以说，量子等级的黑洞根本就不黑，它更像一个微型的太阳。

如果你因为这些事感到激动，那么你可能有点不太清醒，因为弦理论是未经证实的理论，而且大型强子对撞机（LHC）制造的黑洞可能只存在于我们的想象之中。这么说吧：如果大型强子对撞机（LHC）真的造出来一个黑洞，来帮助我们理解引力、额外维度、希格斯粒子或者其他你能想到的东西，那么量子黑洞就是一个最好不过的东西。我不仅不担心微型黑洞的出现，还会一直挥舞着欢迎的旗子，盼望着我们能有好运气，让一个微型黑洞来造访我们。

## 场论与玄论之争

在本课的前面，我讲述了迄今为止粒子物理学史就是统一自然界中四种力的历史。这四种力是：让核子聚在一起成为原子核的"强作用力"；引起放射线衰变的"弱作用力"；作用于电荷上的电磁力；然后就是引力，它比其他三种力都弱得多，而且你只有在大块物质中才能注意到它的积聚效应，就好像地球引力场中的一个苹果一样。我们的努力换来了标准模型，将强作用力、弱作用力和电磁力合并成了一个力，但是代价是一个新场，叫作希格斯场，这个新场可以给予其他基本粒子质量。

无须多说，粒子物理学家们自然不会认为这样就结束了，更未觉得满意。相反地，从 60 年代标准模型出现以来，他们就倾全力尝试各种接枝法，想要得到一种新理论，把引力也纳入进来。这个数学之圣杯被叫作万有理论（Theory of Everything），简称为 TOE [8]。而想要提出这么一个可以完美解释一切的东西可没那么容易。

迄今为止，大体上是两拨人之间进行竞争。笼统地说，理论物理学分成两个阵营，而且彼此之间没什么好感。一拨人是规范场论学者，在先前生成标准模型的那套数学模型上继续摸索。另外一拨人，说实话他们更年轻，更符合潮流，公众关系做得也稍微好一些——是弦理论学者。他们所使用的数学模型跟规范场论的很不一样，其理论中有很多有趣的想法，比如弦、高维度、超对称粒子和微型黑洞。或许有一两个"异端分子"可能会在为探测希格斯粒子而设计的超环面仪器（ATLAS）和紧凑渺子线圈（CMS）这两个探测器里面出现，虽然我认为可能性并不大。

8 这个名字就是由那个欧洲核子研究理事会（CERN）安全评估委员会的约翰·埃利斯取的。

## 规范场论要有例子证明

让我快速为你介绍一下规范场论是在讲些什么，也让你了解参与大型强子对撞机（LHC）项目的科学家们会寻找什么样的实验数据，作为支持这个理论的证据。

我们可以越来越明显地看到，无论是基本粒子还是复合粒子，量子世界里的粒子数量看起来是没有上限的。20世纪初期的日子已经一去不复返了，那时，自然界只由电子、质子和中子构成；自从第一台云室粒子探测器被物理学家制造出来，各种非预期的东西不断出现，从那以后，物理学一直都在打持久战，想要把所有这些新东西放入一个统一的框架中。

第一个不速之客是一种我们现在叫作 μ 子的粒子，它是一个类似电子的带负电的粒子，但是比电子重了200倍。"这是谁订购的？"诺贝尔物理学奖获得者伊西多·拉比（Isidor Rabi，1898—1988）开玩笑说。这还是1936年的事，到了1955年，当 κ 介子和 π 介子[9] 出现时，大家都开始思考这些新发现到底会带我们通向哪里。美国物理学家威利斯·兰姆（Willis Lamb）因帮助世人对电子有更进一步的理解而被认可，在他获诺贝尔奖那年的获奖感言中，他开了一个物理学中最精彩的玩笑："以前发现一个基本粒子的人可以获得诺贝尔奖，但是现在，发现新粒子的人应该被罚款一万美元。"

所以，就只是为了好玩，让我们到粒子动物园里逛一圈吧。不必去担心细节问题，我只是想要你感受一下，这里展示了非常丰富的粒

9 π 介子，就像 κ 介子一样，是由一个夸克和一个反夸克组成的粒子。在20年前它就被日本物理学家汤川秀树所预测，他还因此获得了诺贝尔奖。π 介子是在原子核里的中子和质子之间负责携带强作用力的玻色子，将原子核里的中子与质子维系在一起。胶子也携带强作用力，不过它负责的是在个别夸克之间的强作用力，就像在一个质子或中子里的夸克一样。

八堂极简科学课

子种类。首先，有所谓的"轻子"（希腊语是"光"的意思），它包括电子、μ子、τ粒子和与之相应的中微子。这些粒子各自都有反粒子。接着是六种夸克：上夸克、下夸克、顶夸克、底夸克、粲夸克和奇夸克。所有这些也有着自己的双胞胎反粒子。再者就是由几颗夸克构成的强子，它们是由夸克组成的：两个夸克构成的介子，比如 π 介子、κ 介子还有 J/φ 介子；由三个夸克组成的重子，比如我们最熟悉的质子和中子，一些比较少见的 Σ 粒子（两个上夸克和一个奇夸克组成），还有粲粒子（由两个底夸克和一个粲夸克组成）。被我搞迷糊了吧？等等，我还忘了提那些传递电磁力，强、弱作用力的规范玻色子：光子、胶子、W 玻色子和 Z 玻色子。

在规范场理论的强大威力之下，所有这一堆复杂的粒子都被化解成了简单的物质粒子和力粒子，这也是规范场理论的高超之处。但是，就如我们之前看到的，这里有一个问题：引力是不包括在内的。如果引力的运作模式跟其他的力相似，那我们就该预计它会通过专属的规范玻色子——引力子进行传递；但是到目前为止，所有在这套数学模型上所做出的努力都没有结果，而且在粒子探测器中没有捕捉任何类似引力子的东西。

## 弦理论寻找N维时空

另一方面，弦理论选择了一个异曲同工的方法。弦理论不把物质粒子和力粒子看成两种不同的东西。它的基本观点是：物理世界有一种更根本的，称为"弦"的物体，而力粒子和物质粒子只是这种弦的不同振动模式。当然，这里的弦当然不是传统意义上的弦，而是数学物体，就像夸克一样，可能永远都不能被直接观察到。

这种观点的一个有趣的副作用是，跟规范场必须发明希格斯玻色子以符合数学推演一样，弦理论也需要发明点东西来让公式成立：比如更高的空间维度和超对称粒子。高维空间就意味着比我们常见的四维时空[10]更多；事实上，最常见的弦理论版本需要处理十个维度。

我知道你心里在想什么：如果真的超过了三个维度的话，我早就应该注意到了。但是这可不一定，如果那些额外的维度非常小，你完全不能触及到呢？一个湖的湖面可能远看很平静，但是当你离得够近，就能看到旋涡、涟漪和各式水波纹理，但从远处看整体却不会很明显。在人类看起来像二维的东西——平静的湖面——但是对于生活在水面上的小虫子来说，却是完全不同的三维世界。同样地，我们看似平滑的三维空间在小到可以看到更细微东西的生物眼里，也可能看起来是四维或者更多维度。是的，大型强子对撞机（LHC）里的质子对撞会创造很多粒子，而有些则有可能进入这些额外空间维度，这时候它们就像希格斯粒子一样，成为突然消失的能量。如果这些粒子确实在额外的空间维度出现了，那么我可以打赌弦理论家一定会高兴得手舞足蹈，因为他们还缺乏实验结果来验证他们的理论。

我之前有暗示过，如果高维空间真实存在的话，那么其可有的推论之一就是，解释为什么引力比其他三种力要弱很多。请系好安全带，因为我们要开始奇怪的弦理论之旅。根据这个理论，引力不仅仅在你我所钟爱的四维空间之间传递；也许，不像其他三种力被禁锢在四维的世界里，引力则可以自由地渗透到其他空间维度里去——所以它的强度被稀释了。不明白了？哈，我早就说过这理论是很奇怪的。

另一方面，超对称理论是个比较简洁明了的想法：我们已知的每

---

10 空间的三维和时间的一维——或者就像我们在下一章看到的——就是时空的四维。

一个粒子都有一个更重的孪生"拍档"（即下文中的超对称粒子）。再者，提出这个假设有助于建立弦理论的数学模型，而且在大型强子对撞机（LHC）计划里寻找超对称粒子也是非常吸引人的一个方向。在宇宙物理学里有一个重要的谜题，就是我们完全不确定宇宙主要是由什么东西构成的。我们把这些神秘的东西叫作"暗物质"，而超对称粒子就是暗物质的可能候选者之一。如果我们能在大型强子对撞机（LHC）的质子对撞中创造出它们，我们就能把它们划入暗物质名单或直接排除出暗物质候选名单。

弦理论的最大优点，以及虽然它有点不太能让人接受，但是仍然如此成功的原因就是它提供了一个可以把包括引力在内的四种力，合并到一个框架中的模型。这就是为什么它虽然没有任何实验上的支持，却还可以如此成功的原因之一。

大型强子对撞机（LHC）的运作是非常令人激动的，因为它可能会提供第一手的线索，来让我们判断到底是规范场理论正确还是弦理论正确。希格斯粒子如果被发现了，则对规范场理论家的标准模型是一个很大的促进。如果是额外的空间维度、超对称粒子，或者更具诱惑的量子黑洞被发现则会是弦理论家梦寐以求的。或者更有可能的是，两种理论都被证明是失败的，这么一来，我们就必须再提出一套全新的物理理论来。从某种程度上来说，那会是最有趣的结果。

## 反物质和大爆炸

我已经说过，大型强子对撞机（LHC）中的两个实验都使用到了两部巨大的、多用途的探测器——超环面仪器（ATLAS）和紧凑渺子线圈（CMS），这两部探测器可以追踪从希格斯玻色子（Higgs particle）至额外空间维度等的任何东西。从这个意义上来看，大型强子对撞机

（LHC）就像是一个威力超级强大的显微镜，帮我们看到量子世界里非常微小的细节。但是正像我说的，大型强子对撞机（LHC）还有另外两个实验在进行，分别叫作大型强子对撞实验（LHCb）和大型离子撞击实验（ALICE），从很多方面来看，它们更像是功率超大的望远镜，可以把宇宙大爆炸发生后极短时间内发生的事，传送回来给我们看。大型强子对撞机（LHCb）主要是跟反物质打交道；大型离子撞击实验（ALICE），则尝试重建物质的一种形态，而这个形态是在宇宙形成以来没有出现过的。

## 正物质与反物质，天使与魔鬼

反物质是非常让人着迷的。原来我们现有的每一个基本粒子都有一个反粒子搭档，两者的质量相同而电荷相反。举例来说，电子的反粒子是正电子。最关键的事实是：如果一个粒子和它的反粒子相遇了，会发生湮灭反应，然后制造出光子来。

在大型强子对撞机（LHC）之前的大型正负电子对撞机，使用了特别高能的电子和正电子进行对撞产生出新粒子，对撞的总能量可以相当于200个质子静止时的能量。[11] 事实上，在世纪之交的时候一

11 附带说一句，使用电子/正电子对撞来制造新粒子有很大的好处。从某种角度上来看，它们很"干净"，因为两个对撞的粒子把对方都削减了，从而产生一批新粒子。另一方面，当两颗质子对撞时，你真正想要做的其实是让这颗质子中的某个夸克去撞击那颗质子中的某个夸克。不用多说你也猜得到，这并不容易，也意味着你还会制造很多其他的对撞，而且对数据还要做出很多计算才行。你首先必须挑选出夸克之间的小擦撞并对其进行过滤，然后才能好好研究到底发生了什么事。在类似欧洲核子研究理事会（CERN）的那种加速器中，加速正电子和电子所带来的问题是，你没办法把它们的能量提高到超过100个质子质量那样高，因为电子和正电子放射出大量的辐射。所以，物理学家转而采用质子，只不过这样一来分析数据资料时会令人更头痛。

八堂极简科学课

个小插曲出现了，当时在大型电子正子加速器（LEP）工作的物理学家确信，他们发现了希格斯粒子存在的迹象，其质量大约相当于122个质子的质量。然而官僚主义最后占了上风，大型电子正子加速器（LEP）被拆掉了，腾出地方给大型强子对撞机（LHC）。最后，122个质子质量被规定为希格斯玻色子质量的下限。

请不用怀疑，反物质是很真实的东西，而且它是组成物理现象未解之谜的核心：为什么自然界中的反物质这么少？我们相信在宇宙大爆炸中，同样多的物质和反物质被创造出来，那么为什么当我们环视宇宙时，反物质看起来这么稀缺呢？

当然，从某个角度来说，这是件好事。如果大爆炸创造的所有夸克和反夸克一瞬间彼此消灭，那宇宙中就只剩下光子了，星系、恒星、行星都不存在了，也不会有物理学家担心这些东西是从哪儿来的了。其实非常惊险，只差一点点，事情就会变成那样：大部分在大爆炸中被创造出的夸克和反夸克确实彼此消减，而且留下的光子至今还可以在世界各地的无线电望远镜里观察到。只是，在每十亿个夸克与反夸克彼此消减的过程中，就会有一个夸克安然无恙地存活下来，这些夸克就构成了我们今天在宇宙中可以看到的物质。物质与反物质之间的差距非常小，但是目前为止，我们还没有办法找到任何物理定律可以解释它。

弱作用力可能是"嫌犯"之一，因为它在遇到物质和反物质时的行为模式，看起来确实有一点不同。但到目前为止，我们看到的这些差别离解释十亿分之一的存活率还差得远，不过这仍然算是解释物理存在的一个重要线索。大型强子对撞机（LHCb）探测器——b代表底夸克——被建造出来是用以测量在弱作用力下的B介子以及它的反粒子反B介子的衰变率。如果弱作用力以同等方式对待物质和反物质的话，你会预期两者的衰变率相同，但是事实上，B介子比反B介子的衰变率要慢一点点。[12] 在大型强子对撞机（LHC）提供的前所未见的高能量下，观测两个衰变率之间的差异是大型强子对撞机（LHCb）的重要目标之一，据此有希望告诉我们更多关于弱作用力的知识，以及让我们更了解它在宇宙创造之初所扮演的角色。

## 婴儿宇宙是些团块

最后介绍的这个大型强子对撞机（LHC）实验小组就是非凡的大型离子撞击实验（ALICE）。"ALICE"是"A Large Ion Collider Experiment"的缩写，但是别因为这个名字普通就小看了它，在它里面发生的事可谓是伟大事件。大型强子对撞机（LHC）的另外三个实验超环面仪器（ATLAS）、紧凑渺子线圈（CMS）和大型强子对撞机（LHCb）都是设计来研究质子对撞的，而大型离子撞击实验（ALICE）要做的事情非常不同：将它所能捕捉的最大离子——事实上是铅离子——加速到相对论等级的速度然后让它们进行对撞，尝试重新再创造出大爆炸之后几分之一秒内的物质形态。

让我们回到夸克和胶子尚未固体化为我们熟悉的重子，比如质子、中子和介子等重子之前的时期，当时它们以气态存在着，物理

---

12 现在事情就有点儿复杂了，不过你有可能感兴趣，所以我来解释一下：B介子是由一个底夸克和一个上或下反夸克构成的，反B介子是由一个底夸克和一个上或下夸克构成的。这时，你脑子可能开始变成糨糊了。其实使用符号可能会让你更容易理解一些。粒子物理学家使用u、d、s、c、t和b符号来方便地代表上（up）、下（down）、奇（strange）、粲（charm）、顶（top）和底/美丽（bottom/beauty）夸克。如果要表示反夸克，你只需要在字母上加一条横杠就可以了，比如 ū。所以B介子是bū，而反B介子是bu。看到了吗？数学就是给懒人用的。

学家称这种状态为夸克—胶子等离子体。据欧洲核子研究理事会（CERN）的物理学家计算，在高能铅离子相撞之后，会有一团这种状态的东西形成，其温度会是太阳温度的近十万倍。研究这团气体有助于我们了解粒子物理学中的各种问题，同时也能给我们不少关于宇宙物理学的暗示，因为它在很多方面跟婴儿期宇宙非常像。

宇宙论的一个发烧议题就是，为什么物质都会聚集在一起，形成大型的块状，进而形成像恒星和星系等大结构的物质。若没有其他因素介入的话，你可能会认为，在宇宙扩张的过程中，物质应该会均匀地向外散开，随着宇宙的扩展，每一个粒子都会离其他粒子越来越远才对。不用说你也知道，这肯定没有发生：婴儿宇宙肯定含有团块，而大型离子撞击实验（ALICE）所得到的夸克—胶子等离子体中就可能蕴藏着这些团块形成的秘密。

## 宇宙未解之谜

当阿波罗11号的登月舱——老鹰号，在静海——那是接近月球亮面中央的一片80公里宽的深色火山岩——的西南角着陆的时候，我只有三岁。登上了月球表面的两个人中，有一个是物理学家，这让我很震惊。当我随后了解到他也参与设计了导航装置，使他们顺利到达月球表面时，我更是对这位物理学家着迷不已。巴兹·奥尔德林应该是这个世界上最酷的博士之———而且，顺便说一句，如果有谁认为人类登月不是真的，我相信他只需要上Youtube看看巴兹是如何让巴特·西布莱尔饱吃老拳的视频，我想他们就会改变想法的。

正如阿波罗计划带我们飞出了自己的星球，进入太阳系一样，大型强子对撞机会把我们带到一个我们从未到过的世界：微小物体的世界。我们不知道会发现什么：是希格斯粒子、超对称粒子、额外空间维度，甚至是小绿人。但是有一件事是确定的：我们正在踏入一个新的领域。大型强子对撞机（LHC）可能只是个人极为微小的一步，但却是使全人类肾上腺素飙升的一大步。我不想让人老是觉得我总在讲一些不着边际的话，但是我真的希望，跟登月计划一样，大型强子对撞机（LHC）也可以激励一代年轻人，让他们知道科学也是值得一试的。

　　通过全能的超环面仪器（ATLAS）和紧凑渺子线圈（CMS）这两部通用的探测器，大型强子对撞机（LHC）将会揭开量子层面的许多秘密，通过大型离子撞击实验（ALICE）和大型强子对撞机（LHCb），我们将一窥婴儿时期的宇宙，在大爆炸之后几分之一秒的样子。那个婴儿宇宙是如何从大型离子撞击实验（ALICE）实验中的那团夸克汤进化成当今宇宙中的那些成熟而巨大的星体的，这是下一课的主题。系好安全带，我的朋友，因为我们将要一睹超新星、恒星和行星的精彩世界——并且我们要提出这样一个问题：如果宇宙是从一场爆炸中开始的，那它会怎么结束呢？

## 第三课 广义相对论的宇宙和时空

## 谁都可以参与的"观星派对"

每个月的最后一个星期三，当夜幕降临的时候，一群人就会零零散散地聚集到伦敦的丽晶公园。他们的聚集地点在"哈布"（Hub），一个高科技的体育馆，很容易被人误认为是一个迫降的飞碟。看着这帮人戴着针织帽晃来晃去，还有他们七嘴八舌聊天的热情，你或许以为他们是针织品受害者互助小组，但其实他们的身份是贝克大街业余天文学家俱乐部成员，是一群组织松散但是充满激情的都市天文爱好者。有些人拿着双筒望远镜，还有些架着和消防水炮一样大的望远镜，而大多数人则是仰望着天空，连眼镜都不戴。所有人，不管是菜鸟还是专家，来到这里都有一个共同的目的：和夜空中的天体进行交流。

你不得不敬佩他们的执着和毅力。伦敦可不是观察天象的理想地点。首先来说，街道和建筑物散射出来的光太强了，让星光难以被发现，因此，这些天文爱好者才选择在一个没有灯火的公园中心聚集。同理，明亮的月光也是观星的障碍，所以他们把观星的时间定在远离满月的日子。即便如此，不管你计划得多么周详，都很难排除英国这诡异天气的干扰。就以今晚为例，当你仰望星空，不像是在追踪神迹，反倒像是在盯着一碗泛着橙黄色光的汤。明白了这些道理，你就会理解为什么世界上最好的望远镜都架设在夏威夷、智利和加那利群岛。不单是因为那里天气好，那里还有的是山地，可以把机器架在尽可能高的地方，尽可能减少大气层对星光清晰度造成的影响。[1]

参加"观星派对"，这是我们的行话，是了解星象的最佳途径。因为不仅有专家给你指点观星的正确方法，还有许多同好与你一起赏星，能够化解天文爱好者在身份认同上经常产生的存在性焦虑。因为，我们会发现，夜空不仅是一扇窗口，让我们见证一些前所未见的奇妙的景观，而且它还是一把钥匙，引导我们揭示人类有史以来最伟大的发现：宇宙诞生的奥秘。如果连这都不值得你戴着针织帽出现在公共场所，那我就不知道还有什么事情值得你这样做了。

## 迈出天文学的第一步

如果想在家里研究点天文学，下面是你应该尝试的第一步。下一次天空万里无云的时候，在正午时出门面对太阳站好。如果你在北半球，你面对的就是南方。如果你有幸拥有一个庭院，你也会希望你的庭院面向南方，因为这是一片真正的向阳地。当然，除非有人把跟它相接的那块棕色地块买下来了，然后建造了一个巨大的足球场。[2]

向着太阳站好后，把你的双手向两侧平伸，这样一来你的左手指着东方，那是太阳升起的地方，右手指着西方，太阳要从那边落下。你现在就有了观赏夜空所需的绝佳的参考坐标了。你手机上有不错的指南针软件，也可以来做这个事情，但是我想要你用你的祖先们曾经用过的方法与太阳和星星建立一种联结。现在，让我们做几个天文方

---

八堂极简科学课

1 著名的哈勃望远镜更加厉害，它把整个大气层都甩在了身后，直接架设在外太空。它已经辛勤工作了20多年，为我们提供了许多宇宙最深远处的震撼人心的照片。如果你还没登录过哈勃的官方网站 www.hubblesite.org，赶快去看看，有很多惊喜等着你呢。

2 如果你感兴趣的话，我可以告诉你，那个买方是阿森纳足球队。

面的脑力游戏，让你真正地融入太阳系中，然后再冲出太阳系，去探索银河系以及宽广的宇宙。

## 夜里最容易看到的三颗行星

让我们还是继续在日光下朝南站着吧。[3] 现在尝试描绘一下太阳从东到西跨越天空的轨迹，这条想象中的线能告诉你太阳系所在的平面。天文学家称它为黄道（ecliptic），因为当新月与这条线相交时，就可能发生日食或月食。一切围绕着太阳转的物体都大致沿着这条弧跨线划过天空。只有月亮亮到可以在白天看见，而当夜幕降临时，我们的五个"邻居"——水星、金星、火星、木星和土星——通常可以在它们从东方升起，或从西方落下时看到，并且全部都走这条路径。

月亮和其他行星自身都不发光，它们只是在反射太阳光。乍一看，它们很像恒星，但是如果你持续观察它们几个小时，你就会发现行星是相对于恒星场在运动的。跟恒星比，行星通常比较亮。还有，行星离我们如此近，所以比较不易受到大气的扰动，也因此它们不会闪烁。通常从两个事实中我们就可以判断一颗星星是不是行星。距离太阳比我们更远的那三颗——火星、木星和土星——一般在晚上我们最容易看到。另外两颗，水星和金星，离太阳更近一些，所以在早晨和黄昏最容易看到。二者之中，你看到金星的机会比看见水星的机会大得多，这是颗摄魂夺魄的"启明星"；除了月亮，金星就是天空中

---

3 如果你在南半球，你应该面朝着正北方，于是房产中介就会喋喋不休地向你推荐朝北的花园。

八堂极简科学课

最亮的星星。

人类总是通过天象来计算时间，所以也许在英文中一周七天的名字正好是用太阳、月亮和五个最近的行星来命名就不是巧合了。星期天（Sunday）和星期一（Monday 就是 Moonday）有很明显的解释；其他几颗行星的英文名是以罗马神话中的神来命名的，如果你的拉丁文跟我一样差，那么我们用法文解释或许会容易些：星期二（Mardi）是火星日，星期三（Mercredi）是水星之日，星期四（Jeudi）从木星日而来，而星期五（Vendredi）是金星日（Venus–day）。而大家最爱的休息日周六（Saturday），是土星日（Saturn–day）慵懒的说法，这个名字很合时宜。

盎格鲁 – 撒克逊的用词变化需要多一点解释：星期二的英文 Tuesday 从 Tyrsday 演变而来，Tyr 是类似火星（Mars）的北欧战神。奥丁是北欧神话中跟商业道路之神（水星）有点关系的北欧神，他为我们带来了 Odinsday 这个词，演变为现在的星期三。北欧的神 Thor，跟木星朱庇特一模一样，最后变成了 Thursday（星期四）。Freya，是北欧生育女神，相当于维纳斯，是 Friday（星期五）的来源。看出来了吗？如果不是维京人的语言搅局，这些能说得更通一些。

当然，天王星和海王星当然也在那儿，但是因为这两颗行星离太阳最远，是最难看到的，一般都需要一副望远镜和一点专业指导才能找出它们。另一方面，要找到冥王星，需要一个高功率的天文望远镜和专业天文学家的协助，而且不久之前它已经从原本的行星身份被降级为"矮行星"。听起来挺残酷的，但是我们马上就会知道这其实是必需的一步，因为在和它大约相同的轨道上，正陆续发现着各种各样和冥王星差不多大小的岩石，而罗马诸神的名字可没有这么多。

## 夜空甜点——卫星、流星和彗星

那么，你已经知道了天象的基本方位，也知道了太阳、月亮和行星不分昼夜在天空中所走的路线。用天文学的话来说，你已经美美地吃完了益于你了解太阳系的绿色蔬菜，可以开始享用甜点了。你运气太好了，因为夜空中充满了各式美味的甜食。

首先，上面当然有着各种不可思议的人造物体。从 1957 年的第一颗人造卫星"斯普特尼克号"（Sputnic）开始，我们已经发射了超过 3000 颗人造卫星，它们展现出相当可观的景观。人造卫星是靠近地球绕地运行的，所以观察它们最好的时间，是远离城市的灯火，选择清晨或黄昏，并且要优先挑选新月出现的日子，因为月光此时正处于不明亮的时候，因此月光不会亮到掩盖人造卫星的光芒；说到底，你是在寻找几百公里以外的大货车般大小的东西所反射的光。一旦你看到的时候，你会为你所看到的人造卫星数量感到惊讶。但是你必须很快地反应才行：我个人最喜欢的，国际空间站，大概 5 分钟，就从地平线划过。[4]

觉得不可思议，对吧？一个真正的空间站，里面会有宇航员，在离地球很近的地方飞过，你甚至可以看到保持伏特加冰镇状态的巨大太阳能板。

通信卫星，比如为你转播电视信号的人造卫星，离我们太远了，无法用肉眼观察到，它们在离地球 36000 公里的地方绕稳定的轨道运行；比如为我们出行导航的那些导航卫星，也近不了多少，离地球 20000 公里；不过那些有意思的东西，比如空间站、望远镜和气象卫星都在"近地轨道"上，离地表的距离不到 2000 公里，是可以用肉眼看到的。

---

4 有一个非常好的网站，网址是 www.heavens-above.com，在这个网站上你可以跟踪任何你感到有趣的人造卫星，并且这个网站会提醒你，那颗人造卫星何时可能从你头上越过。

八堂极简科学课

## 饱览太阳系的焰火表演

当然，对我来说，在夜空中你能看到的最精彩的，就是太阳系的免费焰火：流星和彗星。你可能知道，流星基本上就是一些太空中的石头，当它们穿过地球外围大气层时就会自行燃烧，在夜空中就好像一道明亮的闪光，只持续了几秒钟就消失。而彗星则可以连续好几个月都能看到，它们是半径达好几公里的巨大脏雪球，当它们接近太阳时被加热，变成一个巨大的火球，拖着长长的由气体和尘埃组成的羽状尾巴。这两类太空访客不仅看起来蔚为壮观，而且就像我们要看到的，还为我们提供了太阳系的重要线索，让我们探究太阳系的起源，甚至是我们了解地球生命之起源的关键。

目前的理论解释是这样的：大约 50 亿年前，在一个由氢和古老的星尘组成的"恒星摇篮"中，诞生了一个引力团块，后来形成了太阳和其他数颗恒星。当太阳的密度逐渐变大时，它的引力也变强了，于是伸出它小小恒星之手，把附近的所有尘埃、气体和冰全部都抓到了身边。

这一团"未来恒星与行星"构成的旋涡状物质，在刚开始想必会有些许的转动，因为当它们在引力作用下，逐渐凝聚在一起时速度加快而形成了一个圆盘，很像花样滑冰选手把手收回时旋转速度变快的样子。这是所有行星公转方向与太阳自转方向一致的原因。当太阳用引力吸走了它周围最后一些氢气时，这个圆盘密度最大的部分，慢慢在引力的作用下凝聚，形成行星。最后，太阳起火燃烧，开始发光发热，同时产生了太阳风，把所有弥漫的气体吹离了太阳系，迫使太阳离开了它的姊妹恒星们。

圆盘中的行星分成三个不同的系列。第一种是小岩石构成的行星，在最靠近太阳的环带上，包括水星、金星、地球和火星；接下来是两颗巨大的气态巨行星，即木星和土星；在最远处的是冰态巨行星，即天王星和海王星。但是并不是圆盘里所有的物质都会形成行星。在火星和木星之间，有由未能进化成行星的小行星岩块及一般碎石构成、像垃圾场般的带状区域，我们称之为"小行星主带"。通常认为，大部分偏离轨道的最后以流星的方式出现的太空岩块就是来自这里。你或许已经知道，小行星在下一个十年会变成重要话题。2010 年，奥巴马总统决定让航天飞机退役，同时交给了美国航空航天局（NASA）一个新的挑战：2025 年之前把人送上一颗小行星。初一看，跟登月比起来，这似乎没那么精彩，但是我们对小行星了解得越多，就越觉得它们重要。

首先，小行星有着很切实的危险，因为一颗乱跑到地球上的小行星可以直接毁灭一切。大部分流星都是由鹅卵石大小的东西构成，但是偶尔一颗重量级的小行星进入会跟地球发生对撞的轨道，经过一路的燃烧后，还能留下不少的质量，足以对地球造成严重的伤害。看看下面的数据就知道了：我们现在相信，发生在 6500 万年前白垩纪恐龙的大规模灭绝，是由一颗直径超过 10 公里的小行星造成的，它给我们留下了墨西哥希克苏鲁伯（Chicxulub）一个宽达 180 公里的陨石坑。下次这些跑错路的坏孩子再次光临地球的时候，看你还能不能保持淡定。

所以奥巴马是有道理的。如果我们可以学会把自己送到其中一颗上面，那么当它们存在可能撞击地球的威胁时，我们可以有机会改变它的路径。而且同样重要的是，有关地球诞生的最有趣的问题之一是：如果地球是由一盘崩塌的炙热尘埃组成的，那么水是从何而来的呢？

## 你杯子里的水可能来自火星

看看月亮那坑坑洼洼的表面，你就知道它对小行星的碰撞都习以为常了，而阿波罗计划告诉了所有人一个令人惊讶的事实：所有的陨石坑都是在一个相对狭窄的时间段内形成的，大约是 40 亿年前，也就是太阳系形成后 6 亿年前后。现在大多数人认为，在一次称为"晚期大撞击"的灾难中，月球被一大群快速移动的小行星所撞击。如果月球被轰炸了，那么同理，包括地球在内的类地行星[5]，也都会受到撞击。月球上地质活动很少，所以这些陨石坑一直保存着，至于地球和附近的其他行星，比如火星还有金星上，地表的陨石坑大多已被火山爆发和版块运动给抹平了。

最近科学家发现的一些小行星都携带着大量的水；有一些小行星携带的水，足够填满地球上所有的海洋好几次。冷却中的地球受到潮湿的小行星密集撞击，不仅很好地解释了地球上水的来源，还能解释为什么地球是 46 亿年前形成的，但是我们却不能找到那么古老的岩石的原因。[6] 如果我们的理论正确，大概 40 亿年前，由含水小行星所带来的"晚期大撞击"让地球表面新形成的岩石表面全部熔化，创造出巨大的水蒸气云，这些蒸汽被地球的引力吸引而无法逃脱，最终形成了海洋。换句话说，你杯子中的水很可能来自火星之外的太空。

## 来自遥远星球的消息

然而，类地行星形成后，留下的岩石碎片跟天王星和海王星这两颗冰巨星形成后留下的冰砾比起来，根本不算什么。就像之前提到的火星以外的岩石垃圾场是流星的主要来源一样，同样，海王星之外的冰砾垃圾场是彗星的主要来源。有些冰砾位于甜甜圈形状，被称为

5 除了地球之外，类地行星包括水星、金星及火星。

6 因为最初的岩石一块都没有留下，那么我们是怎么给地球测年龄的呢？一种方法是看那些与地球同时期形成的陨石的成分，它们因为太小，所以不会受到地质活动的影响。

"柯伊伯带"的区域中：这是冥王星和其他矮行星的家。大部分公转周期短的彗星——每隔几年就拜访我们一次的那种——应该就是从这儿来的。公转周期更长的彗星则来自更遥远之处：由碎冰粒构成的神秘球壳，我们称它为"奥尔特云"，它把整个太阳系包围起来，离太阳有一光年远。

是的，没错，整整一光年。相当于我们距离已经算是荒郊野外的"柯伊伯带"边缘的一千倍开外，或者距离离我们最近的恒星——比邻星——的四分之一。确实，奥尔特云中的许多彗核可能是在恒星摇篮期，从其他婴儿恒星的原行星盘中偷来的。换句话说，我们偶尔在夜空中看到的彗星，有可能是从异世界来的访客。它们甚至可能为地球带来过生命。毕竟，如果彗星能在婴儿恒星之间转移物质的话，那么微生物的出现则有可能是稀有事件，它们在恒星摇篮中的婴儿太阳系之间传播开来，就像一个幼儿园中传播水痘一样。多亏有了小行星和彗星，地球一点也不孤独，它与太阳系最深远之处甚至其他恒星都有连通。

## 你不知道的十二星座

我们现在对自家后院已经有了一点了解，现在，让我们再次看看天空，认识一下我们的近邻恒星。它们离我们如此远，以至于我们对深度的感觉不起作用，整个星空就像是一个圆顶盖在我们头上；事实上，不同的恒星在它们的能量和与地球的距离上有着巨大的差异。比邻星的邻居，半人马 α 星，是我们肉眼能看到的离我们最近的恒星，它的光若要到达我们这里大概需要四年。[7]天津四（即天鹅座 α 星）是你用肉

---

7 我应该指出的是，半人马座 α 星只能在南半球的半人马星座中看到，所以别在北半球瞪着眼睛找了。

八堂极简科学课

眼能看到的最远的恒星之一，它发出的光需要 1600 年才能到达地球。你可以这样想，你看到的半人马 α 星的样子，是它在我们上次开奥运会时的样子，而天津四则大约是它在罗马第一次沦陷时的样子。

人们习惯把夜空中最亮的那些恒星想象成星座，但在我看来这些星座则跟各式各样的动物、神祇和家庭用品有着很勉强的形似关系。古希腊人给北边的大部分星座都命名了，我们可以怪他们的口味不佳，但南边的组在一起像到了动物园似的星座名都是我们自己起的，如果看起来不像，就只能怪自己取得不好了。

在黄道附近分布着很多动物星座，对于巴比伦人来说，黄道很重要，于是就有了黄道十二宫（Zodiac），这个名字来源于希腊语的动物（zoon）单词。然而，如果你是占星学的狂热爱好者，那么就算太阳在你生日那天的正午时分位于错误的宫位也不要灰心。就像我们就要在第七课谈论地球科学中所看到的那样，地球在其轴线上缓慢地摇动着，一个完整的循环需要 2.6 万年。这就意味着，从地球的角度来看，这些星座在过去的 2000 年里，已经向后移动了大约一个宫位。换句话说，如果所有人都跟你说，你是狮子座的典型人物，那么实际上你是个害羞而内敛的巨蟹座。[8]

国际天文学联合会——就是那帮把冥王星降级成矮行星的扫兴鬼们——定义了 88 个星座，虽然这些星座看起来跟它们的名字所指的东西一点也不像，但是它们作为天空格状的坐标系还是很有用的。在我们离开临近的恒星，继续去探索银河系那闪闪发光的城堡之前，让

八堂极简科学课

8 喔对了，当你真的仰望夜空去寻找黄道十二宫时，你会发现实际上有十三宫，在天蝎座和射手座之间有第十三个星座蛇夫座。如果你好奇蛇夫座的人有什么特质的话，那么让我告诉你，蛇夫座的人其实是"狂热的占星学爱好者，可以把任何科学根据用占星术予以否定，只要这些证据和他们的世界观相违背"。

我为你再介绍一两种奇妙的星象。当你不得不从村里的谷仓舞会独自走回家时，它们会为你装点那没有月亮的乡村之夜。

## 婴儿恒星是这样诞生的

为了更加了解我们面对的东西，让我简单地回顾一下前面关于恒星的知识吧。当恒星之间气体、尘埃和冰所构成的云状物遭到某种冲击波冲击时——比如附近的超新星爆炸而产生的冲击波——这云状物的某些部分会变得密度比较大，然后在自身的引力下开始坍缩。冲击波也很有可能会引起那个团块的一点点旋转，当它们收缩时，它们就会自转得更快，形成由炙热和塌陷的气体构成的中央球体，外围则环绕着盘状物质，这些物质最终会形成行星。很快地，这个中央气体球变得非常致密和灼热，以至于能启动核聚变反应，氢聚变合成氦，并且释放出巨大的能量。一颗婴儿恒星就此诞生了。

当物质热到一定地步，它就会释放出可见光。大多数物质在达到1000K（大约700℃）时，都会发出红光，这就是我们说"火红"的原因，而且我指的是所有东西：不管是一块煤炭还是一个香蕉，若一直把它加热到6000K，它就会开始发出白光，继续加热到10000K时，它的光就会变成蓝色。这其实不是什么新鲜事了：毕竟，当我们在壁炉里生火时，我们几乎都会本能地知道，亮白色的灰烬要比暗红色的烫，而蓝色火苗则会比白色的温度要高。

## 独具特色的蓝、白、红色三颗恒星

这跟恒星有什么关系呢？恒星，说到底，就是巨大的核聚变反应堆，本身的温度高到能释放出大量可见光。蓝色恒星是最大、最热且最亮的，它们的质量从比太阳大 10 倍到大 100 倍的都有，而且它们经常"来得快，去得快"。它们的寿命比较短——以百万年计算——直到它们用光了所有核燃料，以超新星的方式爆炸。构成你身体的所有原子都是从这些令人叹为观止的恒星中而来。从宇宙诞生以来，它们一直循环往复，一代又一代：超新星的冲击波创造恒星，大颗的恒星以超新星的形式爆炸，超新星产生的冲击波又创造出更多的恒星。

白色恒星，比如我们的太阳，是这些恒星摇篮中最常诞生的恒星，大小和温度都是处于中游。[9] 在耗尽燃料而膨胀之前，这样的恒星可以存活几十亿年之久。但当核聚变反应停止时，外层的气体和尘埃就会飘走，形成一片叫作"行星状星云"的云，而其内核会缩小到地球大小。天文学家称这些非常密实的物体为"白矮星"。这个星核会一直聚变到生成碳元素的地步，所以像太阳这样的恒星确实最终会真的就像天空中的钻石，只不过这颗钻石无比炙热，而且就和地球一样大小。

在另一个极端，红色的恒星是最小、最冷和最昏暗的，它们可以存活数万亿年。天文学家认为，宇宙本身只有 140 亿岁，所以你只要稍微动一下脑子，就知道每一颗创造出来的红色恒星仍然都在世，即使是在宇宙创始之初诞生的也不例外。

恒星的命名，远远早于人们开始有政治正确意识的年代，所以比太阳大的恒星一般都会被称为"巨星"和"超巨星"，而跟太阳一样大或比太阳小的恒星就被毫不隐讳地被称为"矮星"。小颗红恒星，

9 我知道你在想什么：太阳不是白色的，而是黄色的。事实上，它看起来是黄色的是因为我们大气层的缘故。空气分子通常会散射光线，而光线越偏蓝色被散射得越厉害。所以，所有从太阳而来的蓝光都在大气层中被来回弹射，于是太阳看起来就呈黄色，而天空变成了蓝色。如果你从太空中观察太阳的话，你就能看到它的真实颜色：炫目而耀眼的白色。

或者"红矮星"只能勉强地维持着核燃料的供应，而且目前就我们所知，红矮星的核聚变不会超出把氢聚变成氦的阶段。这看起来似乎没什么意思，但是当你考虑到以下情况，事情就有趣了：如果有任何一种生命形态，如果可以存活在围绕着红矮星旋转的行星上的话，那它们基本上都会和红矮星一样，永远不会燃烧殆尽。在第八课，当我们讨论外星生命时，我们会进一步说到这个话题的。

## 红矮星"隐身"之谜

综上所述，恒星是在恒星摇篮中由坍缩的氢气制造出来的，它们按大小分类可分为三类：大型恒星（蓝色）、中型恒星（白色，跟太阳一样）以及小型恒星（红色）。现在让我们思考一下，当我们抬头仰望天空时，我们会看到什么呢？

首先，我们应该会看到很多小的红矮星，因为它们的寿命实在是很长，还有许多中等大小的像太阳一样的白色恒星，因为它们经常被制造出来；我们应该很少看到蓝色恒星，因为它们很稀少，而且寿命很短暂。可是，随意看一眼夜空，你几乎看不到任何红色恒星；几乎所有的星星都是白色或蓝色的。这到底是为什么呢？

答应就是，红色恒星的数量比例与我们所预期的当然是大体一致的，只不过是因为我们的肉眼无法观察到罢了。比如比邻星，它也是红矮星，但是这颗离我们最近的恒星，由于过于昏暗，在没有功率强大的天文望远镜的帮助下是看不见的。而且它只在南半球看得见，所以如果你住在赤道以北的话，你是肯定看不到它了。同样地，虽然蓝星很稀少，但是它们极为明亮，所以肉眼看到的比率远比它实际所占的比率高。想象一下吧：我们在夜空中看到的星星有多达10%其实都是非常巨大，且十分罕见的恒星。

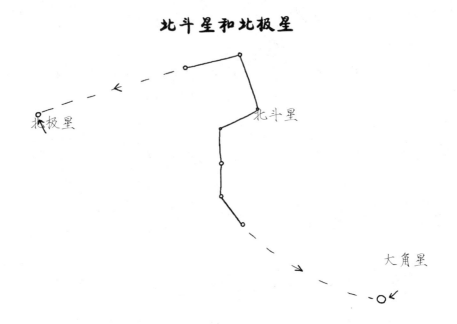

北斗星和北极星

北极星

北斗星

大角星

## 教你准确找到恒星

我们已经提到过，离我们最近的，跟太阳差不多大小的恒星是半人马 α 星。在南半球生活的朋友应该知道，它就是指向南十字星的两颗指针星中较亮的一颗。对于北半球的人来说，离我们最近的和太阳一样的恒星是天狼星，又叫犬星。它的重量和体积都是太阳的两倍，离我们只有 8.6 光年远，它在北半球的天空上，是最亮的一颗。你只需要先找到猎户座，而天狼星就是在它脚踝处的那颗闪亮的星星。

现在把我们的目光转移到一颗已经进入膨胀阶段的老年类太阳型恒星，又被称为"红巨星"，它叫大角星。想要找到它，可以先找到北斗七星，也就是看起来像个平底锅的七颗星星，顺着勺柄的弧形往远离锅的方向延伸，碰到的第一颗亮星就是它了，它的明亮程度仅次于天狼星。它离我们 36 光年远，是天狼星与我们之间距离的四倍多，虽然它跟太阳的质量差不多，但是却膨胀到了太阳直径的二十五倍那么大。将来有一天，我们的太阳也会变成跟这颗垂死的星星一模一样。

## 猫户座和天狼星

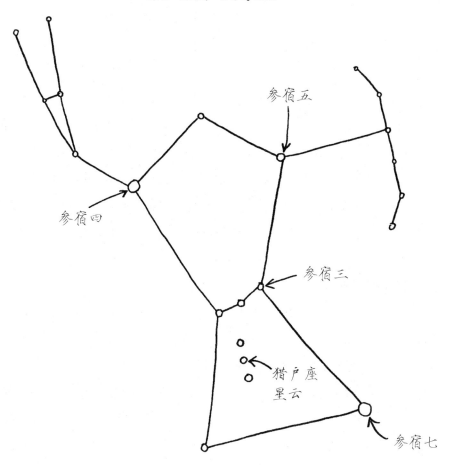

参宿五

参宿四

参宿三

猫户座
星云

参宿七

天狼星

## 蓝色恒星都是大块头

那么这些都是较为我们所知的和太阳一样大的恒星的经典例子。现在让我们看一些体积更大、也更热的蓝色恒星。猎户座不仅仅是最容易被认出来的星座之一，在南北半球均可见到，而且组成它的星星也都很巨大。首先，不管你在哪个半球，你最先需要找到的是猎户座腰带上的三颗水平的星，从腰带向下悬挂的——如果你在北半球，剑就是在腰带下方，南半球则是在腰带上方——是代表猎户的剑的三颗星。这三颗星也可以代表其他的东西，但是前人是用"剑"来称呼它们的。不可思议的是，构成剑的三颗星，中间的那颗实际上是整个猎户座星云，这个你可以亲眼看到的恒星摇篮，离我们大约 1300 光年，宽度大约为 24 光年，在它那由氢和尘埃构成的星云中，婴儿恒星正在一颗颗地形成。

接下来，我们要见证猎户腰部一颗相当巨大的蓝色恒星了。回到猎户座的腰带。这三颗星星中最靠右的是参宿三，你可以看到它发出的强烈蓝光。虽然它是这三颗星中最暗的一颗，但是它的质量却大约是太阳的 20 倍，亮度则是太阳的 9 万倍。在猎户座的超级蓝色恒星阵营中，另外一个年轻后生是参宿五，位于猎户的右肩；剩下的全都是蓝色超巨星，这意味着它们已经停止燃烧氢，并在开始制造较重元素的过程中，体积已膨胀到几乎是太阳直径的 100 倍。位于猎户座右脚的参宿七，就是一个经典例子。

现在让我们伸长脖子仔细看一颗接近生命终点的超大恒星。再次回到猎户腰带上的三颗星，然后往上找到猎户的左肩。那颗发出红宝石一样颜色的超巨星叫参宿四，天文学家认为它会在未来的 100 万年内爆炸。猎户座里类似参宿七这样的蓝色超巨星也非常大，但大小约为太阳的十倍的参宿四则完全是另外一回事。它基本上已经耗尽了所有的核燃料，正在尽可能地将它的星核转化成铁，这也是恒星可以通过核聚变生成的最重元素。当聚变完全停止时——可能今天晚上你观察它的时候，也就处于这种状态——恒星的核因为自身的引力而坍缩，并释放出巨大的能量，这些能量让恒星的外层温度越来越高，直到最后以超新星的形式爆炸。[10] 参宿四位于距离我们 600 光年的地方，我们在它的射程之外，所以它对我们不会造成任何威胁；但是当它爆炸时，它会亮到即使我们在白天也容易看得到。而且，爆炸的冲击波会扩散到周围的星际气体云中，新的物质团块会因此形成，然后这些团块会受到自身的引力作用而坍缩，形成新一代的恒星。

因为参宿四拥有太阳十倍的重量，非常大，所以一旦爆炸，它的遗骸可能会大到无法形成一个地球大小的、由白热的碳构成的白矮星。它可能会有其他两种选择：如果遗骸大于 1.4 个太阳质量，它就会在自身引力的作用下被压得非常紧，形成一个密度巨大的球体，我们叫中子星。白矮星密度已经很大，中子星则比它还要密 10 亿倍，只要针尖大小的中子星物质就重达 1000 吨。另外，如果参宿四的超新星爆炸后，遗骸的核质量约有三个太阳的质量，那么它会崩陷形成密度大到连中子星看起来都是小儿科的东西：黑洞。

## 超级恒星的悲惨命运

在第二课我们讨论过，在哪种情况下 LHC 里的粒子对撞有可能形成黑洞，从定义上来说，它们是不可能被直接观察到的，但是也许可

---

10 因为在恒星核中，只能制造像铁这样大的原子，你可能会想，我们地球上能找到的其他 92 种元素，一开始是从哪儿来的呢？答案是，它们生成于超新星那极高的压强和温度之中。换句话说，你用的刀叉上的铁，可能是在一个巨大的蓝色恒星核反应堆中制造出来的；而你房顶上的防水板里的铅，则是在一场恒星爆炸中产生的。

八堂极简科学课

以通过瞬间蒸发而炫耀地释放出的亮光揭露出来。无须多说，巨型恒星受到引力挤压的黑洞就没这么"温柔"了。如果你离黑洞比较远，它的表现跟其他大型物体类似：比如说，只要你把你的太空飞船的角度调整好，行进方向适当，你就可以安全地绕着一个黑洞运行，就像绕着任何其他大型恒星运行一样。如果你离黑洞太近，就会发现自己处于一个超强的引力场的控制之下，这引力强到连光也无法逃脱。

那么，你到底能安全地靠多近呢？不归之点的名字叫作"视界线"（event horizon）：对于一个质量是太阳十倍的黑洞来说，这个距离大约是 30 公里远。实际上，你完全不可能靠得那么近，因为在到达那距离十倍这么远的地方，引力变得如此强大，就会把你和你的飞船给撕碎。从安全上考虑，你需要设定的轨道半径要超过 300 万公里，大概是地球到太阳距离的五十分之一。你在这个高度运行，感觉就跟迪斯尼乐园的"飞越太空山"过山车差不多，但这已经到我的极限了。

## X光谱

既然我们看不到黑洞，那我们怎么能够肯定它的存在呢？毕竟，如果光从黑洞中都跑不出来的话，它们就不可能出现在望远镜中，对吧？

这个问题的答案很有意思：黑洞虽然不会在观测可见光的望远镜中出现，但是如果你的望远镜看的是其他波长的光，它们确实有可能出现在你的望远镜中。光并不单单指我们眼睛所能看到的光。X 射线、紫外线、红外线、微波和无线电波，基本而言都算是光，我们只是无法用肉眼观测到它们而已。如果有合适的工具，我们也可以像眼睛使用可见光成像一样，使用其他波长的光来产生影像，无线电波和 X 光实际上就是两种告诉天文学家在银河系的遥远之地，潜伏着黑洞的线索和信号。

黑洞的吃相非常粗鲁。你现在知道了大部分恒星是从恒星摇篮中以星团的形式诞生的，它们也经常因为相互的引力而纠缠在一起。我们的太阳是一个独行者；[11] 但是地球周围大约三分之一的恒星都会有大小不一的一颗或多颗伴星。比如说，北极星实际上被不少于四个恒星环绕着。通常，恒星黑洞会吞噬它的"兄弟们"，这时物质会从受害恒星的最外层流入黑洞中，并且在这个过程中辐射出巨大的能量。这种能量以 X 射线和无线电波的形式散发出来，所以，通过巧妙的推断与演算，它可以证实一个黑洞的存在。

## 天鹅座的黑暗之心

你还记得天津四——距我们 1600 光年之外——是用肉眼可见的最远遥恒星之一吗？天津四实际上位于北半球天鹅座的尾巴上。在天鹅的腹部有一个叫作天鹅座 X–1 的物体，天文学家认为它是一个恒星大小的黑洞，它正在吞噬一个 30 倍太阳质量的蓝色超级巨星。当然，我们直接看是看不到这个黑洞的；但是我们可以看到这颗伴星的物质正源源不断地流入一个小而不可见的物体，同时释放出大量的 X 射线。通过测量这颗被吞噬的恒星顺着每个轨道走一圈所需的时间，我们就可以得出这个不可见的物体大概是太阳的 10 倍重；换句话说，它的质量太大了，以至于它不可能是中子星，只有可能是一个真正的黑洞。

---

11 最起码据我们所知是这样的，实际上，还有另外一种理论，说在奥尔特云的那冰砾坟场之外的某个地方，有另一颗昏暗的小恒星，它与太阳通过引力彼此连接在一起，但是我们目前还没有发现这颗星。这个假设的伴星还有自己的名字——复仇女神，这是因为它可能每隔一段时期就将一些冰块从奥尔特云中踢出，让它们变成长周期彗星。

八堂极简科学课

## 天鹅的黑暗之心

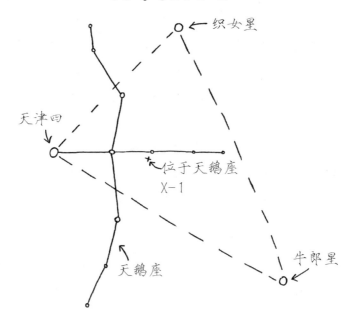

天鹅座是在夏季最容易被我们看到的星座之一，它主宰着前半夜的北方天空，就好像猎户座在冬天主宰着天空一样。你只需要找到著名的由天津四、织女星和牛郎星所组成的"夏季大三角"就行了，这三颗星星是东南方向最亮的星星，组成了一个向下的箭头。左上角是天津四、再仔细看一下，你就能看到它是一只飞翔的天鹅的尾巴，天鹅的翅膀是张开的，脖子指向右上方的织女星和右下方的牛郎星中间。在这一小群明亮的星星之间，有一个宇宙中最黑最致密的物体黑洞。还好，它离我们有 6000 光年之远，比天津四还要远很多。更好的是，另外一个恒星系统在给它提供食物。

## 我们在银河系的盘子里

讲到比天津四还遥远的恒星黑洞以后，我们已经是在探索银河系更深远的外围了，只有借助最敏感的望远镜，才可以帮我们观测到从 X 射线到无线电波的所有频率的光，否则我们什么都看不到。但是在我们完全离开银河系去探索宇宙的遥远尽头之前，让我们最后用双眼再看一次美丽的夜空吧。

我们现在已经和天空成了很好的朋友。我们看着太阳系离我们最近的五颗行星掠过黄道面。我们特别提到了半人马 α 星——是用肉眼可见的最接近我们的恒星。猎户座、天鹅座和北斗七星为我们一路护航。我们知道，大体来说，天穹上的恒星都是大家伙：它们是由大堆的碳、氢和它们之间的所有元素通过核聚变反应发光发热，而且每一个家伙都比我们的太阳更大、更亮。

我们现在知道，许多的巨星和超巨星会以精彩的超新星爆炸的形式来结束生命，并将元素周期表的所有元素散在附近的宇宙中，而且它们的灰烬会在它那无与伦比的质量挤压下坍缩，形成白矮星或中子星甚至是黑洞。但是在夜空中，还有一个无法想象的巨大物体，我们到现在还没有掌握的，那就是银河系。

在星空中，有大概 4000 颗恒星严格来说是够亮，可以被肉眼所看到的。当你在晴朗且没有月亮的夜里仰望天空时，你会觉得星星是多得数不完的，这主要是因为，在整个天际，横亘着一条幽灵一般的弯曲星光之河。这光是由数以亿计的恒星发出来的：实际上，超过了1000 亿颗恒星 [12]。这是个令人震惊的事实，但是我们的星系实际上是一个薄盘子，盘子的正中央略微凸起，银河系大多数的恒星都集中在一个大约 10 万光年宽，但是只有 1000 光年厚的区域中。换句话说，我们看银河系时，我们看到的是天空中的一条光带，因为我们是从这个

---

12 实际上，如果你有办法从上往下看银河系的话，你就会看到它是所谓的"棒状螺旋"（barred spiral）结构。换句话说，银河系里面的星星并不是均匀地分布在中心的周围。实际上，在它的中央有一个短棒，可以顺向牵引它的几根旋转臂，有点像风火轮。我们的太阳系位于猎户座旋臂上，猎户座在臂上的一边，天鹅座位于另一边。

八堂极简科学课

碟子的平面里来看它的。

银河系在夜空中的样子告诉了我们很多秘密。首先，当银河达到它所能到的夜空最高点时，刚好会穿过夜空的正中间。这就意味着，就深度而言，我们应该正好处在盘子深约一半的地方，在我们上面和以下的银河，分量相近。这可以通过测量而证实：如我们现在所知，太阳目前是位于银河系平面上方约100光年左右的位置，并且正朝着盘子上边缘运动中。

其次，银河并不在黄道上。如果在的话，这就意味着太阳系和银河系是在同一个平面。观察一下银河系和黄道相交的地方，你就能看到它们有一个大约60度的夹角。这就意味着——你已经猜到了——太阳系并不是平放在银河系的盘子上的，而是以一个60度的倾斜角坐着。

最后，当然，银河系在有些地方要更薄一些，有些地方比较厚。如果它到处都是一样宽的话，我们就知道我们位于银河系的中央了。但是事实上，我们离银河系的中心是有一定的距离的；据最准确的估计，我们应该在离银河系中央和银河系边缘几乎一样远的位置上。大体上来说，从北半球来观察它是朝向盘子的边缘，所以银河看起来窄一些，暗一些。南半球则是朝向银河系的中心，所以银河看起来较宽较明亮些。这个盘子的中心正好位于射手座内；换句话来说，射手座的恒星就像一张网状幕布，透过它你就可以看到银河系中心的星群。[13]

然后好玩的来了。你可以感受到地球的引力，它把你永远地束缚在它的表面上。你可以知道太阳有引力，它让地球——包括你自

八堂极简科学课

13 射手座当然基本上是一个南半球的星座。如果你住在北半球，别太伤心：你仍然可以看看银河外侧的壮观景象。先找到猎户座，然后往北找到北极星，很快你就会看到银河了。你会觉得它很窄而且很暗，那是因为你正在往银河系的边缘看。

己——以椭圆形轨道绕其旋转，一年转一整圈。但是你可能想不到，你和你的猫以及整个太阳系都被束缚于一个更大的轨道中，必须围绕一个比太阳系更大的怪物运行，且每绕一整圈需要 2.5 亿年才能完成。这个怪物蛰伏在银河系的中心地带，在射手座背后那一团由天外之星组成的云雾中。它现在就已经抓着你，不管你知道与否。它是一个超级巨大的黑洞，是太阳质量的 400 万倍。在这一课结束时，我们就会掉进去。

## 自学成才的天文望远镜之父

如果你认为最伟大的科学家都是身体素质不好的科学怪人的话，你就必须得认识一下爱德温·哈勃（Edwin Hubble，1889–1953）。他可以说是继伽利略之后最伟大的天文学家，并且也是一位英俊硬朗的运动员，可以在拳击赛中把精于拳击的海明威给打趴下。更重要的是，他在科学领域中也功不可没，因为他不是一次，而是两次改变了我们对整个宇宙的看法。

在 1910 年到 1913 年期间，他曾担任牛津的罗德学者，如果你那时遇到意气风发的他，你可能会从他的贵族的英语腔调、帽子、手杖而假定这位年轻的皇后学院法律学生一定是欧洲最富有的贵族。关于哈勃的一切，不管是他惊人的身高、体能还是沉稳自信都体现出了他的天赋异禀和非凡血统。但是实际上，他家里祖上好几代都是密苏里的农民，是非常普通的美国人。爱德温·哈勃很喜欢聊一些关于上流社会的决斗和重量级拳击赛的话题，而且他几乎是自学成为实验天文学家的，他在很多方面都可谓白手起家。

当他享受够了运动场和社交界的欢愉之后，年轻的哈勃在学问上取得了巨大的进步。他被一种特别的明亮的，被称为星云的事所吸引。当时的观点是银河系就是整个宇宙。哈勃在南加州威尔逊山上，与新建不久的 2.5 米胡克望远镜一起度过了许多漫长的寒夜，最后他终于证明了天文学家们的观点是错误的。他证明了有一些星云，不仅仅只是我们附近的一些明亮的气体团，[14] 它们是一个个的星系，就跟银河系一样，而且这些星系离我们至少有百万光年之远。爱德温·哈勃发现了宇宙。

许多人会就此止步，满足于这种成就，但是，你也许猜到了，哈勃并不是那种人。他发现了一个又一个星系，而且检查了它们发出的光属于哪一种形态。原来，每个原子和分子发出的光都携带有一个"条码"，我们可以透过它发出的光来辨认。比如说街上的钠灯，燃烧时会放射出一种特别的黄光。氢（宇宙中含量最丰富的元素），则会放射出相当于紫外线的特定频率的电磁波。哈勃注意到这些"条码"，

---

八堂极简科学课

14 哈勃使用了一种特别的恒星被称为"造父变星"，来帮助他证明了这个发现；这个名字的来源是第一颗被发现的这类星星，被称为"造父一"。造父变星已经完成了氢的燃烧，开始燃烧氦，它已经在这个过程中从"矮星"膨胀到了"巨星"，而且它在燃烧的过程中亮度会有规律地发生时明时暗的变化，因为它身上的辐射和引力之间，一直在进行着某种"拔河"。这些星星就是宇宙的标尺。一个造父变星完成一个光变循环的时间，可以告诉你它本身有多明亮，而配合它在天空中实际呈现的亮度，你就能算出它离我们的距离。很聪明吧？

更聪明的是，我们的北极星也是一颗造父变星。许多人以为它是北半球天空最亮的星，但是其实很暗。要找到他，首先找到北斗七星，注意构成"勺子"外侧的那两颗星，从勺子底部那颗星连一条线，通过碗面那颗星，然后想象把这根线延长大概 5 倍距离，你就找到了北极星。它在天空中离地平线的高度就是你离赤道的距离，所以如果你在洛杉矶指着这颗星，你的手臂会与地平线成 34 度的夹角，如果你在北极的话，北极星就会在你头顶正上方。我觉得北极星是白色的，质量大概有太阳的 6 倍，距我们 430 光年远。如果你整夜都在观察天空，你会发现天空所有的星星都围绕着北极星旋转，整个星空就好像是一个巨大的星际滚筒洗衣机。

又叫光谱，通常会产生"红移"。换句话说，它们都向光谱上的红色（或者说是低频那一端）偏移。

如果某个东西的光发生了红移，一般来说就意味着这个东西在远离我们。如果你曾经站在铁轨边，听到一辆驶过的火车正好鸣笛，你就会知道，当火车接近你时汽笛音会更高，而离你远去时汽笛音会变低。这是由于"多普勒效应"的作用，这种效应告诉我们，当一个波源向你运动时，它发出的波会积聚起来，频率变高，如果它离你而去，波形会被拉伸，频率就变低了。

光也是一种波，所以在遥远星系中由氢发出的光，频率要比平常来的低——或者说，它变成了可见光，而不是原本的紫外线——这就意味着：这些星系都在彼此离开对方。不仅如此，哈勃还发现，星系离我们越远，发出的光红移得就越厉害，所以说它逃离的速度就越快。哈勃意识到，原来我们的宇宙不是静态的。不仅仅说所有的星系都在远离彼此，离我们越远的星系移动速度越快。如果让这种影像倒过来看的话，那么所有的东西都应该从一个单一的点而来。宇宙一定有一个开始。于是，哈勃证实了宇宙大爆炸。

## 夜空为什么是黑的而不是白的

让我们再回到夜空中来，我们要对夜空再做最后一次裸眼观测，看看那些跟哈勃的扩张宇宙默契地联系在一起的事物吧。人们有时候不识庐山真面目，而没有哪个"庐山"比这个事实更加明显了：夜空是黑色的。

让我们花点时间想一想，这是什么意思。如果宇宙是无穷尽的，就像天文学家传统上认为的那样，那么它就应该包含无数颗恒星。也就是说，在你所朝向的任意一个方向都会有一颗星星。光是直线前行的，所以夜空应该呈现炫目的白色，而不是漆黑一片的，对吧？

这个问题被称为"奥伯斯佯谬"，以19世纪中叶推行此观点的德国天文学家命名，但是实际上这个问题此前已经困扰天文学家好几个世纪了。哈勃的发现暗示着宇宙有一个开始，于是为这个问题提供了一个漂亮的解决方案。毕竟，如果宇宙的年龄有限，那么从最遥远的恒星而来的光还没来得及到达我们这里，所以，夜空就是黑的，而不是白的。换句话说，你抬头望着夜空时无需遮光镜，这个事实就是宇宙大爆炸的证据之一。

当然，从某种意义上来说，"大爆炸"这个说法对我们并没有太大用处，因为它给人带来的感觉是许多星系从一个中心点向外炸开的图像。整个宇宙原本就只有一个点，那么它们炸到的是什么地方呢？幸好，有一位聪明人一直关注着哈勃和他的研究成果，也帮忙提供了这个问题的解答。

## 爱因斯坦的时运

教育，就跟生活中的其他事一样，有点像是"一体适用"的，这对大多数人来说还比较合适，但是对特殊人群而言就不那么好了。阿尔伯特·爱因斯坦就是这类人中最著名的一个。传说他大器晚成，高中就辍学了，但他喜欢向既有的科学投掷智慧的炸弹；而事实其实更有趣，因为他在学业上的表现并不拔尖。在小学和中学，他在自然科学和数学方面展现了一定的能力，后来他在苏黎世理工学院受训当教师，作为他读研究生课程的资金来源。但是他没能如愿任教，于是，他很理智地在瑞士专利局找了一份全职工作——做职员，这让他可以在空闲时间攻读苏黎世大学的物理学博士学位。

到这儿还挺无聊的。但是就在他1905年拿到博士学位之后，爱因斯坦开启了他的"成就"之年。仿佛腾空而出一样，他一连发表了四篇惊世骇俗的论文，其中任意一篇都是诺贝尔奖级的成果。其中的两篇为量子力学提供了理论基础，一篇证明了原子的存在，另一篇则证明光是由光子所组成的。另外两篇提出了可能是现代最知名的物理学理论：广义相对论。

## 相对论用于处理大事物

我们在前一课已经了解到了，当代物理学有点陷入两难之中。粗略地说，我们对宏观世界有很适用的理论，对微观世界也有令人叫绝的理论，但是两者差别太大，很难想象能把它们整合成一个统一的理论。对于微观世界，我们有标准模型，把弱作用力、强作用力和电磁力整合了起来，但是却无视了引力。对于大东西，我们有广义相对论。

我说的大东西真的是很大很大的事物，因为——听起来难以置信——广义相对论实际上提供了一个描述宇宙的公式。它无视强、弱作用力，而是集中于解释引力和电磁力之间的关系。从数学上来说，它相当复杂，因为这个方程式是有名的难以求解，但是几个数学家已经证明了，这个方程式预测了一个充满黑洞且不断扩张的宇宙，而我们在望远镜里看到的正是这样的宇宙。

## 广义相对论的理论基础

你可能需要一个最高级别的精算师，才能帮你解出广义相对论的那些方程组，但是任何人都可以了解它所基于的简单思想。你马上就会知道，阿尔伯特·爱因斯坦有着惊人的天赋，他可以从一个简单的观察开始推理，在逻辑的引导下，直到得出必然的结论为止，而不去关心这个结论有多么不合理。对于广义相对论而言,他的想法非常简单,却让他抛弃了人们对于时间和空间的常识性理解,并且否定了"引力是一种力"的观点。

他的观察源自于此。想象你站在一台静止的、没有窗户、停靠于地球的表面上的电梯里。如果你要做几个实验,比如给一个钟摆的周期计时或者测量球的弹跳,任何你得到的测量结果都会让你得出结论说你是在地球的引力场中。现在再想象一下,你的电梯位于太空中,你身旁的引力场强度为零。如果电梯以恰当加速度做运动的话,你会从实验中得到和之前相同的结果。你会感觉到一个向下拉的力,就和电梯停在地面上的感觉一样。但这时的拉力,是因为电梯的加速度而产生的,而不是地球的引力,但是你无法区分这两者有什么不同。同样地,如果你做几个实验,你就会发现效果其实是一样的,钟摆从左摆到右的时间,球从你手上掉落到地板上的时间都跟前面的实验结果一模一样。

有意思吧?不管你做什么样的实验,很难用合乎逻辑的方法让你分辨你是在引力场中还是在毫无引力的太空中做着加速运动。爱因斯坦只需要这样的线索就可以进行这种飞跃式的想象:没准引力并不是我们一般理解的力;可能它是由某一种怪异的加速动作而产生的。接下来等着他的,当然就是艰涩、痛苦的数学证明,但是当爱因斯坦从苦海中挣扎出来的时候,他用一个全新的观念代替了引力:时空。

## 时空转换

你跟我都知道时间和空间是两个不同的东西。毕竟,当我跟你说来我家见面时,你需要的是三维空间坐标和一维时间坐标:比如你输入到卫星导航系统中的经度和纬度,还有我房子的楼层,即我可以和你这样说，"记得准时来我家看《周六夜现场》"。这样的说法预示了空间是三维的，时间是一维的。爱因斯坦抛弃了这种观点，他说时间和空间是混合在一起的，而且你的移动速度与混合的程度有关。当你缓慢地运动时，时间以最快的速度流逝着，时间和空间似乎没有混合。这就是我们人类看世界的方式。当你接近光速时，二者的混合度会增加，你就会更多地体验到空间。

如果这听起来让你迷惑的话，请不要担心：你本来就该有这种感觉，因为你的大脑已经习惯于以某种特别的方式来理解这个世界，而爱因斯坦却让我们从一个完全陌生的角度来重新看待这一下世界。但是在你准备去喝一杯，然后躺下休息一会儿之前，让我们再看一下爱因斯坦的另一个简单想法吧，它可能可以让你跨入一个奇妙的世界。只需要你稍稍集中一下注意力，但是只要你能坚持下来，你就会真正对所谓的时空有概念了。

爱因斯坦有种特别的天赋，他能不离开自己的扶手椅就可以进行实验。我们将要看的就是另一个这样的例子。想象一下，就像爱因斯坦一样，你有一个有点无聊的办公室工作，可以经常望着窗外来打发时间，发呆地等着广场上的钟能赶快走到下午五点。因为你和时钟都是相对静止的，所以时间和空间并不会混合在一起，你可以全然感受每一秒钟。用纯粹的科学语言来讲：钟面上反射的光会来到你的眼底，你的大脑会把它们转换成图像，于是算出了它所代表的时间。到目前为止，还比较容易理解。

但接下来的是重点。想象一下时钟指向五点钟，你以光速远离钟面而去。对你而言，钟面上指示的时间不会再变化了。任何"接下来"时间（就算只是五点过一秒）的光能追上你。换句话说，对一个光速逃离大钟的观察者而言，时间看起来像是静止的。你有点感觉了吗？一个无聊的公职人员静止地坐在时钟前面，看着它以正常的速度走着。而能量充沛、以光速飞离大钟的公职人员，则在这个过程中看到时间已经完全停止了。这样不难推断出，我们如果相对于一个时钟运动的速度越快，则时间看起来就变得越慢。

如果还是不相信我，那么你可能对这个感兴趣：科学家已经通过在飞机上放置极为精确的原子钟来对这个理论进行了几次实验，而每次的结果都符合预测。一般来说，在地球轨道上我们运行的速度要大大地慢于光速，所以我们无法注意到时间和空间混合在一起的相对效应，但是比如说在卫星工业中，在太空轨道上的东西相对于地面上的东西来说，运动速度都非常快，所以这样的纠正是司空见惯的。

## 空间是所有一切的驱动力

有了广义相对论的时空概念后，我们终于有了理论框架，可以帮助我们理解像恒星、行星、黑洞和宇宙等这些大东西是怎么回事了。爱因斯坦说，大型的物体会让时空变得扭曲，我们之前认为是引力的东西，实际上是其他物体对于这种扭曲所做出的回应。比如说，太阳会使周围的时空扭曲成山谷一样的形状，把我们这个勇敢的地球禁锢在山谷中，就好像在一记困难的推杆后，高尔夫球围绕着一个球洞旋转的样子。

光沿着时空中的两点间最短的路线行进，而且跟物质一样，光也会被大型物体周围的时空"山谷"所影响而转变方向。我们可以从一种被称为"引力透镜"的奇妙现象中看到这种情况，一般当一个黑洞出现在你的望远镜和一个遥远的星系之间时就会产生这种现象。

此时，远处的星系并不会完全被挡住，黑洞周围弯曲的时空会像某种透镜一样，产生一种类似哈哈镜的效应，让远处的星系看起来像是一个圆环、一道弧甚至是多个影像。[15]

最后，多亏有广义相对论，我们的宇宙爆炸之谜终于有了一个答案。原来，星系并没有往外炸开；而是空间自身正在扩张，携带着物质与它一起扩张。事实上，宇宙并不像是一个正在爆炸的炸弹，而更像是一个正在烘烤的水果蛋糕，蛋糕上的葡萄干就是各种星系。当水果蛋糕在烤箱中膨胀的时候，葡萄干相互之间的距离就会越来越大。如果不去看蛋糕，只看葡萄干的话就会觉得它们在炸开一样；但若是看整个蛋糕，你就能看到葡萄干实际上是跟随着蛋糕一起膨胀的。我们发现，空间完全不是空无一物的，它是所有创造背后的无形之力。

现在你知道了。夜空之所以是黑色的，是因为宇宙有个起点，而且直到今天仍在扩张中。恒星是由原子构成的巨大篝火，燃烧原子喷出耀眼的光：最大号的恒星很夺目，但消逝得也非常快，最终以超新星的方式爆炸，从而制造出元素周期表中所有 92 种元素。它爆炸后的残骸会紧缩成一个由炙热的钻石构成的"白矮星"，或者密度超大的"中子星"，甚至会是恒星级的黑洞。我们的星系——银河系，看起来就像夜空中的一条光带，因为它是一个相对扁平的旋涡星系，而我们是从银河系的内部往外看的。我们的太阳系位于银河系中心到边缘约一半距离的地方，跟星系中的所有物体一样，太阳系也围绕着银河系中央一个超大型的、拥有太阳质量的 400 万倍的黑洞旋转着。

从广义相对论中我们得知，位于银河系中央的这个怪物般的黑洞，把它周围的时空扭曲成了一个深井，而我们，以及我们身边的恒星、气体、尘埃和旋转臂，都在这个弯曲的四维时空中做自由落体运

---

15 这儿有一些小细节需要解释一下，在牛顿力学中引力也会产生某种折射，但是只有广义相对论预测的一半。英国天文学家亚瑟·爱丁顿在 1919 年完成了一趟著名的旅行，到巴西记录一场日食。他发现太阳附近的星星的光的折射率跟爱因斯坦所预测的一致，而跟牛顿的不同。

动，就像浴缸中的水旋转地涌向下水管一样，我们也在加速靠近这个黑洞。幸好我们离得足够远，而且运动的惯性足够大，所以我们不至于被它吞噬掉；但是，从符合相对论精神的角度来看，我们确实在落入一个超级巨大的黑洞中。

## 亲临一次末日之旅吧

让我们来玩这个游戏吧。想象你正搭乘着太空飞船，在外太空做着实验，你想要测试自己是否有办法通过实验来分辨出加速度和引力的区别，很快，你得到结论说你分辨不了。筋疲力尽之下，你决定把飞船设成自动飞行模式，然后去睡一两个小时。但你刚忙完实验，头脑一阵迷糊，竟不小心把飞船的终点坐标设置成了银河系中心，并且按下了超光速引擎按钮。

几个小时后，飞船上的定时自助煮茶机把你吵醒。当你把遮光帘拉起来的时候，你极其沮丧地发现，你正落入星系中央被天文学家称为射手座 A* 的超大黑洞中。接下来会发生什么？你会看到什么？附近援救飞船的人又会看到什么？下面就是最符合广义相对论的猜测。

还记得恒星级别的黑洞是怎样在你到达"视界线"之前就把你撕碎的吗？实际上，对于像银河系中央的那个超大质量的黑洞来说，事情并非如此。想象起来也许很恐怖，但是实际上当黑洞真的很大时，我们就可能在穿过视界线时而不自知。

所以让我们继续进行刚才的故事吧，你的飞船还是正飞向射手座 A*，你绝望地重新设置着坐标想要逃离这里。对一个如此巨大的黑洞来说，视界离黑洞中央大约有 3000 万公里远。当你从那个距离的 50 倍远的地方接近黑洞的时候，你首先看到的是一个明亮的点，那是因为黑洞后面的恒星和星系的光，都被黑洞强大的引力聚焦在了黑洞前方的一点上。

当你靠得更近的时候，黑洞的圆盘就看得清楚许多，围绕在最外面的是由密密麻麻的恒星和星系所组成的旋涡状的环。正如前面说过的，这是一种透镜效应，黑洞边缘的弯曲时空让它周围恒星的光偏斜；在某些情境下，你甚至可能两次看到同一颗星。当然，那个怪物黑洞本身不发光，所以它基本上是个三维立体之物，但是用肉眼看起来它的样子非常奇怪：一个扁平的黑色圆圈，就像宇宙的一部分被挖走了一样。

当你穿过视界时，你其实不会有任何异样的感觉。你的仪器表盘可能会告诉你你已经经过了不归点，但是从你的太空飞船窗口看出去，你只是看到你越来越接近黑洞的表面了。地平线附近的天空挤满了众多蓝移的恒星，之前提到过，这仍是由于黑洞附近的时空有着怪异的曲率造成的，这能让你看到黑洞另外一边的恒星和星系。

你在最后阶段会很没有尊严，因为当你靠近黑洞中心，也就是所有质量集中的"奇点"时，超级巨大的时空曲率会把你的太空船——还有你自己——拉成一条线，当然，如果这时如雨点般打在你身上的蓝移辐射还没有把你烤焦的话。接下来发生的事情就纯属个人猜测了；我们的物理学还无法清楚地告诉我们奇点中发生了什么，但是我敢打赌说，对你来说一定不是什么好事。

有一种理论主张，如果你能在到达奇异点之前就能经过虫洞进入另一个宇宙，你就能逃过这一劫。但我不会把希望都寄托在这个主张上。就算你真的从另外一个宇宙中出现了，谁能说得准这里的物理定律与另一个宇宙里的定律是一致的？在你因身上的原子自爆而结束生命之前，说不定你会发现，你在另一个宇宙里长出了又粗又大的墨西哥胡子呢！

那么，那艘太空搜救船上的船员呢？虽然派出的时候已经太迟，不能阻止你落入黑洞，但他们会看到什么呢？奇怪的是，他们永远也看不到你跨越视界。他们只会看到你的飞船离黑洞的黑色表面越来越近，然后就像在时间中冻结了一样，逐渐红移，直到在他们的视野中消失。

## 与成功的理论交手

现在我们懂了。在前一课我们借助大型强子对撞机，前往怪异的量子物理世界进行了一日游；现在我们又乘火箭前往另一个极端，瞪着眼睛注视着（像星系和黑洞一样的）宇宙中大型物体的面貌。我们已经看到了就在不到 50 亿年前，我们太阳和太阳系中的行星，是如何从一个由氢和星际尘埃坍缩而形成的。我们也尝试着解释我们自己的地球是如何获得它那壮丽的海洋。我们掌握了两种极为成功的理论：量子力学（用来描述微观世界的最佳理论）以及广义相对论（是描述宏观世界的最佳理论）。那么从现在起，我们就可以探索它们之间发生的各种奇妙的现象了。

当你去商店买东西的时候，你一般都不必担心撞上一个希格斯粒子或者黑洞。即便你家中所有的电器都有可能用到量子力学来设计；你的卫星导航仪如果没有我们对广义相对论的理解也工作不了。可即使你对二者都不了解，日子也可以好好地过下去。如果你问我的意见，我会说这是一种悲惨的生活，但是，生活仍然是可以进行下去的。但是，下一课则是生活必备的知识。是时候看看科学到底能告诉我们那些关于我们自己的事了：是什么东西使人类前进，我们从哪儿来？我们又将往哪儿去。我们将要接触到的可能是科学中最成功的理论：进化论。你将看到一个惊人的事实：你我只不过是长得人模人样的鱼类的突变体，而且我们正在调整自己，通过着喝其他物种的乳汁来补充养分。

# 第四课 生命源起和进化论

## 友善对待外星人

我不知道你有没有看过子宫中胎儿的超音波扫描图像，但是我想说，那是令人不舒服的画面。你想看到自己未来宝贝的可爱模样，但展现在你眼前的——肯定在前两个月——看起来却像试管状的浮游生物，或鲑鱼胚胎，或尚未成型的蝾螈，甚至像个微缩版的象人。在12周的时候，大自然就施展出了神奇的折纸魔法，重新折起这里的一张膜，重新整理那里的一个鳃裂，于是，一个有点儿人样的东西出现了，可你还是会觉得，说它是人有点勉强，它倒像是在某个很不像人的东西上，罩了层人皮。

从那些还未成为婴儿的胚胎照片上，我们看到的就是所有脊椎动物共有的遗传相似性。鳕鱼、牛蛙、茶隼和娱乐节目主持人都以极为相似的胚胎形态开始了他们的生命，因为，听起来虽然难以置信，但是他们确实是从一个共同祖先进化而来的。而且，生物学告诉我们，并不只是脊椎动物，而是世界上所有的生命最终都是相连的：细菌是蝴蝶的近亲，征服者威廉则是线虫的远房亲戚。这究竟是如何发生的，地球上诸多的物种之间到底有什么共同点，这些仅仅是接下来的数页将要涉及的一个焦点内容。

没有几个问题能比"生命的奥秘是什么"更令人着迷，但是，它本身就是一个古老的问题，而现代科学已经极为接近它的答案了。当我们掌握了反复书写在我们星球最古老的岩石中、驱动了所有造物的简单机制以后，我们就可以开始回答其他几个同样迷人的问题：人类到底是什么？我们从何而来？我们去往何方？

　　我所说的机制当然就是有且仅有一个的进化论。它可能是整个科学中的王冠。广义相对论在广度上令人称奇，量子力学在奇异度上非常巧妙，但是在日常科学中，最成功的理论仍然非进化论莫属。如果我们所需要的优秀的科学理论所具备的品质，就是可以用单一的指导原则，在一大堆看起来无联系的乱麻一般的东西中，独辟蹊径的话，那么进化论确实是一种非常锐利的工具。虽然听起来很难以置信，但是进化论可以全面完整地解释地球上如此多样而复杂的生命形式，而这一切的源头只需要几个生长过度的糖类分子就可以了。如果你对于人类与黑猩猩有一个最近共同祖先这种说法接受起来有困难，或者无法相信一系列依赖概率的突变可以最终导致复杂的高级生物，比如说，一个信仰智慧设计论（Lntelligent Design）的人的出现，那这一章就是为你写的。

## 理论，假说和预感

　　科学领域所说的"理论"，跟日常生活中提到的理论是不一样的。比如说，我有一种理论：歌曲《来自俄罗斯的爱情》（*From Russia with Love*）是受到老歌《橱窗里的小狗多少钱？》（*How Much is that Doggy in the Window*）的一些启发而来的，因为我注意到歌词"我周游了世界"（I've travelled the world）的旋律跟"那个多少钱……"（How Much is that do……）的旋律是一样的，理由就这么多。我没有做任何研究，也没有计划做任何实验来验证，更没有打算发表需要经过出版单位审查的论文。科学家会说我的"橱窗里的狗"理论实际只是一个"假说"：一份还没完成的工作，一个合理的猜想，但还需要一些证据来支持它。

另一方面，当科学家讨论进化论的时候，他们的意思是说进化论里的观点是经过了证实的，确切地说在逻辑和已被广泛接受的原则的检验上是可以行得通的。生物学跟物理学不同，和化学也有某种程度的差异，生物是一个很难研究得非常精确的学科：活生物体太复杂，以至于无法弄得非常精确，而且许多实验有悖于伦理而无法开展。[1]所以，当进化论这个史上最强大、最完整的科学理论之一，从被公认为极难简化的生物学中出现的时候，就显得更难得了。所以，为了让我们能真正感受到进化论的伟大，我们先从它试图解决的谜题之复杂程度谈起。

## 物种起源游戏

让我们先来想象一下自己是月球人，你可以看到地球，并且跟地球上的生命玩着某种"一二三，木头人"的游戏。你坐在月球上背朝着这颗发展中的行星，每隔相当长的一段时间才转头看一次地球上的事。

在游戏的开始，你回头看到地球刚刚形成，一个燃烧中的黑色熔岩之球，发着暗淡的红光，表面冷却下来形成地壳。火山喷发使大量气体上升到地球表面，冲出地壳；然后地球的引力吸住了它们，从而形成了地球最初的大气层。当你放眼太阳系，你就会发现，地球的邻

---

1 这个就是让顺势医疗师和占星学家不失业的原因。在还没有人知道顺势疗法常用的山金车花的副作用时，往一个射手座的肚子里海塞山金车花，是非常错误的。

八堂极简科学课

居——金星和火星也正在经历着类似的转变；比月亮大不了多少的水星因为质量太小、引力太弱，无法把气体吸住，因此它的火山直接把气体喷射进了太空。

你又收回了视线，又过了10亿年。当你回过头来，你看到地球的表面已经完全冷却，除了一些火山岛以外，地表已经被富含铁质的绿色水所覆盖了。你当然已经错过了太阳系晚期重大撞击时期，那时潮湿的小行星曾猛烈撞击地球。因为某些我们现在还未彻底明白的原因，虽然太阳当时并没有现在这么亮，但是那时的地球比现在更温热，两极地带也没有结冰。[2] 整个星球就像一个温热缺氧的浴室，而且更重要的是，当时单细胞生物以细菌的形式存在着，托你的福，它们过得很好，吸收着氢气和二氧化碳，释放出甲烷。

接着，你又把视线投向了太阳系。金星荒芜一片，它离太阳太近，而无法形成液态水。但是在火星上，水似乎来了又走了，只留下了著名的干涸的运河。火星上的水是如何消失的，至今仍是个谜。一种猜想是说，在一次小行星碰撞之后，火星失去了它的磁场，就这样，它不再有抵御太阳风中带电粒子攻击的能力，于是它的大气层就被吹入了太空中。不管怎样，地球看起来的确像是太阳系中唯一可能孕育出生命的安全港。

---

八堂极简科学课

2 我们相信，跟今天相比，太阳的亮度要弱20%-30%。所以如果来自太阳的能量比今天弱的话，为什么地球会更暖和呢？一种可能的解释是当时大气中充满了火山温室气体，而它们，就像我们在下下章全球变暖中会看到的一样，会吸收太阳的热量。另外一种解释只是地球对阳光的反射率不如现在强，因为水的颜色比陆地深，于是当时广阔的海洋吸收的太阳辐射比现在的海洋和陆地加在一起还要多。还有一种是地球上的水需要被版块大陆抬升到足够高的地方，才能冷却，冻结，形成冰盖。这个棘手的问题，也就是为什么太阳亮度比较弱的时候地球的气候会更温暖，被称为弱阳吊诡，最初是被美国宇宙学家卡尔·萨根所提出的。

又过了 10 亿年，你再回过头来看地球。此时地球已经形成了 20 亿年。变化仍然不大，但是却非常重要。陆地变多了，可能已经达到了我们现在的四分之一，水面已经是大片大片单细胞蓝绿藻的家，它们畅快地吸收着二氧化碳，然后制造出地球上第一口氧气。然而这时候的氧气绝大部分都到不了大气中。[3] 它们正在积极地与一切可以接触到的东西发生反应，比如让海洋中的铁生锈成为氧化铁，或者与大气层中的甲烷反应，生成地球上最早的臭氧层。

如果你的目光又移开 10 亿年，当你再回来的时候，地球已经 30 亿岁了（距今约 15 亿年），生命又迈出了重要的一步。第一次，海面上到处漂浮着复杂的单细胞生物，这些生物的结构跟现在植物和动物的细胞非常像。海洋这时是蓝色的，因为大气中的氧已经跟海洋中所有的铁都发生了反应；大气中的氧气含量大约是我们现在的五分之一。

再过 10 亿年，再次回头看地球，你终将看到你所熟知的地球的大致模样，而且多细胞生命也在此时出现踪迹。苔藓开始在陆地上生长，水母在海洋中上下摇动。巨大的超级大陆罗迪尼亚不久前才分裂成几个大洲，但此时它们还全都挤在一起，两极的冰盖已经出现，大气层中的含氧量已经接近了现在的水平，整个地球已经有了一个完整的臭氧保护层，过滤着来自太阳的有害紫外线。

最后，请看看现在的地球。真是难以置信。你看到的地球就是它现在的模样，所有的大陆在它该在的位置上，地球上所有的角落都充满生命。地球上几乎所有的物种都出现了，而你却错过了它们。你错

---

3 或者是进入任何东西的肺里，因为还没有任何生物进化出了肺。

八堂极简科学课

过了第一只三叶虫，第一条鱼，第一只两栖动物，第一头爬行动物，第一头恐龙，第一头哺乳动物，第一只猿猴和第一个人。就在地球45亿年历史中的最后5亿年中它们都来到了这个世界上，而且大多数又离开了这个世界。而且，它们中的一种生物——人类——还发展出了语言、文化和科技，而且极为明智地去书店买了你手上这本书。什么理论可以解释这一切呢？

## 新物种更能适应新环境

通俗一点说，进化论就是：物种可以发生变化。[4] 现在的世界上生活着许多茶隼、牛蛙、人之类的生物，但是以前的"地球统治者"可是另一些不同的生物。你可能会问，那么物种的改变是由什么引起的？答案就是：自然选择。在任何生物的群体中，不管是细菌、猕猴还是意大利多洛迈特的农村居民，只要经过足够多的世代，有利于产生更多后代的任何特征，都将在群落中变得越来越普通。向一群细菌喷洒消毒剂，结果是那些抵抗力最强的细菌会繁殖得更好。那些在强风中仍然可以吊在树梢的猕猴也是如此，在多洛迈特乡村中长着长鼻子的男人也是如此（如果这里的女人觉得这种人最具有吸引力的话）。

不错啊，你可能会说，但是一个意大利村庄里满是长着长鼻子的男人并不是一个新物种。啊！你说得对。但是如果一个与世隔绝的群体能存活足够多代的话，那么足够多的改变会因为自然选择而发生，

八堂极简科学课

4 你可能会问，什么是物种呢？答案是如果两个动物在一起不能繁殖后代的话，它们就算是两个不同的物种。所以奶牛和猪是不同的物种，但是吉娃娃和大丹犬算同一个物种。虽然在现实生活中，让一个吉娃娃和一个大丹犬幸福地在一起并不太可能。

一个新物种就会诞生。比如说，长颈鹿和霍加皮的共同祖先都是来源于 500 万年前在非洲大陆上奔跑的一种高大的、像鹿的哺乳动物。而长颈鹿的脖子长，霍加狓[5]的脖子短，这样的事实让人猜想，它们祖先的两个部落刚好分别住在两个不太一样的环境中，可能其中一个环境有许多高大而美味的金合欢树，地面上则没什么好吃的东西。[6]因为我们不能亲眼看到，所以我们都不会很有把握地说出这个真相。但关键是，跟它们高大的鹿一样的祖先相比，长颈鹿和霍加狓已经改变了很多，所以现在算是不同的物种。

## 进化论与适应能力

"进化"已经成为我们的日常用语的一部分了，这也可以说明查尔斯·达尔文的学说有多么成功，然而我要说，我们经常把这个词用错。比如，我们可能说，在最近 20 年里英格兰板球队已经"进化"成一只精干的、高效的战斗机器，或者说乐购（Tesco）连锁店已经"进化"成英国最大的超市。我们的意思通常是说，我们谈论的那个对象在逐渐进步，但是达尔文谈到的进化，并不是说有机体会出现进步。

---

5 okapi，中非大陆的一种鹿，属长颈鹿科，但体型较小。

6 达尔文的自然选择理论确切来说是先有差异，实际上突变是先出现的，然后才是选择。所以长脖子的长颈鹿可以吃到金合欢树上的叶子，所以就会比短脖子的长颈鹿繁殖更多的后代。

　　在达尔文之前，有一种比较流行的进化论叫作拉马克学说，以法国动物学家让·拉马克（Jean Lamrck）命名，这个学说提出先有高大的树，然后才有长脖子（希望你能懂我的意思）。换句话说，先是长颈鹿祖先伸长脖子去吃高处的叶子，才让脖子变长，它的后代继承了这样的特征。简要地说，拉马克认为进化是有目的的，而达尔文认为只是单纯的巧合而已。拉马克的观点能让我们晚上睡得安稳一点儿——不管怎么样，生命有意义总是好的——但是达尔文的观点是已经被事实证明了的。

八堂极简科学课

比如说，一群视力极佳的鱼困在漆黑的地下洞穴中，只需要几代，它们就会从视觉敏锐变成完全无视力，或者4万多年的破天气已经让欧洲人失去了让太阳晒成古铜色的特征了，至少对我来说是这样的。进化不一定会让事情变得更好，也不一定会缓慢地做出改变；比如说，新一代的病毒已经可以进化到避开我们最好的疫苗，而在我去热带旅行时，我经常能够遇到适应性非常好的蚊子，完全不会被我喷了数层的防蚊液所干扰。

当我们谈到"适者生存"的时候，可以用这个法则描述经济衰退时能否撑得过去，或者一只羚羊正摆脱猎豹的追逐；而这些背后的基本观点是，生活是一场求生存的战斗，而坚持到最后仍屹立不倒的才是赢家。但是奇怪的是，这也不是生物学中"适者生存"的正确意义。当生物学家谈到生物体的"生殖能力"的时候，并不是指这种生物肌肉的强壮程度，而是它能繁殖的后代数量。如果你能生下很多幼崽，那你适应能力就很强。[7] 如果你不能繁殖任何后代，那你就没有适应能力。对于一个物种来说，真正重要的就是它能复制出多少个自己。也就是说，就进化论而言，问题不在于羚羊能否逃过猎豹的追赶，而在于羚羊在可以逃脱或者被猎豹撕碎之前能否繁殖出一堆小羚羊出来。

## 进化论的由来

进化论——伟大、大胆、美丽的进化论——表面上看起来很简单，但是却有着巨大的能量，可以解释我们身边生命是怎么发展而来

八堂极简科学课

7 你思考一下就会发现，那些给精子库捐献精子的男人，出现下面的情况是可能的：某个人已经死翘翘了，但从进化论的观点来看却还有着非常强的适应能力，也就是说他还可以产生很多后代。

的。它就像神奇的魔法绳一样，稍稍一拉，就把来自地质学、古生物学和遗传学的所有线索都收拢成一个连贯且闪亮的整体。我们喜欢科学的人，都乐意接受新观念、新事物，经常会以基因、化石和岩石的放射性定年法开玩笑，还盼望着这些东西能在学校里进行传授。但是，我们推广进化论的态度就没这么积极，完全败给了宗教右翼们对达尔文理论的抨击。这些人会说，化石记录并不完整，人类和猿猴之间也没有什么联系。生命体能如此完美地适应它们所处的环境就证明了一定有一个造物主。在他们的眼中，进化论只是某些人的一种观点，而学校应该告知学生实情。

那么，我们对进化论的理解到底是怎么来的？证据在哪里？现在是拿出事实理据的时间了。我们再也找不到比杰出的查尔斯·达尔文更加勤勉的野外工作者了，更找不到比他有远见的理论家了。而且我们会看到，与一只燕雀的偶然相遇，让这位"大侦探"抓住了一个重要的线索，开始追踪物竞天择的进化论的道路。

## 良好的遗传基因

有相当多的证据表明智慧是可遗传的特征之一。如果这是真的，那么或许可以解释为什么查尔斯·达尔文是个天才。毕竟，他是两个杰出的斯塔福德郡家庭的后代：有名的陶艺家约赛亚·威基伍德（Josiah Wedgewood）的外孙，祖父是著名的外科医生和博物学家伊拉斯谟·达尔文（Erasmus Darwin，1731-1802）。威基伍德使用科学方法革新了制陶方法，赚了一大笔钱，间接确保了他的外孙查尔斯不需要为工作而维持生计。伊拉斯谟·达尔文留给达尔文的遗产也不容小视：伊拉斯谟·达尔文是世界上最早提出进化想法的人之一。

伊拉斯谟是一位胃口很大的人：对女人、馅饼和观点都是如此。

他将性爱作为治疗抑郁症的良药之一，他自己也很乐意"服用"这一剂良方，有他生的 14 个孩子为证。他贪吃是出了名的，据说在他生命的最后几年里，必须在他的餐桌上挖出一个半圆形的洞才能放下他的大肚子。作为一个诗人、植物学家和发明家，他特别喜欢提出假设，因此塞缪尔·泰勒·柯勒律治（Samuel Taylor Coleridge，1772-1834，英国浪漫主义诗人）创造了一个新词"达尔文式思考"来指不着边际的思考。但是他在 1794 出版的《生物生命之法则》（Laws of Organic Life）中有着如此有远见的阐述："我们是否可以猜想，所有生物生命的起源是来自同一条生命细丝，而且向来就是如此？"

其实，在这个时期也有不少人都对这个观点有了想法。最早被认定的化石出自 1666 年[8]，而早在 18 世纪中叶，布冯伯爵（Georges-Louis Leclerc, Comte de Buffon）就提出地球上许多物种之间的相似性，可以用它们共同的祖先来解释。但是对于年轻的达尔文来说，自己对自然世界逐渐产生的兴趣，与他的祖父在进化论"大厦"上进行了初步探索是分不开的。查尔斯在自己祖父的书上做满了各种标记，虽然多年以后他变得更成熟、更智慧并对此评论道："相隔 10 到 15 年后再读伊拉斯谟·达尔文的《生物生命之法则》，我很失望，其中的猜测和推论远多于事实。"但是《物种起源》[9]里也提到了许多同样的概念。

年轻的达尔文很喜欢收藏，毫无疑问，促使他开启让他扬名立万的旅程的初心，是他真心想要去记录大自然，而不是想要去探寻大自然的谜底。在拿破仑战争之后，不列颠帝国迅猛发展，急切希望与世界建立贸易往来。我们的这位英雄找了找关系，使其受雇成为比格尔

8 如果你想知道的话，告诉你，那是鲨鱼的牙齿。

9 对书呆子来说，书名是《物种起源》，不是《物种的起源》，如果要更加学究一些，它的名字是《论借助自然选择的物种起源》。

号上的常驻博物学家。这艘船是由英国皇家海军派出前往南美洲绘制海岸线地图的几艘调查船之一。勤奋的达尔文，在这个旅程中搜集了近 5500 种新植物和动物样本，而他的旅行日记既建立了他博物学家的声誉，又成了一本畅销书。

有意思的是，后来被证明是在这段旅程中最重要的发现，却是达尔文当时在旅行中关注最少的部分之一：从加拉帕戈斯群岛搜集的一组鸣鸟样本。回到伦敦后，达尔文和一个著名的鸟类学家鉴别出，这些鸟其实分别属 13 种不同的雀类——这是一个非常奇怪的结果，因为据达尔文所知，在加拉帕戈斯群岛附近只有一种雀类，并且他们是栖息在南美洲海岸上的。就在这时我们的英雄有了科学史上最重要的猜想之一：如果有一对南美雀被风吹到了加拉帕戈斯群岛会发生什么事？

若果真如此，那么这十几个新物种可能就是这些鸣鸟的后代。他注意到加拉帕戈斯群岛雀类的嘴形各异：是不是因为它们已经吃了不同的食物而发生了改变，逐渐与其他同类越来越不同，以至于最后无法一起繁殖后代？贝格尔号在 1836 年 10 月结束了它为期 5 年的航行返回英国。1837 年夏天，达尔文拿起他的笔记本，画下了第一棵进化树。

## 最具革命性的理论

通常人们会想，既然达尔文已经发现了奠定现代生物学的基础定义理论，他应该去皇家学会预定一个晚上发表演讲，把观点公布出来，然后再接受无尽的荣誉。但是，也可以想得到，他可能害怕面对宗教界人士的震怒，而把接下来的 20 多年花在了做别的事上，并没有就自然选择发表任何东西。大部分时间研究的都是关于地质学的，他逐渐成了地质领域的权威人物，还写了一些关于活藤壶和藤壶化石的书，如果是我的话，我会让这些事晚一点再做。在 1844 年 1 月 11

日的一封写给他最好的朋友，植物学家约翰·道尔顿·胡克（Joseph Dalton Hooker，1817-1911）的信中，他几乎是随意地说了一句，宣称他正在写一本"非常放肆的书"，表达了他的信念：物种是可以改变的。他还承认这个想法本身就像是"杀人犯自首"一样。

转眼15年又过去了，仍然没有任何消息。直到1858年，一个年轻的英国博物学家阿尔弗雷德·罗素·华莱士（Alfred Russel Wallace，1823-1913）的信寄到达尔文的住所，里面附有一篇由他独自发展出来的自然选择进化论的科学论文时，你可以想象年迈的达尔文心情有多糟。达尔文没有任何现成的东西可以发表，但他有大量的笔记、信件及研究结果，可以告诉世人他首先有的这个想法，此外，他还有本半完成的《物种起源》的手稿，也就是他给胡克的信中提到的书。结果，胡克与其他一些人做了很多协调工作，才让华莱士的论文和《物种起源》的摘录版同时出版。世界上最革命性的科学理论终于公之于众了。

## 石头说出的真相

来自加拉帕戈斯群岛的几只不起眼的棕色燕雀，或许已经足以说服达尔文相信地球上的生命都是随机进化出来的，但是从那之后，科学家又收集到了什么新证据呢？事实是，证据多到我不知从何说起。在达尔文的时代，化石标本一直很少，而且除了观察活体生物外，很少能做其他研究活动，这也正是他数次搭船去往世界最遥远、偏僻的地方探险而让他有如此收获的原因。但是在最近150年间，生物学已经有了长足的发展。而且，我们马上要看到，达尔文把他的地质学家工作当作正职并不是偶然的，因为我们身边的那些坚硬的岩块就是绝佳的研究对象，我们可以透过它们看到地球早期生物如何蹒跚踏出最早几步。现在，就让我们聊一聊板块运动、岩石循环和化石记录吧。

# 一切都在循环之中

万物都有周期性的循环，这是我们都观察得到的现象。比如说，胡子最近才真正开始在伦敦流行开来，而上次是在 1970 年流行的。只可惜我的胡子长得太慢，等它真的长长了，可能已经不流行了。在科学的世界中，你可能听说过水循环，即使没听过，我也肯定你知道那是怎么回事：海洋中的水蒸发，成为水蒸气形成云，云变成雨落到陆地上，雨水汇集形成河流，然后河水再流进海洋，然后又开始新的旋转木马似的一圈。

还有另外一种循环你也可能听说过：碳循环。听起来也许很怪异，但是组成你身体的碳原子很有可能在某人（或者某物）的身体上呆过。比如，空气中的一个二氧化碳分子有可能在一天下午为一株蒲公英进行光合作用，然后与水结合形成了一个糖分子。一只狐狸吃掉了这株蒲公英，[10] 消化掉了那个糖分子，释放出的能量可以让它摇摆自己漂亮的尾巴，在这个过程中，狐狸又把糖分子转变成二氧化碳，然后把它呼到空气中。

在世界的各处储存有大量的二氧化碳，比如森林、海水和大气中，它们不断地吸收和释放碳，形成了一个永不停歇的循环过程。拿森林来说。在晴天里，它的每一片树叶都快乐地吸收着二氧化碳进行光合作用，把二氧化碳从大气中拿走。如果这片森林着火了，树叶就会以二氧化碳的形式释放出大量的碳到空气中。一般来说，这些不同的"释放源与吸收槽"会形成一个平衡，而空气中的二氧化碳总量大致上保持不变。

---

10 误吃了，蒲公英并不是狐狸的天然食物。

八堂极简科学课

当然，碳循环出现在新闻里，自然是因为全球变暖的话题。但是你要注意的是，地下储量丰富的化石燃料（比如煤炭、石油和天然气）也储存了巨量的碳，而一般来说，当森林、海洋和吃蒲公英的狐狸在做自己平常的事的时候，这些化石燃料只是在一边看着。但当我们燃烧一块煤炭的时候，我们就在往一个平衡系统中加入额外的碳，就好像我们从天王星运来一艘星际货轮的水，把它倒入大西洋一样：往地球上倒更多的水，海平面就会升高。同样，通过燃烧化石燃料产生更多的碳，大气中的碳含量就会变多。

我们在七课就会读到，从 20 世纪 50 年代开始，我们就对空气中的二氧化碳含量有着详细的记录，明确显示出其稳定的增长。我们要不要担心这件事？我们将在第七课讨论这个问题，但是现在你需要明白的是：(a) 碳对于地球上绝大多数的生命来说是不可或缺的；(b) 地球上有许多事物的循环周期比水分子要长得多。就进化论而言，你需要理解的最重要的循环，则是岩石循环。

## 岩石也在不停循环

我们认为岩石是一种永恒不变的东西：一块基石永远都会在那里；一个大理石雕塑可以一直保持它的形态直到永远。但是实际上，岩石根本不是永久的。就好像地球上其他事物一样——水、碳、生命体和电视节目模式——事情会周而复始的发生。一个水分子可能只需要几天就能完成水循环，而相对应的岩石循环则需要 1.5 亿年，但是它仍然是个循环。在人类的时间尺度上，这样的时间长度是惊人的，但是对于我们 46 亿岁的行星来说就没那么夸张了：从地球形成开始的时间已经足够完成至少 30 次岩石循环。

地球基本上是由四种地层组成的：地核是坚实的铁，外面包着一层液态铁，然后是一层固态的地幔，最上层是固态的地壳。地核非常烫，估计温度在5000℃以上。因为铁在1500℃左右就融化了，你可能会想，为什么地核会保持固态呢？答案令人难以置信：因为它承受了巨大压力，以致铁无法融化。

地幔也是如此。在地幔与地壳的交界处，温度最高可以到900℃，而在地幔底部，温度可以超过4000℃。大部分岩石会在600℃-1200℃之间熔化，所以你会认为岩石应该熔化才对，但是它跟地核的情况一样，所受到的巨大压力让它无法熔化。只有当部分地幔通过火山喷发等形式喷出地表时，所受的压力被释放了，它才变成了液态岩石，又叫岩浆，然后再度冷却形成新的地壳。正是这高温、固态又具有塑性的地幔和低温、固态的地壳，一起构成了岩石循环。

从某个角度来看，岩石循环可以说是在地球的冷却过程中，地壳和地幔之间岩石的来回交换。你可以把地幔想象成一大碗粥，它会透过热对流而慢慢冷却。小份的高温岩石从地幔上升到地表，然后冷却形成巨大的固态地壳岩石板，也就是板块。[11] 每一个板块都会在地表上向外扩展，直到与另一个板块相撞，然后会被挤回到原来的地幔里，重新被加热，等再次变得有可塑性时，整个循环就可以重来一遍了。

现在，你明白为什么地球的板块会移动了：它们被地幔中巨大而缓慢流动的热对流推来推去。因为各大陆原本只是板块高于海平面的部分，所以它们也会移动。举例来说，整个美洲大陆就坐落在一块

---

11 对流也就是液体或气体通过液流或气流进行的一种过程。高温，低密度的液流会上升到液体表面，而较冷、密度较大的液流会沉到液体的底部，气流的情况也与之相似。这就是为什么上下推拉窗是一项伟大的发明，尽管它经常被误用。它的设计理念是当你把上面的窗户拉下来的时候，你可以让热空气放出去，而当你拉上下面的窗户时，一股冷空气就会被吸进来代替刚刚被放出去的热空气。若只是把下面的窗户拉上去，有点没有物尽其用。

八堂极简科学课

极其巨大的岩石板上，它是北美洲板块。有意思的是，不仅仅是我们称为北美洲的陆地位于这个板块上，西伯利亚的一部分区域在它的西部，格陵兰则位于它的东部，而且整个板块在朝着远离大西洋中脊的方向运动，大概每年运动 1 厘米。

北欧位于亚欧板块上，而欧亚板块也正在远离大西洋中脊，只不过移动的方向跟北美板块相反。大西洋中部海沟是这两个板块的交汇点，海沟一般位于板块的边缘交界处；事实上，洋脊与海沟通常都发生在板块交界处，山脉、火山、地震断层线也是如此。举例来说，美国加利福尼亚州著名的圣安德烈亚斯断层，就位于往东北方向移动的太平洋板块和往西南方向运动的北美板块的不平整交汇处；喜马拉雅山脉则是往北移动的印度板块同亚欧板块挤压在一起而形成的褶皱；在加勒比海中的小安地列斯群岛则是一系列的火山，位于加勒比板块和北美洲板块最南部分的交界处。

我们在学校里学到的世界地图，在我们的心中看似是永恒不变的，但是实际上它只是一幅快照而已。你所谓的祖国，承载它的大陆，甚至你居住的山地，都只是这 1.5 亿年一次的岩石循环的短时形态而已。

## 花岗岩上的故事

哈，我听见你说，如果岩石循环持续 1.5 亿年的话，那么地球上就应该不存在比这年代更老的岩石，也就不能发现任何侏罗纪以前关于地球及其生命形式的证据了。你说的没错，但是有一种奇妙的东西例外：花岗岩。

你知道，地质学其实就是玄武岩和花岗岩这两种石头的游戏。两种都属于火成岩，意思是它们是由熔岩冷却后形成的。当从地幔来的熔岩快速冷却的时候，例如当熔岩从海床上两个扩张的板块交汇处涌出时，你就会得到黑褐色的、细粒的、密度很大的玄武岩。当熔岩慢慢冷却时，你就会得到亮色、较轻、粗粒、密度比较小的花岗岩。换句话说，热岩浆从地幔上升到地壳，但是没有办法到达地表时，通常就会形成花岗岩。所以，花岗岩经常会把它生命的早期花在地下度过，只有当它上面的岩石被风化掉以后，才会在地表显露。

那么，花岗岩有什么特别之处呢？好吧，你会觉得它很重，但是从地质学的角度来看，它就跟羽毛一样轻。地球上最初的岩石都应该是玄武岩，由熔岩在空气或海洋中迅速冷却而形成。但是很快地，最早形成的岩石被风化了，底下露出了新形成的花岗岩，而花岗岩比玄武岩轻得多。当两个板块相遇时会相互挤压，如果一个是花岗岩一个是玄武岩的话，玄武岩通常会被挤到花岗岩下面去，就好像在一场车祸中，较重的车通常会跑到超轻的车下面去一样。换句话说，玄武岩就会被再次强行压入地幔，以熔岩的形式回收。而花岗岩非常轻，所以最后就会浮在上面，就像一个气垫床浮在游泳池里一样。花岗岩非常聪明，经常可以躲过岩石循环中的毁灭阶段。

正因为花岗岩经常可以避开重新熔入地幔，所以就有机会慢慢累积成岩层。事实上，各个大陆的真实身份，就是大块大块的花岗岩。另一方面，海床则通常是玄武岩构成的。这一切的意义当然就是，自从地球形成以来，就一直有一大块花岗岩存在，至今还在地表漂移。就如之前说的，我们并没有找到跟地球一样古老的花岗岩，但是有些巨大陆块，又叫稳定地块，它们的年龄已经与地球相当接近了。[12] 如

---

12 比如说，南非的卡普瓦尔克拉通（Kaapvaal craton）被认为已经有 36 亿年的历史了。

八堂极简科学课

果够幸运的话，大块的花岗岩有时还可以成为其他岩石的救生筏。在写这段话之时，地球上已知最古老的岩石是一块粉红色的玄武岩，是在魁北克北部哈德孙湾的东海岸的"努瓦吉图克"绿岩带上发现的，当时它被困在一大块花岗岩中，大约已有近43亿年的历史了。

但是就进化而言，其他种类的岩石更令人激动——当然这多亏了花岗岩的浮力——它们穿过了无数个世纪的变迁，来到我们面前。听起来或许很荒诞，但是这些"迷你奇迹"完美保存了地球上最早出现的生命形式的三维轮廓。现在，让我们一起来认识这个星球上真正的奇迹之一——化石吧。

## 成为化石好艰难

让我们先来想一想，当动物死后变成化石，需要满足多少概率很低的条件，以至于成为化石的可能性微乎其微。具体地说，你，或者任何你认识的人死后能保存在岩石中长达5亿年之久，然后，被未来的某种生命形式发现的可能性会有多大呢？

首先，你不能突然晕倒，然后就随便死掉了。你最好死在河流、湖泊或者海床上，而且尸体最好不要被食肉动物发现，骨头腐烂之前，能被细小的沉积物迅速覆盖好。你埋身的水域要含有大量可溶解的矿物质（二氧化硅、碳酸钙、硫化铁等），这些矿物质可以渗透过沉积物，用老式、耐侵蚀的无机化合物替换掉你骨头中的有机物。[13]然后，在几百万年间必须有更多层的沉积物将这东西覆盖住，将它压

八堂极简科学课

13 化学基本上分为两个分支：跟碳有关的叫作有机化学；其他的统称为无机化学。比如说糖，它的分子主链上有碳，所以是有机化合物，而硫酸铜——可以形成美丽的蓝色结晶体——是一种无机化合物。一般来说，与生物体有关的是碳化学。实际上，我们会在下一课谈到，糖分子是整个进化中最重要的参与者之一。

成岩石。

最终，你的骨头会成为矿物化的岩石，保存在层层的沉积岩中。这块沉积岩这时需要避免在岩石循环中，重新回到地幔被再次加热：5亿年中会发生至少三到四次的岩石循环。就像我们刚刚看到的，对沉积岩来说最好的方法，是在一大块花岗岩上搭个顺风车，而当这块花岗岩最终遇到一个新板块时，也要足够幸运地避免被推入地幔。

如果这些听起来可能不太会发生，再想一下这个情形：你可能已经变成化石了，而且成功躲过了到地幔中去洗"热岩浴"的命运。但是到此为止还没有人发现你。这完全是另一组概率。想要被人发现，盖在你上面的沉积岩需要以合适的速度被风化掉，好让 5 亿年后，一个化石搜寻者来寻宝时，你的骨头恰好暴露出来。而他则需要完全准备好，手上也有一支专家队伍供他调遣；毕竟，很有可能你只露出来一个脚趾，而你的周围却有着一堆化石树叶和鹅卵石。

不仅如此，化石发现地很有可能是个远离人烟的地方，不然的话它怎么可能由大自然的力量暴露出来呢？他得有相当一大笔钱在手上，也必须有偏执的性格，不在意社会怎么看，或得到什么回报。这样的人非常稀有。如果你非要试试，就祝你好运吧。

## 你的祖先是条鱼

如果你问我的意见，我会对你说每发现一个化石都是非常了不起的，更别说世界各地博物馆和私人收藏中的成千上万块化石了，这些地方就像一片沉默的石头丛林，囊括着从地球每一个角落和时代而来的无比神奇的植物和动物。因为软组织腐烂得很快，所以我们很少找到早于 5.4 亿年前的化石，也就不足为奇了。因为那时生物大约是在那个年代刚刚才进化出坚硬的身体组织。这段时期在地球历史中叫作

### 有脚的鱼

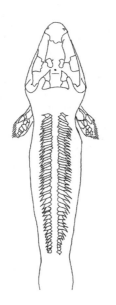

寒武纪，而在那个时期的沉积岩中突然出现了大量化石，这种现象被称为寒武纪大爆发。

当然，我们还是发现过一些来自更早年代的化石，比如软体动物和更早的单细胞动物；有了这些，再加上地质学证据，我们就能重建地球早期的样子，你在本课开始时的木头人游戏中已经看到了。但是如果你一定要我给出某一个化石证据，用以证明进化是任何明理的人都不应该怀疑的事实，那么我们只需要看一条 3.7 亿年前的鱼化石就可以了。

优秀科学理论的一个重要特征就是：它做出的预测是可以检验的。进化论告诉我们，自然选择会对一个生物种个体的不同特征起作用，比如加拉帕戈斯群岛上的两只不起眼的燕雀的后代，最终产生出新的物种。如果真是这样的话，我们就可以认为，比如两栖类是从鱼类进化而来的，那么地球上就一定曾存在过某个介于鱼类与两栖类之间的物种。换句话说，我们在寻找一条有脚的鱼。

　　我们已经知道化石是怎么形成的，那么一定就有机会找到这种生物了。毕竟，鱼跟蛙类一样，生活在河流里，而河流会有自然沉积物，所以，我们的长了脚的鱼就会有机会成为化石。如果我们知道了最早的鱼化石的年龄，以及最早的两栖动物化石的年龄，那么我们就可以预期长了脚的鱼的化石，年龄在这两者之间。我们要做的就是锁定地球的一个地方——很有可能是偏远的地方——裸露在地表的正好是那个年代的沉积岩，然后我们就开始寻找，一直到我们有所收获为止。1999 年，一位非常敬业且资金充足的古生物学家尼尔·舒宾（Neil Shubin）和他的团队开始着手做这件事。

　　那时，鱼化石已经在 3.8 亿年前的岩石中被发现，两栖动物化石在 3.65 亿年前的岩石中被发现，所以舒宾和他的团队恰到好处地去寻找 3.7 亿年前在大型浅河床中形成的沉积岩。在做完他们的地质学功课以后，他的团队发现，在加拿大北部努勒维特省的埃尔斯米尔岛上，有些沉积岩符合这样的条件。第一次探险并没有收获，整个小组坐直升机来到冰原，一待好几个月，什么都没找到。

　　但是，在 2004 年对那里的一次回访中，小组中的一个年轻成员没有在天黑前回到营地，直到天黑很久以后才步履蹒跚地返回，口袋中装满了化石。随后，小组成员们一起又重新找到了这个奇妙的地点，费了一番功夫之后，他们挖掘出了一块真正的化石，他们叫它提塔利克鱼——就像你看到的——用"长了脚的鱼"来描述一点也不为过。


## 我们来得太迟了

　　在木头人游戏中我们可以看到，在最近的 5 亿年中，进化出现了许多重大事件，而相比之下前面的 40 亿年则非常逊色。就人类而言，我们确实是姗姗来迟了。不管你在电影里看到过什么情节，我们从来没有跟恐龙同时出现过；恐龙最后一次出现是在 6500 万年前，属于白垩纪末期。[14] 恐龙确实"统治地球"长达 1.6 亿年，但是你可能记得上一课谈到黑洞的时候，恐龙的好运气在一颗小行星撞击地球并制造了墨西哥的希克苏鲁伯陨石坑之时灰飞烟灭。

当恐龙消失后，哺乳动物和鸟类很快就补了恐龙的空缺。然而，灵长类却要到 5800 万年前才开始从它们像松鼠、鼩鼱一般的祖先进化而来；直到 1500 万年前才大致进化成类人猿或者人科动物。至少，我们目前所知是这个样子。不过，最早的人类都住在树上而不是河里，所以它们形成化石的概率相当低。红毛猩猩的祖先是最先开始进化的，然后是大猩猩的祖先，人类和黑猩猩的最后一个共同祖先大概要到 600 万年前才出现。[15]

当黑猩猩在人科中分离出去以后，最后仅存的一支就是我们人类的祖先：原始人。最早的完整原始人骨架是在埃塞俄比亚找到的，时间大约在 440 万年前。她叫阿尔迪（Ardi），值得你上网搜一下。除了

---

八堂极简科学课

14 白垩纪的名字来源于拉丁语 creta，意思是白垩。这个时期，地球很暖和，在富含碳酸的浅海中生存着一大群单细胞藻类，叫作颗石藻。这些藻类死去的时候，会留下由方解石（又叫碳酸钙）组成的微小外壳。几百万年以后，这些方解石被压缩成一种沉积岩：白垩。

15 这里我们值得提一个进化论中令人伤感的事实：大部分物种的下场都是绝种。比方说，我们知道大猩猩是人类的近亲，但却不知道我们的共同祖先长什么样，只因为它们没有存活下来。如果这听起来很奇怪，你可以拿电话来做类比。看看一个 iPhone 和一个普通的座机。它们看起来完全不像，但是它们有一个共同祖先。这个共同祖先已经不存在了，因为人们不想要一只手拿着话筒，另一只拿着听筒，对着话筒喊着"骑士桥 215"之类的代码。我想要说的是，人类看起来不像黑猩猩，并不意味着我们没有共同的祖先。而且这个共同祖先可能跟两者都不像。

体型以外，她看起来一点也不像黑猩猩，公平地说，她看起来也不太像个人。她用两条腿走路，但是她的双脚大拇趾外翻，这意味着她对树上活动也不陌生。阿尔迪并不是你常听到的黑猩猩和人类共同祖先的过渡动物；在她生活的年代，黑猩猩和人类早就分道扬镳了。但是很显然，她不仅会在类人猿喜爱的树间荡来荡去，还经常用两条腿在森林中行走。

## 解开自身起源的秘密

大概 1500 万年前，人科动物出现在非洲，大概 600 万年前能走路、会说话的原始人与黑猩猩分开了。当然，准确地说，我们的祖先在 600 万年前可能还无法做到走路和说话，这又引出了我们下一个亟需回答的问题：他们什么时候开始发展出了语言、火、艺术和侠盗猎车手电玩游戏的？

这些问题不容易回答，部分原因是化石本身的特性造成的。如我们所知，化石是极为稀少的，而那些不是整天在滩涂或河床上晃悠的动物化石就更加少得可怜。我们想得到的原始人遗留物——这儿几颗牙齿，那儿一个箭头——又非常难以找到。所幸还有几个几乎所有古生物学家都基本认同的关键点，可以为我们一窥人类进化谜底提供一些线索。

首先，非洲是人类的发祥地。440 万岁的阿尔迪，之后是 320 万岁的露西（Lucy），都是在埃塞俄比亚发现的，但是露西属于南方古猿（Australopithecus），阿尔迪则属于地猿（Ardipithecus）。[16]露西没有阿尔迪那样的外翻脚拇趾，所以我们认为她大多数时间都不在树上；可需要注意的是，两者的脑容量都没有明显的进步。不管是什么原因让我们最早的祖先从树上走下来，都不可能是心智能力的突然提升——就算是以脑容量为依据推测来看。

在南方古猿和地猿之后，大概在230万到240万年以前，我们开始发现我们这个属种——人属的化石了。我们的家谱树在这个时候看起来非常"茂密"，我的意思是，这里并没有一个又长又清晰的继承线，而是在人属之下，有许多不同的物种，形成了一堆杂乱的线。有些可能是我们直接的祖先，而有一些则是进化上的死胡同。不过有一个事件是非常清楚的：这些新物种的脑容量要比之前更大一些。如果粗略地按时间排序，我们发现有较早一些的人种，比如能人、匠人和直立人；较晚期一些的人种，如海德堡人、尼安德特人，还有我们所属的智人。

那么，是什么样的生存压力让脑容量更大的原始人脱颖而出了呢？我们从尼罗河沉积岩中深色、浅色相间的纹路中可以看出，大概在300万年前，非洲的气候在干燥周期和湿润周期之间来回摇摆；事实上，整个原始人的历史都伴随着气候变化逐渐推进，在280万年前来到关键点：我们的冰河时期开始了。

冰河时期的趋势一般是从温暖变寒冷，但科学家认为，人类进化

---

八堂极简科学课

16 你可能想知道，属是什么意思。双名法（Binomial nomenclature）由瑞典植物学家卡尔·林奈（Carolus Linnaeus）所发明，它的运作原理是：一个生物体有两个名字，第一个名字是它的属名，第二个是它的种名。属名总是以大写字母开头，而种则全都是小写。比如，Tyrannosaurus rex（雷克斯暴龙），可简写成 T. rex，以及 Escherichia（大肠杆菌），通常简写为 E.coli。如果要以标准的方式来写的话，阿尔迪是 Ardipithecus ramidus，而露西是 Australopithecus afarensis。

的重要因素之一，是围绕这个趋势所产生的气候剧烈的波动。不管怎么说，脑容量大的动物可以更好地应对变化，而且气候变化很迅速的时期和人类祖先大脑的增加的时期，似乎是刚好有某种对应的。今天的气候变化可能不是个好现象——特别是如果你住在马尔代夫的话——但是对人类来说，气候变化造就了我们。

最后，我们知道人属喜欢旅行。直立人是第一批离开非洲的，在大约 150 万年前，他们先到达亚洲，然后到了欧洲。海德堡人在大约 50 万年前旅行到达欧洲，而尼安德特人——又可能被叫作穴居人——在大约 40 万年前离开非洲。[17] 然后，在大约 20 万年前，现代人在非洲出现。

但是，虽然我们对早期人种所知非常片面，然而说到现代人我们的知识则可以完全弥补之前的不足。一个有大量事实证明的假说是这样的：大概在 10 万年前，有一小群智人离开了非洲，跟随着 140 万年前直立人曾经走过的路径，从曼德海峡穿过红海。随后他们沿着阿拉伯半岛的海岸线，从波斯湾口的霍尔木兹海峡（Strait of Hormuz）横穿进入今天的伊朗。他们仍然沿着海岸线继续向西，在 8 万年前到达了印度，然后到达印度尼西亚，当时多巴火山（Mount Toba）的喷发，让他们的人数降到了 1 万左右。慢慢地，他们的人口又开始恢复，7.5 万年前寒潮来临，这让一部分人往南去到了澳大利亚，其他人沿着中国的海岸线一路向北。大约 5 万年前，气温又开始上升，一部分现代人顺着印度的西海岸往回走，穿过还没有成为圣地的地区进入欧洲。大约在 4 万年前，他们发现这个地方被耐寒的尼安德特人占领着。接

---

17 我需要指出的是，到目前为止我们还没有在非洲发现过任何尼安德特人的化石，所以要说他们一定是起源于非洲还是有些勉强的。事实上，有一个学派主张尼安德特人是从更早期的人类比如海德堡人在欧洲进化出来的。

八堂极简科学课

下来发生了什么事情，还有很多争议，但是我们可以说，在3万年前，欧洲已经没有尼安德特人了。智人现在是人属唯一存活的一支。[18]

接下来的事，就是所谓的史前时代了。当各种现代人类迁移到中亚内陆、回到北非以及南下到西班牙南部时，我们目睹了一场艺术和贸易的蓬勃发展。从中亚开始，我们的定居地延伸到了北极圈内，穿过西伯利亚来到阿拉斯加，开始了北美洲的生活。地球在2万年前又冰封了一次，促使一部分北美定居者南下到了南美洲的新家。这时整个星球已经被现代人类所占据了，而在12000年前，也就是现在的温暖时期刚开始的时候，我们的人口总数约为600万。

就在这个时期，人类的另一个伟大发明出现了：农业。农耕似乎是于1万年前在许多地方同时出现的，它促使科技、文化、艺术和社会以前所未有的速度发展。我们现在已有超过70亿人口，几乎每一处可居住的土地上都有我们的身影。虽然我们绝不是地球上数量最多的动物——这项荣耀属于昆虫、蠕虫和浮游生物——但是我们毫无疑问的是适应能力最强、最善于交际、最好奇的动物。我们如此好奇，致使我们解开了自己起源的秘密。

---

八堂极简科学课

18 我认为围绕着科学所产生的许多误解，都跟媒体把假说当成理论来报道有关。报纸在这方面做的是最差的，这很可能是公众对科学失去信心的原因之一。对大众媒体来说，他们应该有所保留地报道任何被称为"理论"的东西，除非这个观点已经被一系列的实验所证明了。原则就是，你在报纸上读到的东西一般都是"假说"而不是"理论"，而报纸上所提到的实验通常都只是一次实验的结果，还需要进一步确认。不过，如果你听到有人抄袭《橱窗里的小狗多少钱》的高潮旋律时，那么，我们都很清楚你碰到的是如假包换的事实。

## 奥妙都在基因之中

你身体里的那种具有科学家式的质疑可能开始了。在谈到有关我们祖先的知识时，我们似乎对于 10 万年前发生的细节含糊不清，而对于从彼时至今的所有事情都一清二楚。对于我们猿猴般的祖先，比如南方古猿，我们只知道它们用双腿走路，而且不太聪明；我们不清楚尼安德特人是从哪儿进化出来的，非洲还是亚洲？我们对智人在非洲的崛起也所知甚少。但是，我们似乎知道每一个在 10 万年前离开非洲的智人的名字、住址和邮编，以及他们到达那里的详细路线。我们是怎么知道的呢？有人发现了一条用手斧砍出来的小路吗？还是有人发现了尼安德特少年留下的日记？

我们现在进入到了进化论中最精彩的部分，就像终于吃到三明治中的肉一样。因为对于智人迁徙的证据，我们不仅可以从化石中得到，还可以从身体细胞中得到。我们下一段旅程前往的是 DNA 的神奇世界。DNA 是一种神奇的糖类分子，它记载着生命的蓝图，而更神奇的是我们有办法阅读这个蓝图。而且，就像我们将要看到的，DNA 中蕴藏了我们从何地何时而来的重要线索。而且，这些线索可以带我们回到过去，回溯到人类在非洲出现的年代，甚至回溯到人类、黑猩猩和大猩猩以及其他类人猿的共同祖先更早的年代中。事实上，DNA 可以把我们带到生命起源之时。

# 揭开DNA的造物密码

## 携带信息的DNA

DNA 到底是什么呢？这三个字母代表 deoxyribonucleic acid，就是"脱氧核糖核酸"，它是一种非常特别的分子。它的名字听起来好像很复杂，但其实不然。核糖（ribo）是一种糖类，是 DNA 的主要成分之一。你可能已经猜到了 deoxy 的意思——脱氧，就是每一个核糖分子都被移走了一个氧原子。而 nucleic 之所以会出现，是因为 DNA 是在细胞的核中出现的。所以，总结来说：DNA 是一种很长的分子，存在于细胞核中，由脱氧核糖构成。

如果你对这一切还很陌生，让我们快速地回顾一下细胞的定义。你可能还记得在中学生物课上看到的细胞的样子；为了更好地帮你回忆起来，我在下面画了一个。如果你从口腔内壁刮下一些上皮细胞，滴一滴染色剂在上面，然后在显微镜下观察，你就能看到生物学家所谓的"真核细胞"[1] 的所有重要特征了。真核细胞的中央有一个细胞核，细胞核周围有一层看起来有点起泡的果冻状物质，然后最外层的细胞膜把它们都包起来。你的 DNA，整齐地打包成了 23 对染色体，就位于细胞核中。果冻状物质叫作细胞质——从希腊语 cytoplasm（细

---

1 "真核"的英文是 eukaryon，源自希腊文，"好的核心"，eu 为"好"，karyon 为"核"。

八堂极简科学课

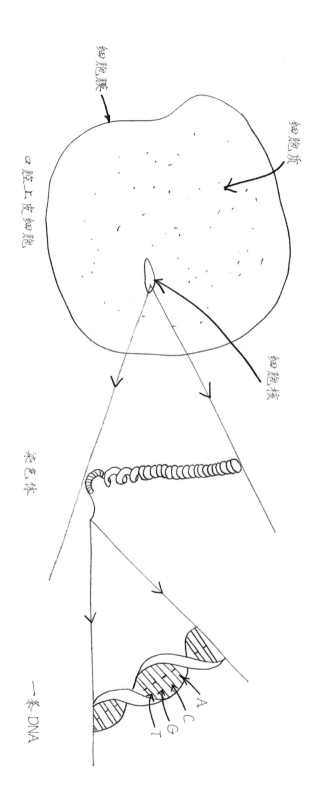

口腔上皮细胞染色体和一条 DNA

细胞膜

细胞质

口腔上皮细胞

细胞核

染色体

一条 DNA

A
C
G
T

胞物质）而来——其中的气泡则是能帮助细胞进行各种生物机制的各种小玩意儿。

好吧，让我们回头来谈谈DNA。它有什么特别的呢？首先，它很稳定。我们马上就要看到，DNA的结构非常不寻常，使它很难被破坏，因此科学家可以成功获取数万年以前原始人的DNA。其次，DNA可以储存信息，事实上，如果要复制一个你，所需要的全部信息就保存在DNA中。再次，DNA有能力复制自己。没有DNA的话，孩子就得不到父母的遗传，进化也不能进行。

所以让我们总结一下：DNA是一种特殊的分子，可以携带信息，相当于某个特定生命体的蓝图。DNA存在于细胞核中，在这里它被切成称为染色体的小段。[2] 染色体成对出现，人类一共有23对。那么，它是怎么发挥作用的呢？怎么把DNA里蕴含的信息传递到一个能走能说的人体里去呢？

现在是时候讨论一下蛋白质了。


## 蛋白质，生命存活的关键

你随便问一个人关于蛋白质的问题，他可能就会跟你说一些减肥的事情。他们甚至可能会提到著名的"阿特金斯健康饮食法"，自2000年过后，这种减肥方法特别受明星们喜爱，它强调高蛋白质和低

---

2 不同的物种有不同数量的染色体，而特定物种有多少条染色体，似乎没什么规则。你可能认为，高级物种拥有更多的DNA，也因此会有更多的染色体，但好像并不是这样。比如说，人类有46条染色体；一个菠萝有50条染色体。

八堂极简科学课

碳水化合物的饮食搭配，这会让你的口气像刚喝过家具漆一样臭。[3]
他们会经常提醒你，蛋白质是我们必须摄入的食物之一，还有碳水化
合物、脂肪、纤维、维生素、矿物质和燕麦圈，但他们说得对。

你看，植物和动物也都含有大量的蛋白质。比如说，你可能知
道，你的肌肉、骨骼、毛发和皮肤都是由蛋白质构成。但是你可能不
知道，蛋白质也是在细胞的层次让各种事情办成的：从助你消化食物
的酶，到调节血糖浓度的激素，到给血液输送氧气的血红蛋白都是蛋
白质。虽说听起来可能不够浪漫，但是把植物和动物说成是一袋袋蛋
白质，袋子里充满水，一点也不夸张。

就像DNA一样，蛋白质是以碳为基础的大分子。但是，就像
DNA的组成构件是核糖一样，蛋白质是由更小分子——氨基酸组成的
长链构成的。一个蛋白质的功能取决于它的大小、氨基酸组合以及形
状，在这之中形状尤为重要。

现在据估计人体里有数十万甚至上百万种不同的蛋白质，但是它
们由仅仅20种不同的氨基酸组成。我们的身体可以合成出大部分氨
基酸，但是并不是全部。我们的身体不能自行制造的氨基酸，我们只
能从食物中摄取。换句话说，我们吃肉、蛋、鱼类和植物蛋白的原因
就是可以把它们分解成单个的氨基酸，然后用这些氨基酸来合成我们
需要的蛋白质。

最神奇的地方就是这里。对于你身上的每一种蛋白质，都有对应
的密码在你的某条染色体的某个区域上，告诉身体要用哪些氨基酸。

---

八堂极简科学课

3 第六课会谈到更多跟饮食相关的事。可以说当你按照阿特金斯
饮食法而成功减肥，起作用的并不是什么蛋白质的神奇比例，也
不是碳水化合物的有害特性，而是因为你摄取了比较少的热量。
事实上，这种方法会让你的身体处在"酮中毒"的状态，此时你
会开始燃烧脂肪细胞，因而产生口臭。

以及要用什么样的顺序连接氨基酸，从而制造出这个蛋白质。染色体上的这类区域有专门的名称，你应该很熟悉——它叫基因。

## 绘制基因组

我曾经与弗兰西斯·克里克（Francis Crick，1916-2004）有过一面之缘，他就是发现DNA结构与功能的两位著名科学家中的一位。我当时还是卡文迪许实验室的研究生，女星瑞切尔·薇兹的母亲艾迪斯在剑桥的家中，为克里克举办了一个花园派对。艾迪斯在60年代就认识克里克，显然，克里克就是当时剑桥社交圈里的活跃人物。

那是1990年的夏天，克里克穿着体面，魅力四射，就像一只银狐[4]，看起来有点像哈利·波特里的巫师。我加入了已经排成了长龙的学生队伍，所有人都想借机在克里克面前展现自己对解开宇宙奥秘的热情，但我却跑题了，竟跟他说起了我少年时期因吸入香蕉皮燃烧产生的烟而出现幻觉的事。这听起来好像有点无厘头，其实不然，因为我当时知道他正在研究人类意识，但是我只记得，他只是礼貌地微笑着。毫无疑问，克里克很想跟具有更高智慧的人进行交流。

我还遇到过与之类似的情况。有一次，我在史蒂夫·库根的脱口秀现场，有人把我介绍给保罗·麦卡特尼，我找了借口去了厕所，没有问他作为披头士一员的感觉如何。我想这样做应该没错。保罗·麦卡特尼可能不是告诉你加入披头士有何感想的最佳人选，就像美国太空人阿姆斯特朗也不是告诉你在月亮上行走的感觉的最佳人选一样。毕竟，有

---

4 "银狐"指头上已长有白发但很有女人缘的年长的男人。

八堂极简科学课

些人身在其中，并不知道自己的贡献有多大。而在探寻生命起源的事中，克里克和沃森（James Watson, 1928- ）是最接近这项任务的人选了。

在 20 世纪 50 年代早期，大家的直觉——这直觉果然很正确——都是细胞中的染色体是决定遗传的根源。染色体是由 DNA 组成的，而克里克和沃森因为之前看过研究对手罗莎琳德·富兰克林（Rosalind Franklin，1920–1958）的 DNA 分子的 X 射线绕射模式图后，因而最终推断出 DNA 分子有双螺旋结构，就好像盘旋扭转的梯子一样。一图胜千言，所以我在前面画的那幅图上，在我画的细胞旁边，我试着画了一小段 DNA。

克里克和沃森不仅解决了 DNA 结构之谜，还破解了 DNA 密码。如果 DNA 是一个梯子的话，那两边的梯柱就是由交替出现的糖和磷酸基组成的。每个糖类分子会与一个碱基连接，共有 4 种不同的碱基：腺嘌呤（adenine）、胸腺嘧啶（thymine）、鸟嘌呤（guanine）、胞嘧啶（cytosine）。我们先不管它们到底是什么，因为如果要理解这个密码，我们只需要用每个碱基的英文首字母，也就是 A、T、G、C，来称呼 DNA 的密码就可以了。这些碱基成双配对，连接构成梯子中间的横杠；A 总是跟 T 连接，而 G 总是跟 C 相连。

接下来是最令人惊奇的部分：这些碱基构成了一种密码，而我们的身体可以像拉拉链一样将一个 DNA 分子从中间拉开，阅读密码并且用它来制造蛋白质。而且，这个密码极为简单。在基因里，这些碱基组成许多个单字，每个单字由三个字母组成。这些由三个字母组合的单字，正好对应了建构我们身体的 20 种氨基酸。换句话说，基因基本上是制造特定蛋白质的食谱；它简单地告诉身体，哪些氨基酸需要按什么次序放在一起，来制造出某个蛋白质。

你可能听说过"人类基因组计划"，它是由詹姆斯·沃森发起的，沃森就是和弗兰西斯·克里克在 20 世纪 50 年代早期一起发现 DNA

结构的那位科学家。简单地说，这个计划的目标就是要定出完整的人类染色体的碱基测序。最早的一组完整序列于 2003 年完成，从那以后，我们一直在研究每个基因到底位于哪条染色体上的哪个位置，以及它能制造出哪一种蛋白质。

你可能会说，这样挺好的。人类的 DNA 被包裹成染色体，然后这些染色体上有基因，基因是蛋白质的蓝图，它们告诉我们身体如何制造出构成身体的那些蛋白质。而你是否知道，DNA 是跟人类历史直接相关的。每个人的 DNA 上面都有他们祖先的标记，而如果用一点侦探的高明技巧，我们就能往前推导，不仅能回溯到我们的近亲，而且可以回溯到几百万甚至几十亿年前。

## 线粒体夏娃和Y染色体亚当

如果你随便拿两个人的碱基序列进行比较，你会发现两者没太大差异。亚洲人，非洲人，欧洲人，因纽特人：我们都是在互相克隆而已。人类基因组一共有 30 亿个碱基，它们中大部分都是一样的，但是每隔几百个碱基就会有一个地方出现变异。为了把这个说清楚，我们假设拳王迈克·泰森的一号染色体以如下的序列开始：

CAGTTAGCTACTC

而弗兰克·布鲁诺有如下的序列：

CAGTTACCTACTC

我们就能看到第七个碱基的位置有变异，泰森的是 G，布鲁诺的是 C。我们再假设在几百个碱基之后，另外一个位置出现变异，迈克在那里的序列是：

TAGCTCTATCTAG

而布鲁诺的是：

TAGCTCCATCTAG

又一次，我们找到了一个变异位置，迈克在那里有个 T，而布鲁诺有个 C。你可以看到这些发生变异的碱基因人而异，有点像是个人的印记，比如泰森的变异的碱基字母是"GT……"开头的，而布鲁诺的以"CC……"开始，这些组合逐渐变成了一个个体的独特特征。这样的印记可以叫作单体型，从希腊语"单独形态"而来，而在人类起源这个问题上，它能提供给我们相当多的信息。

你的单体型组成了一个独特的印记，是由你在人类基因组上的一些变异位置上的碱基所构成的。然而，生物从一代到下一代时，单体型被打乱，因为孩子每一条染色体一部分来自于母亲，另一部分来自于父亲。这个混合过程叫作重组，是有性繁殖的好处之一：可以制造足够的基因多样性，自然选择就可以在其上面发挥作用，进而使物种产生进化。但是，当你想要追溯你的祖先时，还是不太容易；因为不管怎么样，在经过足够多代遗传以后，你的单体型被打乱，使你根本无法辨别你的祖先是这个人还是那个人。

但是，有两个地方的基因组是不会进行重组而打乱单体型的。它们不仅仅可以向我们提供个人的基因背景，还能让我们了解整个物种的起源。现在，让我们见识一下 Y 染色体和线粒体 DNA 吧。

## 伟大的线粒体

一个典型的动物或植物细胞，里面都有个塞满了以染色体形式存在的 DNA，细胞核在果冻般的细胞质中飘忽游荡，最外边还包着一层细胞膜。还记得我说过细胞质里有各种各样的小玩意吗？线粒体（英文 mitochondrion，来自希腊文，意思是"线型颗粒"）就是其中的小玩意之一，它为细胞提供能量。[5] 线粒体有着自己的 DNA，而且下面这一点很重要：它只存在于女性的卵细胞中，而男性精子中没有。所以你从母亲那里遗传了线粒体 DNA，而这个 DNA 并没有经过重组。[6]

## 黑猩猩时钟

那线粒体 DNA 怎样帮助我们追溯祖先呢？好吧，DNA 很善于复制自己，但是做得并不完美。每一次在复制 DNA 时（就是制造新细胞时），就会发生错误。因为这个复制过程，时间长了以后，即使是线粒体 DNA 中的单体型都可能发生突变。由于染色体 DNA 在传递到下一代时，都会与父母的 DNA 混合，产生重组，所以线粒体 DNA 的变化速度跟染色体 DNA 相比是很慢的，但是，经过人类 5000 代传承之后，这个突变还是会为线粒体 DNA 带来显著效应。

观察个人的单体型以后，你就可以很容易地把这个人放到一个更大的相似单体型所构成的集合里，我们称之为"单倍群"。整个人类被分成大概 20 个线体单倍群，这些群组都可以按年代顺序进行排列。而

---

5 线粒体与细菌很像，有理论说它们是从感染远古真核细胞的细菌进化而来。

6 好吧，如果要严谨地说，精子也有线粒体，但是只会出现在它们的尾巴里。当精子让卵细胞受精以后，尾巴就会脱落。

八堂极简科学课

且，就像你期望的那样，作为一个从非洲进化出来，然后移民到全球各角落的物种来说，肯定存在一个非洲单倍群是地球上其他单倍群的祖先。[7]

确定每一个单倍群出现的年代，是目前很多人感兴趣的研究方向，但是基本原则还是很好掌握的。我们知道人类跟黑猩猩有一个共同祖先，而且我们可以向前追溯，看看这个祖先的线粒体 DNA 是什么样子。从化石证据中我们大概知道人类与黑猩猩是什么时候分开的；最新的证据显示大概是 600 万年前。所以，我们知道了人类的线粒体 DNA 在 600 万年前的样子，以及现在的样子，我们就可以拿中间任何一种 DNA 进行分析，然后很有把握地计算出它最初的出现时间。

人们一直都在改进这个基本的方法，因为每一代线粒体的变化速度都可能被比如自然选择和人口瓶颈等因素干扰。[8]我之前所描绘的人类迁徙图——从非洲开始，沿着海岸到达印度尼西亚，然后回到欧洲，或到达新世界——由于需要因应新的研究成果，科学家们会对其中的路线和年代进行调整和修改，但是大家在大致轮廓上已有了共识，在细节看法上也越来越趋向一致。而且，在下面这个重要的事实

---

八堂极简科学课

7 单倍群用 A、B、C 等进行标记，但是可惜的是，这些标记是按发现的次序，而不是按时间顺序编的。非洲的单倍群被标记为 L0—L6。其中 L3 则是所有非洲以外的单倍群的共同祖先。

8 自然选择去除了有害的突变，特别是对于线粒体 DNA 来说更是如此，因为这种作用要么很强烈，要么很微弱。这就表示，现代人类变异基因幅度并没有原本可能的那么大，也就是说如果有害的突变能留下来，真正的改变速度会比目前所看到的还会大。此外，人口数量大小也会影响 DNA 的改变速度。常识告诉我们，如果你在一个大群体中取的样本越小，那么这个样本就越不可能代表整个群体。它跟人类的关系如下：在人类的进化中，有些时期人类的数量变得很少，从而扭曲了人类的线粒体 DNA 变异的速度。如果真是这样的话，我们就必须在计算线粒体夏娃的年龄时考虑到这些。

上，大家都没有分歧：我们都是 20 万年前生活在非洲的一个女人的后代。她被称为最近共同祖先（MRCA），但是我更喜欢另外一个富有诗意的名字："线粒体夏娃"。

## 回到伊甸园

现在你知道了：你的线粒体 DNA 是从你母亲那一条线遗传下来的，它告诉我们你来自非洲。不仅如此，不管你是不是跟英王征服者威廉或者演员威廉·夏特纳[9]有亲戚关系，如果你追溯你的线粒体家谱够早的话，你就会找到一个生活在 20 万年前的女人：线粒体夏娃。

如果要准确地说，线粒体夏娃当然不是第一个存活在地球上的女人，她只是远古女性人类中最幸运的那个而已。在她之前地球上可能已经出现过其他女人，跟她同时期也可能有其他女人活着，但是她们的线粒体 DNA 刚好已经绝迹了，只有她的存留了下来。对于这一点，我们只能说她的运气很好了；以任何可遗传的性状来说，如果一个小群体延续了足够多代，这个性状最终表现得比其他性状频繁，完全要靠好运气。最初的人类只是一个小群体，而且碰巧早期的线粒体 DNA 中，只有一种流传了数千年到数万年。

但是，从你的母亲那里遗传过来的线粒体 DNA，并不是你跟最初的人类唯一的联系。人类的基因组中还有一部分可以让你从父系这边进行追溯，一直可以追溯到一位幸运的男人，那个部分就是他 Y 染色体中的 DNA。

---

9 威廉·夏特纳（William Shatner），20 世纪 60 年代在电影《星际迷航》里饰演科克船长。

八堂极简科学课

## 性别战争

在我们都有的 23 对染色体中，22 对基本两两完全一样。但是决定性别的染色体——也就是 X 和 Y 染色体——则不太一样。你可能知道，如果你是女的，你就是 XX 组合，而如果你是男的，你就是 XY 组合。当一个女性制造一个卵细胞时，这个卵细胞会得到那两条 X 染色体中的一条。当一个男性制造一个精子细胞时，那个精子会得到他的 X 染色体或 Y 染色体。换句话说，婴儿的性别实际上是由使卵子受精的精子所决定的。毫无疑问，某种情况下一些诊所会找到分离雌雄精子（X 精子和 Y 精子）的方法，然后我们可以影响婴儿的性别比率，但是并不是每次都能成功，不管谁跟你说他的家族里都是男孩，这个过程造成的男女比例依然大约是 50∶50。[10]

我前面提到过，22 对普通的、不决定性别的染色体在有性繁殖时会进行重组。这个过程将父母的特征在孩子 DNA 中进行混合，这就是为什么你眼睛形状有可能像你的母亲，而眼睛的颜色像你的父亲。随后的每一代都是某种染色体熔炉，遗传性状在某个时候表现了出来，交给自然选择进行处理。优势特征会受到自然选择的青睐，然后会广为传播，而有害的特征则会中途退场。

对于新受精的雌性受精卵细胞的两条 X 染色体来说，情况也是如此。它们也经历了重组过程，也就是说，它们是从母亲的卵子来的 X 染色体和从父亲的精子来的 X 染色体混合而成。可以说，这是很健康的一件事，这意味着任何潜藏在 X 染色体上的欠佳的片段都将表现出

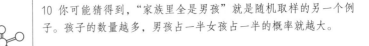

10 你可能猜得到，"家族里全是男孩"就是随机取样的另一个例子。孩子的数量越多，男孩占一半女孩占一半的概率就越大。

来，然后被自然选择所去除。但是就像我们将要看到的一样，Y 染色体是非常不一样的。

看看这典型的 Y 染色体，你就知道这里面有问题。X 染色体是第八大的染色体，但是 Y 染色体却很小且不起眼。Y 染色体非常精简，它有着 6000 万个碱基对，大约只含有 86 个基因。而 X 染色体有着多达 1.53 亿个碱基对，基因数可达到 2000 个。而且，X 染色体和 Y 染色体的关系并不好；它们如此地不般配以至于在有性繁殖中，它们是不会混合、重组的。

就这样，你很容易看到 Y 染色体比 X 短的原因了。毕竟，女人身上并不携带 Y 染色体，所以你不会希望它带有任何重要的基因——除了负责男性特征的基因之外。而且，你也不会希望 X 和 Y 进行重组，理由很简单，因为这样会使男性和女性的特征混合在一起，结果就变成了不男不女了。但是这也意味着 Y 染色体上有害的突变，不会像 X 染色体上的有害突变那样经常表达出来，所以也不太容易通过自然选择而去除。这样就意味着，就算是地球上最有活力、最有适应力的 Y 染色体也会遭到淘汰，尽管它本身没什么错。说到底，不管你的下巴有多宽阔，二头肌有多发达，你都有可能生育不出男性后代，这样一来，所有你的男性基因就灭绝了。在每一代人中都会有一些强壮的男性，但他们的男性基因却永远离我们而去了，因为他们生出了大堆的女孩子，而男孩子则一个都没有。

换句话说，性别战争是很真实的存在，而在染色体层面上，你应该把你的赌注押到女性身上。虽然男性和女性的染色体相互不混合，给 Y 染色体带来了一系列的挑战，但是，说到追溯父系祖先时，它的特立独行则对我们非常有益。因为，就像线粒体 DNA 是从母亲传到女儿的一样，Y 染色体也会和第一批在地球上直立行走的男性有直接的联系。而且，就像线粒体 DNA 会让我们回溯到某个女人一样，Y 染色体也让我们回溯到一个男人——Y 染色体亚当，生活于 14 万年前的非洲。

## 异时空之恋

就像线粒体 DNA 一样，Y 染色体 DNA 也可以分成单体型划归到不同群组，每一个单体型都携带着独特的突变印记。而且有意思的是，那些单体型都讲述着一个同样的故事：一批人走出非洲，先是栖息于旧世界，然后迁徙到新世界。就像你的线粒体 DNA 中的单体型是在迁徙过程中的某个时候产生的（可能是在非洲、亚洲或是北极），你父亲的 Y 染色体上的单体型也是如此。其实，你的染色体上的碱基序列可以告诉你更多关于你祖先来自何方的秘密。

当然，有个小情况需要注意。线粒体夏娃可能是人类历史上最强的老牛吃嫩草之人；毕竟，她比亚当大 6 万多岁。不用说，他们肯定不是一对。从现存所有人类线粒体 DNA 追溯到的最近共同祖先，不一定需要遇到从所有 Y 染色体 DNA 追溯到的最近共同祖先，才能确保人类这个物种的不断繁衍。线粒体夏娃应该有一个男性伴侣，但是不幸的是，这位伴侣的 Y 染色体，以及他亲属的 Y 染色体都在地球上消逝了。

换句话说，Y 染色体亚当是人类众多男性祖先中的一个，就好像夏娃是人类众多女性祖先中的一个一样。我们说，我们可以追溯我们的父系祖先到亚当时，我们只是在说我们的 Y 染色体的家谱。男人的 Y 染色体 DNA 只是他全部 DNA 中的很小部分——小于五十分之一——跟你从夏娃那里继承的线粒体 DNA 一样少。你身体中其他的 DNA 也是从早期某个人类那里继承的；但是想要弄清楚到底是哪个人则非常难，因为 DNA 已经被搅乱了。实际上，你身体每条染色体的每个基因都有它自己的最近共同祖先。但现在，我们还没办法追查我们的肘部、左上门牙和肚脐眼的谱系。

因为说到DNA，携带DNA的人就成了事情的次要方面了。我们现在要从DNA的视角来看看进化，而我必须遗憾地说，这个内容读起来会让你胆战心惊。因为从基因的角度来说，人类只是好用的救生筏而已。对于基因来说，这个游戏要求尽量多地复制自己，而它只需要有个进行交配并产生可存活的后代的载体。那么，就让我们穿过魔镜，进入基因的世界吧。

## 转基因的优势——基因变异带来的好处

若要理解我的意思，得先回顾一下我们正在讨论的问题。你应该记得，人类DNA已经被打包成23对染色体。每一对染色体的两条染色体基本是一致的，除了男人体内有一对配对困难的X和Y性染色体以外。在有性繁殖时，双亲的染色体会彼此进行混合，生成新的23对染色体，而当他们生下男孩的时候，父亲的Y染色体和母亲的X染色体基本上是完整地被传递了下来。这些我们已经知道了。

你也会记得，每一条染色体都是一个很长的螺旋形分子，有着两条缠在一起的碳原子为基础的骨架。连接两条骨架的是4种碱基——A、T、G和C。DNA神奇的奥秘就在于，这四种字母会形成密码，一个密码就是以三字母构成的单字对应一种氨基酸。这样，DNA其实很像烹调蛋白质的食谱；它记录着需要以什么样的顺序把哪些氨基酸组合成蛋白质。

嗯，大概是如此，但是有一个小细节值得注意。DNA的"编码"区域——与氨基酸对应的碱基——在基因里面是不连续的。带编码的区域叫作外显子，外显子之间的区域叫内含子。以某个基因为蓝本制造出蛋白质的过程中，有一个步骤是把所有内含子都取出，然后把所有的外显子缝合在一起。想要理解我的意思，只需要想想在一些有意义的单词间，插入一些难以理解的字母的情形：

thegdtdyquickjdudybrownksysghsfoxjssustjumpsjstsgtsoverjsjsthehslazy ksdog[11]。

在这个比喻中，"gdtdy"是一个内含子，而"the"和"quick"是外显子。有这些内含子的好处之一就是，让你把外显子按不同的方式接起来，因此可以用单一基因制造多个蛋白质。你可以把"gdtdyquickjdudy"以及其他的内含子从上述文字中取出，剩下的字母仍然可以拼接成一个句子，虽然意思已经不同，但还是有意思的：

thebrownfoxjumpsoverthelazydog。
（那只棕色狐狸从那只懒狗身上跳过去。）

换句话说，你可以用同样的基因制造出多达 10 种不同的蛋白质。

大致来说，我们每个人都是克隆人。我 DNA 里那大约 30 亿个碱基序列，和你 DNA 里那些碱基的序列其实差不多，而你的碱基序列也基本上跟所有披头士成员的碱基序列差不多。话虽这么说，但时不时地碱基序列上就会出现某个变异。换句话说，在你基因组序列的某个特定位置，原本的 G 变成了 A，或者本来是 T 却变成了 C。在基因

八堂极简科学课

11 去除无意义的字母后，剩下 thequickbrownfoxjumpsoverthela zydog（那只动作敏捷的棕色狐狸从那只懒狗身上跳过去）。

组的全部 30 亿个碱基中，大概只有 1000 万个位置是可发生变异的，也就是说，平均而言，每 300 个左右碱基才会出现一个变异。你可能还记得，当我们把这些变异碱基列成一个表时，我们就给某个人的 DNA 制作了一份独特的标志，这叫作单体型。[12]

之前，我们提到了线粒体 DNA 和 Y 染色体中的单体型是如何帮我们找到人类祖先的线索的，因为基因组的这些部分不会在有性繁殖过程中进行重组，换句话说它们不会重新混合。

给地球上不同地方不同种族的人进行单体型取样，我们可以把他们分成几个家族，又叫单倍群，这样我们甚至可以计算出最早的人类 DNA 的样子。至于其他染色体的单体型，也有待于我们进行研究。毕竟，你要想一想，不管重组或混合在有性繁殖过程中多么激烈，如果你看到很多人的染色体中都出现了同样变异碱基序列，那么这样的序列就好像是一个不断闪烁着的霓虹招牌，上面写着"这部分 DNA 担负着某件重要的工作"。

为了理解我的意思，请把一个单体型想象成一副扑克牌。重组意味着每一次更新换代都会切一次牌。许多代过来之后，我们会预期每一副牌都已经切过很多次，牌都是随机排列了。这时，当你查看每一副牌的时候，你都发现四张 A 是在一起的，你会多么惊讶呢？

如果你是一位牌友，你就会认为有人出老千，而如果你是一个生物学家，看到单体型发生这种情况，你就会认为这是自然选择的结果。如果很多人都共有某种相同的变异碱基模式，那这些可变碱基则意味着可以增进携带者的适应能力。但是把一个 T 碱基变成 C，

---

12 顺便说一句，变异位点（又叫 SNP 或者单核苷酸多态性）虽然非常重要，但它们并不是遗传变异的唯一来源。在世代的传承中，也会出现复制错误，而部分 DNA 可能会被错误地激活或关闭，所有这些都会造成个体之间的差异。

八堂极简科学课

怎么会带来进化优势呢？

你可能在想，我是不是在给什么东西做铺垫呢？你猜对了。我们现在已经集全了所有的知识，我们可以从单个突变基因的角度来观察过去一万年来人类文明的历史。

你即将听到一个交织着牛的驯化和印欧语言的成功传播的历史故事：由于一个基因突变，人类的文明广为流传。如果你曾经怀疑过人类进化是否就发生在你身边，那么你就必须听一听这个可变碱基的故事，这个变异就是发生在人类第二号染色体 MCM6 基因内含子上。

## 乳糖酶的作用

如果你是一个北欧人，或者有北欧血统，那么你今天早上很有可能喝了牛奶，而且你不会考虑太多。如果你是非洲人或者中国人，那有可能你早上没喝牛奶；事实上，你可能很少喝到鲜牛奶。如果你不喝牛奶，你实际上跟大多数人一样，因为世界上可能有 65%-75% 的人在成人后都不能消化牛奶。他们都是科学家所谓的"乳糖不耐受者"。

你可能知道，乳糖是牛奶中的一种糖，结构比较复杂，它需要被分解成两种更小的糖类——半乳糖和葡萄糖，才能被人体消化。人体能制造出一种叫乳糖酶的物质来帮助我们消化它。婴儿都有这种酶；人类毕竟都是哺乳动物，而哺乳动物会用自己的乳汁喂养后代。

在很久以前，人类还处于狩猎和采集时代（农业是经过很久一段时期，才在一万年前发展而来的[13]），当时人类就像其他哺乳动物一样，婴儿是用母乳喂养的，当他们成人时就再也不会喝到一滴奶了。那时候，每一个人都是乳糖不耐受的。

科学界之外的人，对这个问题有许多疑问和误解，至少在我周围的那些圈外人士是这样的。很多北欧人似乎相信，乳糖不耐受是最近在西方"流行"的过敏症之一。对他们来说，成人喝牛奶是很正常的，但是如果你停下来想一想，就觉得这行为是很古怪的，甚至有点像吸血鬼。

婴儿体内的乳糖酶当然是用来消化母乳的，但成年的男人和女人并不会再去喝他们母亲的奶。成人喝的是奶牛的奶。没错，奶牛为它们可爱的小牛产出来的奶，正在被又大又多毛发，从猿猴进化过来的人类饮用着。如果你在森林里碰巧看到一群松鼠在挤一只不幸的獾的奶的话，你一定会觉得很恶心，但是我的朋友，这就是我们人类正在做的事，而且我们居然有办法说服自己，这样很正常！

## 乳糖酶基因LCT的奥秘

乳糖酶是现代人——也是哺乳动物和其他许多物种——身体中把乳糖分解成身体可以消化的更小的糖类的酶。酶是一种帮助消化的蛋白质，而我们知道，身体中所有蛋白质的密码都记录在了DNA中。我们也很幸运地发现了记载乳糖酶的基因：LCT，而人类的这个基因

---

13 农业的出现是新石器时代的标志。在世界不同的地方，农业化的时间各不相同。最初的耕作者在约一万年前分别在中国和黎凡特开始种植谷物。在北欧，新石器时代大概在7000年前开始，在4000年前结束。然后，青铜时代随之而来（在北欧大约是5000-3000年前），然后就是铁器时代（在北欧是3000-1500年前）。在那之后，自然是中世纪，最后就是现代了。

八堂极简科学课

在第二号染色体上。

顺便说一句,人类的基因真正是以它的功能所命名的,所以 LCT 是以乳糖酶的英文 lactase 而命名的。其他物种,比如大肠杆菌、果蝇和老鼠(这些都是基因研究的常见对象)身上的基因名字则要稍稍出彩一些。比如果蝇有 cheap date(廉价约会)基因,它的作用是增加果蝇对酒精的敏感度,还有 ken and barbie(肯和芭比)基因,它使果蝇外生殖器留在体内。我最喜欢的那个叫"INDY"的基因,它可以增加果蝇的寿命,这个基因名称引自电影《巨蟒与圣杯》中那个即将病死的农民,由于不想要被放到埃里克·艾多的板车上,便抗议道"I'm not dead yet"(我还没死呢)!

在遗传学发展初期,大多数研究对象当然都不是人类,取个怪异基因名字可以让实验室的气氛活跃一些,无伤大雅。但是,因为所有的物种彼此关联,而病毒和细菌也有可能传送 DNA 而跨越细胞界限,所以我们通常会发现,比如在果蝇身上常见的基因,也会在人类身上做类似的事情。没人希望自己身上有 cheap date 基因,所以人类遗传学家已开始采取了一些预防措施,开始用符合常理的名字给新发现的基因命名,好让果蝇的那些基因名称听起来也较为规矩。当你花了六个小时盯着几只果蝇,正需要轻松一下的时候,这样正经的名字一定让人难以开心。

不管怎样,还是回到正题吧。为了解释北欧人成年后还可以喝牛奶,科学家们曾尝试寻找 LCT 基因的突变基因,而他们什么也没找到。于是他们扩展了搜寻范围,把 LCT 附近的基因也囊括了进来,然后发现了有趣的东西。在 MCM6 基因中,有一个可变碱基,LCT-

13910 C/T，它与成人消化乳糖的能力有着非常密切的联系。[14]

MCM6基因里的外显子，也就是这个编码区域，记载着一种蛋白质的食谱，这个蛋白质叫作微小染色体维持蛋白6，它在DNA复制过程中起着非常重大的作用。在这里只是顺便说说，因为这一个跟消化牛奶的能力相关的变异碱基，位于这个基因的一个内含子中，离LCT基因约有14000个碱基远。研究者发现如果他们的北欧样本组在这个位置上有一个T，那么这些人在成年后就能消化牛奶。如果样本组在同样位置上有个C，他们就可能只拿面包当早餐，不喝牛奶了。

当然，关联不等于起因。每次我喝咖啡的时候，都在杯中加一勺糖，但是并不是糖让我兴奋，而是咖啡因。同样，我们发现了一个可变碱基跟成年后制造乳糖酶的能力相关，但这并不意味着这个碱基一定是造成这种现象的原因。人体非常复杂，仅仅一个C变成了T，如何能改变你消化牛奶的能力，是一个相当棘手的问题。一个可变碱基对于某个编码DNA的影响不难被理解：这可能会改变一个氨基酸，制造出一个稍微不一样的蛋白质来。但是，对于内含子里的DNA是怎么控制基因的，我们就不是很清楚了。而且在任何情况下，激活LCT基因的可变碱基，并不在LCT基因的内含子中，它根本就是在另一个基因的内含子中。

先不理会这些警告，我们还是有些有趣的间接证据用来支持下面的说法：在奶牛养殖出现以后，人类才在北欧进化出消化牛奶的能力。首先，那些乳糖高度耐受地区的人，跟新石器时代的农业遗址是相吻合的。其次，我们测试过在大概7000年前北欧新石器时代人类骨骼

---

14 遗传学是一门前沿学科，而当需要描述一个特定碱基的位置时，事情变得有一些混乱无序。我使用的是一种常用的标记方法，大致意思是，我们谈到的那个碱基是从LCT基因算起的第13910个碱基，有些人是C（代表胞嘧啶）T（代表胸腺嘧啶）。

八堂极简科学课

的 DNA，当时奶牛养殖还没有开始，结果发现没有半具骸骨有 LCT-13910 T 突变，也就是说奶牛养殖先出现，基因变异才跟着发生。再次，大约 3000 年前青铜时代晚期的北欧人类骸骨显示，大约一半人口已经有上述的突变。这些都支持奶牛养殖促进了 LCT-13910 T 突变在北欧的传播，虽然还称不上证明。

喔，对了，就像美国电影《神探科伦坡》(Columbo) 里科伦坡说的，还有最后一件事没说呢。

还记得我们之前说过的单体型吗？当很多人都拥有了相同序列的可变碱基序列（即单体型）时，这就说明了在 DNA 中某处，有某种可增进个体生殖成就的东西。因为我们的染色体在传宗接代时经过了重组，因此大家所共有的单体型越长，那就说明它包含的有益突变出现的时间就越短。科学家发现，带 LCT-13910 T 突变的北欧人，共同拥有着人类 DNA 中已知最长的单体型，同样这也说明了 LCT-13910 T 是近几千年在奶牛养殖之后传播开来的想法又再次吻合。[15]

## 基因组的语言

这就是我们的现状。如果我们的假说成立，那么，在乳糖酶基因附近的非编码区域的一个可变碱基，创造了一种新型的北欧人，而他们的特点就是可以消化牛奶。随着奶牛养殖逐渐传播开来，这些像吸血鬼般喝牛奶的猿类也跟着传播开来，直到今天，多达 95% 的北欧男人和女人都携带着这个突变碱基以及临近的一大段 DNA。

---

八堂极简科学课

15 带有 LCT-13910 T 变异碱基的北欧人，在第二号染色体上所共有的单体型有大概 1000 个可变碱基，对应的 DNA 长度有大概 200 万个碱基。那只是这条染色体的百分之一：这就是强大的近期自然选择的结果。

　　我是如此钟爱这个故事，以至于让我不知从何说起。首先，人们很容易把进化看成是发生在其他物种身上的事，但是在这个例子里，它近在咫尺。不仅如此，我们还经常把自然选择看成是需要几百万年且毫不起眼的变化堆积，但是我们这里却看到一种在几千年内就迅速扩展到一个难以置信的高频率的突变。最后的高潮在于，让我们中的许多人变成喝牛奶的突变体，这种驱动力是以乳品业的出现，才产生的文化上的改变。

　　我们的社会还曾以什么样的方式塑造过我们的进化吗？社会现在正以什么方式塑造我们的进化呢？我们中那些不能用HTML编程的人，是不是正在被那些会的人所取代？是否因为人口规模的急剧膨胀，导致人类进化加速，进而促进良性突变概率的提升？这些很难不让你头晕目眩！

　　我爱这个故事的另外一个理由是，它提供了从基因的角度观察进化的极好机会。就如我们所知，任何基因存在的意义都是为了给宿主带来繁殖更多后代的机会。在新石器时代，当卡路里还是一种奢侈品的时候，如果一种基因突变可以为他的携带者带来来自牛身上的源源不断的能量，那么这种人一定会占有很大的优势。基因需要争取自己的生存，而在这个例子里LCT-13910 T似乎是赢家。跟成人喝奶这个特征相关的一大段DNA驱逐了所有其他的对手，就像那些好斗的灰松鼠驱逐并取代了温和的红松鼠一样。那么，人类身上每种特性，不管是瞳孔颜色、牙齿美白程度等，不也在面临着这样的竞争吗？我们的身体是一个战场，而任何能让我们产生更多后代的基因都会主宰这个战场。就我们基因而言，你和我都是达成它们目的的一种工具。

　　这种科学可以让你迸发思维上的火花。毕竟，如果一个人消化牛奶能力的突变优秀到能在几千年内横扫北欧，那么这个基因它还带来了哪些好处呢？会否像有些人认为的那样，拥有这个突变碱基的人能够从可流动的牛群获得丰富能量，因此可以快速扩展领域，而不具有这些突变的人则无法迁徙呢？值得一提的是，库尔干人是一个居住于北海和里海之间的草原民族，他们被许多语言学家认为是印欧语族语言的起源民族。这个突变是不是他们所具有的优势呢？有没有可能，欧洲、俄罗斯和亚洲语言的广泛传播，是因为一些奇特的养牛人在东欧大草原上进化出了一种可以消化牛奶的基因突变？

最后，我喜欢这个故事，因为它快速、完美地呈现了目前遗传学理论的缩影，以及我们即将要前往的神奇之地。

在某些方面，DNA 的编码区域，就是开始理解人类基因组最好的起点。不管怎么说，它们是用一种我们看得懂的语言写成的，而且它们有着实体产品，即蛋白质，我们还可以分离和研究这些蛋白质。但是那些非编码区域——在基因之间的大段空隙以及其中的内含子——才是最为神秘的。别忘了，一只老鼠和一个人有着差不多相同的基因，但是老鼠不需要去工作或者在线购物，原因应该跟这些基因的控制方法有关。

20 世纪 80 年代，当我第一次接触到进化论的时候，我很难想象，生物体的 DNA 中单单一个碱基的随机突变，就可以为它带来足够强大的环境适应能力，使之躲过各种突发的、危及生存的灾难性事件，比如地震、干旱、疾病等，从而在自然选择中存活下来。天文学家弗雷德·霍伊尔富（Fred Hoyle）把这解释成为"信号"和"噪声"问题：以竞争优势存在的微小"信号"是怎么超越日常生活的"噪声"而突显出来的呢？

然而，就在成年智人消化牛乳这个例子中，我们只看到了一个碱基的变化，而这个碱基并不存在于相关基因的编码 DNA 中，而在负责控制这个基因的非编码 DNA 中。或许 LCT–13910 T 可能只是乳糖消化问题的一部分画面，但是它是充满诱惑的，基因组中控制区域里的微小变异，竟然对我们的生存繁衍能力带来重大的变化。这对进化论是一个巨大的支持。

为人类基因组测序是遗传学上的里程碑，但是，摆在我们面前的任务还有很多。我们辨认的个体基因组序列越多，我们就越会发现基因组并不是固定不变的；基因组经常发生转移和变化，代代相传的过程中会改变，而且可能在我们有生之年发生改变。变异可能来自很多地方：比如把自己的基因编码写到我们DNA里的病毒、复制错误或者单一碱基突变等情况。

虽然我们的基因组很复杂也很有可塑性，但也在不断进步，而且速度之快令人惊叹。我们都知道，这个计划的最终的目标并不是对疾病的了解——许多疾病，比如癌症、心血管和自身免疫疾病、糖尿病和精神病都有遗传因素——而是改变基因组，然后开启一次人类基因之有利变异的新浪潮。如果人类进化终将加速文明进步——现在来看趋势就是如此——那么请你想象一下等这种情况发生的时候，人类文明将以何等步伐向前迈进！

当然到那时DNA世界之外又会有一个新的世界，RNA的世界，虽然我在本书中基本没有提到，但是它可以为分子层面的生命基础提供更深的认识。食谱是离不开大厨的，而RNA就是DNA和蛋白质的中介，但是它并不像DNA那样被深锁在细胞核中，RNA可以在细胞内外穿梭自如。[16] 实际上，称它为大厨其实并不准确，它集大厨、厨

---

16 给未来的小化学家们解释一下，从分子层面来说，RNA是DNA的近亲。两个都叫作核酸，因为它们首先在细胞核中被发现，RNA也是由核酸构成的，所以它的正式名字是核糖核酸。DNA差不多也是这种东西，但是却缺少一个氢氧基，所以正式名字是："脱氧核糖核酸"。如果你不知道氢氧基是什么也没关系；关键是你要掌握，去掉它以后，DNA比RNA更灵活，所以就能与另外一个分子结合起来，形成著名的——而最终也更稳定的——双螺旋。

八堂极简科学课

房、厨房人员、餐厅和服务员于一体。本质上，RNA 阅读了 DNA 分子上的编码，复制一份，然后离开细胞进入身体，把需要的氨基酸组合成一个蛋白质。然后这些蛋白质完成各种使身体正常运转的工作，比如构造组织和器官，把食物分解成脂肪、碳水化合物和糖。

生物学中最迷人的挑战之一就是寻找生命的起源，而我们真的有可能在 RNA 中已经接近了其源头。现在的一些研究暗示着 RNA 比 DNA 更为古老：它是一种原型，可以自我复制的、单股的分子，缺乏化学稳定性，随后才出现了双螺旋 DNA。也就是说，有可能我们最早的祖先是一个很不稳定、很活跃的糖类分子。把它的照片也放入你的家族相簿里去吧。

# 第六课 美味奥秘——美拉德反应

## 厨房噩梦

2008 年 5 月，我接到了一个挑战：我是否做好准备跟随 DJ 克里斯·莫伊尔斯（Chris Moyles）和电视节目主持人詹姆斯·梅（James May）等名人的脚步，在米其林星级厨师戈登·拉姆齐（Gordon Ramsay）的第四频道的美食脱口秀《F 开头的单词》（The F Word）上同他进行厨艺决战？如果这还不够让人心惊胆战的话，那么再加上如下的条件吧：这场比赛是拉姆齐的主场，将在《F 开头的单词》的"迷人和繁华的餐厅"里的超高档厨房中举行，而我们的菜品将被独立评委们盲吃并打分。

很多人会心生恐惧地逃开这一战。我正是如此。毕竟，拉姆齐犀利的主持风格，就像他是厨房里的完美主义者一样为世人所知，而他在节目中总是让一些明星试图达到他高不可攀的厨艺标准，最后心理会受到强烈的打击。我不傻，我让助手去告诉他的团队，我们不可能去上节目。

然而几天后，我发现自己在重新考虑这件事。我对食物的喜爱跟我对科学的喜爱是一样的，而戈登·拉姆齐一直都是我的偶像之一。我曾见过他一次。在 20 世纪 90 年代的时候，亚历山大·阿姆斯特朗（Alexander Armstrong）和我一直是第四电台《未了情》（Loose Ends）的固定表演者，而拉姆齐作为嘉宾来过一次。对于主持人谢林（Ned Sherrin）带刺的问话，他充满激情的回答意外地成了这场秀的亮点，而亚历山大和我前往他的伦敦"茄子"（Aubergine）餐厅体验他精致的厨艺从来都不需要理由。他很快成为我最欣赏的厨师之一，同时他主持的《厨房噩梦》（Kitchen Nightmares）也是我最喜爱的一个电视节目。可以见到他并且亲身感受他的热情，这样的机会真的太有诱惑力，让人无法拒绝。

## 烹饪中的化学

很幸运的是，我有好几个朋友从事餐饮业工作。好吧，这也许不是因为运气好，而是我贪吃，我花了大量时间在餐馆吃饭。在这些朋友中，有一个叫亨利·丁布尔比（Henry Dimbleby）的人，他是里昂（Leon）餐厅连锁的创始人之一。丁布尔比和我一样，是物理学出身，并以致力于了解关于烹调的科学与艺术为自己的职业追求。我知道他能理解我想要打败拉姆齐，从而获得他的尊重的想法。不仅如此，丁布尔比还对拉齐姆强大的军械库有哪些弱点，有着至关重要的内部情报。

"他不擅于烘焙。"这是丁布尔比给我的结论，这是从他直击拉姆齐帝国心脏的隐秘调查之后得出的。"这些大厨师都不擅长烘焙。他们很擅长气场强大的美味主菜，但是却认为烘焙是女孩子的玩意儿。"这应该没那么简单吧？"想想吧，他们都在法式料理系统下接受训练，所以英国蛋糕对他们来说很陌生。另外这些厨师大多内心有复杂的情结，在他们家中烘焙的人是妈妈。男人选择成为一个厨师，不就是想让他的妈妈觉得自己很出色吗？掌握了这一点，你就会成为一枚直击拉姆齐心脏的导弹。"

这是一个大胆的计划，但只能说有可能成功。毕竟，烘焙就像厨房里的化学实验。我可能不是一个经验丰富的厨师，但我是一个受过训练的实验科学家。蛋糕制作应该就是彰显我的优势和拉齐姆弱点的东西。于是，我打电话给了美食脱口秀的节目助理。我想要跟拉齐姆来一场维多利亚海绵蛋糕对决。当我挂掉电话的时候，我感到一阵恶心。平时几乎只知道用烤箱加热现成食物的我，居然敢接受跟世界级的厨师在电视上进行对决？然而，我心里的某种声音却安慰着我，给我自信。也许，只是也许，等我有了适当的计划和研究后，拉齐姆可能会发现自身正处于他所谓的"厨房噩梦"之中。

## 多情的原子

事实上，维多利亚海绵蛋糕存在的原因，或者说，我们能存在于世界上，并能制作和享用它们，是归结于原子之间那无与伦比的依赖性。它们无法忍受独自存在，于是不断发展各种关系，不管是合适还是不合适，它们经常会跟身边任何原子发生关系。这些由原子组成的东西就是分子（molecule），其名字来自拉丁语 mole（微小质量）。跟组成它们的原子相比，分子的性质与原子迥然不同。

首先，分子可以很大，比如蛋白质；或者很小，比如二氧化碳。粗略地说，当你知道了分子的大小和它的温度，你就可以尝试猜一下它是否会以固体、液体或气体的形式存在。在地球表面，平均温度大约为 15℃，小分子往往会形成气体。典型的例子就是空气中的气体：最常见的氮气仅仅由两个氮原子组成；第二多的氧气，由一对氧原子组成。由三个原子组成的水分子稍微大一些，而你知道，水在大多数地球温度下都是液体。[1] 事实上，对于其他行星上是否存在类似地球的

---

1 分子的化学式基本上就是为了告诉你，分子中含有多少种原子和各原子个数。所以氮气的化学符号为 $N_2$，而水是 $H_2O$。它们没告诉你的是，哪个原子跟哪个原子相结合；这儿就是复杂费解的化学名称，比如"1,2- 二甲基环丙烷"，这是一个英勇的尝试，它想要把化学方程式 $C_5H_{10}$ 的分子形状表达出来。

八堂极简科学课

生命，宇宙学家的首要判断标准就是：水在该行星表面是不是液体。我认为，他们的基本想法应该是，如果我们的地球表面的平均温度为1400℃而不是15℃，我们早就变成气体飘到太空中了。

分子可以有多大，是没有上限的。一个DNA分子可以有多达150亿个原子，这确实不少。分子越大，在室温下就越可能成为固态；越小则越可能成为气态。我们吃的许多种食物，比如碳水化合物和蛋白质，在地球温度下是非常坚实的固体，而且，正如我们将要看到的，这给我们的消化系统和味觉带来了独特的挑战。说到底，我可以把一个生鸡蛋里的氨基酸提取出来，并把它们输送到血液中，那我为什么一定要去操心它的味道呢？这些就是烹饪尝试解决的两个问题。

## 人体内的催化剂——酶

原子不仅总会与其他原子产生关系，而且它们总是期待着有更好的东西在身边出现。比如说，原子A和原子B，可能刚刚以分子AB的形式喜结连理，但是一看到原子C，A就抛弃了B，然后形成新的分子AC，B就被舍弃了。这种荒唐的乱交在化学世界中被称为反应。事实上，你可以做一个总结：整个化学实际上就是尝试预测，当一堆分子在一起聚会时，会发展出哪些能长久维持的新关系。

就跟人类的爱情一样，原子也是如此：变换伴侣的可行性跟现有伴侣间的幸福程度有关。有时候，原子不需要一点理由就离开它们现有的组合关系，因为新的关系比旧关系更加稳定。比如说把硫酸加入氧化铜中，硫酸就会马上扑向铜的怀抱，形成美丽的亮蓝色硫酸铜。氧化铜中的氧和硫酸铜中的氢则被留下收拾残局，相互依赖着形成水。

但是，有时候这样的交换不会立刻发生，而是需要一点鼓动。比如说，它们可能需要一点热能的鼓励，或者需要一个"红娘"分子在场，它鼓励交换同伴，但是自己却不参与，它的名字是催化剂。当说到被称为消化的一系列化学反应时，体内的催化剂，或者称为酶，让一切成为可能。

## 能干的酶

当我们吃东西时，我们的身体面对着两个巨大的任务：如何把碳水化合物和脂肪分解成可以为身体提供能量的糖和脂肪酸，以及如何把蛋白质分解成氨基酸，再用氨基酸来制造新的蛋白质。严格地说，在紧要关头我们的身体也可以燃烧氨基酸来制造能量，实际上，如果你没有摄入足够的碳水化合物和脂肪来保持引擎转动，你的身体就会开始分解你的肌肉纤维生成氨基酸，让它可以进行燃烧而提供能量。

当我说"燃烧"的时候，我实际上指的是，从消化过的食物中吸收的糖类以及脂肪酸会发生某种化学反应，在这些反应中它们会与氧结合释放能量，这个反应跟在壁炉中燃烧一根木头很类似。虽然这么说，你也不难发现我们不用在吃馅饼之前把馅饼点燃。多亏我们消化道中的酶，它可以促使提供身体能量的燃烧反应，在比其他情况更低的温度之下发生。[2]

碰巧的是，我们在上一课已经遇到过这样的酶中的一种了。还记

---

2 你可能有兴趣知道，"燃烧"就发生在细胞的线粒体中。你应该记得，你只从你母亲那里继承了线粒体DNA，所以为回溯你的母系祖先提供了一个方便的方法。你看：你的努力学习得到了回报，一切都相互关联起来了。

八堂极简科学课

得乳糖酶吗？[3] 就是那种帮助身体分解一种很大的，且一般不能被消化的牛奶中含有并称为乳糖的物质。乳糖酶只是编码在我们DNA中一大群类似的蛋白质中的一种，它们的任务都是尝试把脂肪、蛋白质和碳水化合物分解成更小的分子，这样它们就可以进入血液中被传送到身体各处。与其他动物不同，我们人类当然发现了一种方法，可以最大化酶的效率，这个伟大的发明就是烹饪。

## 美味奥秘美拉德反应

所以为什么要烹调呢？首先明显的原因是它可以摧毁有害的细菌，但是这只是故事的一小部分。生食的主要问题之一就是它们很硬。可能对于一个大猩猩来说，整天都在啃着竹笋是没问题的，但是我们人类真的没有时间和意愿去做这种事情。我们的大脑消耗了大量的能量，所以我们需要一种能不费力气地获得热量和营养的方法。说到底，就算你坐在你最喜欢的围椅上，除了阅读一本教育性和娱乐性相结合的科普书籍以外什么都不做，在这个过程中你的大脑就会用到你从食物中获得能量的25%那么多。烹饪可以让食物变软，让它们咀嚼和吞咽起来更容易，而且有证据证明烹饪的发明是使早期人类大脑容量变大的关键因素之一。

八堂极简科学课

3 跟往常一样，我仍然试图展现宏观的一面，所以我在这章没有区别地使用着"糖""淀粉"和"碳水化合物"，但是它们之间有着重要的区别，而我心中的严肃的一面实在是不能让我不做出评论而继续下去。"糖"一般指的是比较小的、带甜味的碳水化合物分子，比如葡萄糖。所以像乳糖这种比较大的糖实际上位于糖与被其他人称为碳水化合物的边界上，特别是它本身不甜。淀粉，严格地说，是碳水化合物中的一个分支，是由植物制造出来的。现在你都知道了，想忘掉的话请随意吧。

　　事实上，这个飞跃似乎在190万年前随着直立人的出现而出现了。更早期的原始人有比较小的大脑：能人有600立方厘米，相比起来直立人则有900立方厘米。罗百氏傍人——人类族普中生活于那个时代，在进化中没有过关而灭绝了的一支——的证据就很有说服力，他们有着适应吃生的植物食物的特征，比如沉重的下巴，巨大的牙齿，连接着发达的咀嚼肌肉的头骨中央隆起等。相反地，我们这个科的成员，虽然身体整个要比较大一些，但是脸比较小，下巴也比较精巧。所有这些都部分支持了人科食用高质量的烹调食物，而罗百氏傍人则忙于咀嚼未被烹调的植物根茎。

　　然后，下一个困难就是我们并没有酶来消化许多生食中的蛋白质和碳水化合物。所以就算你能把它们咀嚼成小块，你的身体也无法对它们做什么。吃一个生鸡蛋，比如说，你会消化蛋白质的一部分；吃一个生土豆，你只会代谢一半淀粉。[4] 烹调，换句话说，已经破坏了蛋白质和淀粉中的关键结构和联结，把它们转化成你的消化酶可以处理的形态。这就意味着有更多的食物选择，对于生存而言这是一个巨大的进化优势。

　　最后，当然，味道和质感也来了。烹饪可以改变我们食用的食物的物理结构，单单从它们在我们口中的表现就能给我们各种美妙感觉：比如说，香脆爽口型或者细腻嫩滑型。而且，最重要的是，如果你把食物加热到一定的温度以后，你能够启动一系列的化学反应，蛋白质会跟糖类一起跳舞，产生一批又一批各种好吃的味道，我们一会儿就会说到。

---

4 当你烹调鸡蛋以后，你能消化94%的蛋白质，而如果你生吃的话，你只能消化60%，其他的就浪费掉了。类似地，你能消化一个熟土豆中淀粉的95%，但是生土豆就只有51%。

八堂极简科学课

## 味蕾的语言很妙

你有没有想过为什么有些食物吃起来这么香，而有些却不是？比如说，为什么舔一下冰激凌可以让你感觉甜，而吃一口大黄的叶子则非常苦？答案很简单，我们味蕾的进化让它可以引导我们靠近任何优秀能量来源的东西（比如糖类），而让我们远离那些含有毒素的食物（比如大黄中富含的草酸，可用作工业清洁剂）。对于我们祖先来说，提供能量的食物是极为重要的，所以我们的味觉也是这样进化的。换句话说，不要把巧克力棒怪罪到你软弱的意志上；你应该去怪罪我们祖先那个缺乏提供能量的糖类食物的世界。

跟甜和苦一样，我们现在能还辨认出 3 种味道：酸（想想那些新鲜酸水果的味道）、鲜（这是味蕾对叫谷氨酸的氨基酸的一种反应，所以想想浓肉汤的味道）还有咸（谁都知道那东西会有味道）。其实鲜味在 20 世纪 90 年代中期才正式加到味道列表中，而现在也有些研究表明我们也能尝到脂肪的味道。当食物进入我们的嘴巴的时候，我们基本上只需要知道是该吞还是该吐，而我们的味蕾就告诉我们说糖、水果、氨基酸和盐是可以吞的，但是可能有毒的东西就吐了吧。[5] 但是，我们都知道，食物有着极为丰富的各种味道——远不止 5 种。看起来可能很奇怪，但是其实想要理解味觉，我们不仅仅需要观察我们的味蕾，因为我们马上就要知道，我们所认知的味觉大部分实际上都是嗅觉。

---

八堂极简科学课

5 新鲜水果当然是水溶性维生素、纤维和水分的好来源之一；氨基酸是我们的 DNA 制造新蛋白质的必需品；而盐对于我们的神经、肌肉和血液细胞来说是最重要的。你也可能冒险猜一猜说，除了基本的"是不是有毒"的保护作用，我们的味蕾也会让我们喜欢上那些对我们有好处，或者至少对我们祖先有好处的食物。这些食物的供应从早期人类时期开始很自然地有着巨大的变化，而你可以把这个看成是一件好事或者坏事，这取决于你是不是需要负责给一个 5 岁小孩提供吃的。

## 味道与气味的奇妙碰撞

我们的舌头上可能有 2000 到 8000 个味蕾，每一个大概有 100 个味觉感受器细胞，当它们遇到 5 种味道中的一种时就会被激活；我们的鼻子则有 500 万到 1000 万个嗅觉细胞，能够对几百种不同的气味做出反应。所以我们的味蕾就我们正在吃的食物大致给我们一个概念，如果正好是一种有用的食物的话，还会给我们一些快感。但正是我们的鼻子确切地抓住了那些精彩的细节。想要一种食物达到极为美味的效果，它必须有香味才行。

有些食物，比如新鲜水果，充满了各种美妙的香气，甚至当它们从树上掉下来的时候也是如此。比如谁能拒绝甲酸异丁酯也就是覆盆子的气味，或者谁又不会因为丁酸芳樟酯也就是桃子的温暖气息而激动不已呢？这个，你可能会猜到，就是人造食品香料的关键所在：找到你想要模仿的食物中的关键气味，然后大量生产并加入到你想要增香的东西里面。当然，就你的鼻子来说，真覆盆子里的甲酸异丁酯并不会比一块处理过的食用明胶里的甲酸异丁酯更不像甲酸异丁酯。在我们美丽的新食品科学世界里，香味跟其他东西一样只是化学物质而已。

但是还是回到烹饪吧。香草、水果、黄油、牛奶：所有一切都有着自己独特的香味。但是说到蛋白质比如肉、鸡蛋和面粉，鼻子则几乎收不到什么讯息。这又是烹调美好的作用之一：当我们把蛋白质变成更简单、更易消化的形式时，我们也会制造出一大堆更小、更易挥发、更具香气的分子，它们可以刺激我们的鼻子和我们的味觉。因为当我们享受食物的时候，我们享受的实际上是味道和气味华丽的碰撞，它们以一种独一无二、复杂且令人惊奇的方式刺激着大脑。

## 让人眼馋的焦黄色

那么，当我们烹调食物的时候发生了什么样的化学反应？简单地说，答案是有糖参与的反应。你可以把这些糖反应分成基本的两组。一组你可能已经听说过了：焦糖化反应。当我们在一个干燥的环境——比如烤箱、烧烤架子或者有油的煎锅里——烹调食物到160℃，反应就会发生，结果导致糖变成棕褐色，并且释放出各种焦糖香味的气味分子。

另外一种糖反应你可能听起来不太熟悉，但是，从你的食物里你应该也对它非常熟悉了。它叫美拉德反应，发生在比焦糖化更低的温度下，一般是140℃左右。注意，不管怎么样，这仍然高于水的沸点，而跟焦糖化一样，它也需要干燥的热环境。它本质上是蛋白质和糖类之间的反应，将其变成棕黄色，释放出各种各样极为有味的香气分子。记得那种新鲜出炉的面包的气味，或者是锅里滋滋作响的培根的香气吗？那些绝赞的香气分子都来自美拉德反应。[6]

当我们烘烤蛋糕时，自然两种反应都可能会发生，这取决于我们烘烤的温度。如果温度高于130℃，美拉德反应就会在蛋糕糕体的表面发生，生成熟悉的一层金黄色硬皮。这就是为什么给饼干外面刷一点蛋白会帮助它变黄：你只是给碳水化合物——以面粉和糖的形式存在——提供了一点额外蛋白质好让反应可以进行。如果温度超过160℃，在糕体表面的糖就会开始焦糖化，给味道增添上另一个维度。

当我们说到温度这个主题时，对美拉德反应来说，另外一个需要

八堂极简科学课

6 所有这些当然非常有助于解释为什么许多你钟爱的食物在微波炉里加热后变得无比难吃。微波被调整成了水分子振动的频率，所以热量直接来自食物中的水，而不是像烘烤或煎炸一样来自周围的热空气或者是热金属。结果就是，美妙的褐化美拉德反应和焦糖化都不能发生，伴随着它们的美味气味分子也不能产生。

说明的重要事情是：温度越高，产生的分子就越不讨人喜欢。大部分苦味的致癌物质都在 200℃ 以上生成，这跟蛋糕可能关系不大，因为我们经常在比烧烤温度低的温度下烘焙，但是它跟肉类就非常相关了。肌肉蛋白质在 40℃ 左右就开始变性（分解）了，所以烹调上好的肘子的挑战就是加热内部的肉到 40℃，然后保持足够长的时间让其变熟，但是又不能太长以致里面变干，同时把外面的肉的温度提高到美拉德反应可以开始的高度。[7]

一种被验证过的技术就是先在热烤箱或者煎锅中猛火煎烤一下，然后再把温度调低直至熟透。你可能听到很多厨师跟你说这样的焦皮是为了在烹调它时锁住水分。事实则是有没有焦皮对肉里面能保住多少水分无关。水分子是被肉里的蛋白质所锁住的，当蛋白质开始变性的时候，肘子就开始变干。焦炙有用是因为它在肘子表面引起了美拉德反应，制造出美味的褐色焦皮，释放出各种美妙的肉香味。


## 蛋糕制作中的化学原理

你的博士第一天跟本科第一天非常不一样。你的本科学习从各种令人兴奋的社交应酬、制定时间表和冲泡速溶咖啡开始；你处于一次旅行的开端，无数人在你之前已经完成了它，而在你之后也会有更多的人完成它。

你的任务就是把你自己修整好，去适应别人认为学习应该怎么进行的方式，并且试图把你感兴趣的题目和概念转到别人认为有价值的

---

7 带软骨的肉则通常有比较多骨胶原，而骨胶原会在 50℃ 左右变成明胶：这就是为什么长时间小火慢炖对次一些的肉效果很好。

八堂极简科学课

题目和概念上去。简单地说，你是轮子中的一个齿轮，而那个轮子又是另外一个机器的部分，它会在9个学期之后准确地把你吐出来，不管你准备好了没有。

但是如果在剑桥的卡文迪许实验室开始读博士，从第一天开始你就只能靠自己。你开始了没有时间表的学习：时间长度根据学习情况而定，可能是3年也可能是10年。你分配到一张桌子，你被告知餐厅在哪儿，你也被介绍给卡文迪许商店的工作人员们。顺便说一句，如果你是那种星期天喜欢去DIY商店转的人的话，卡文迪许商店就跟天堂一般，只不过是比较奇怪的那种。你并不能走进去；你站在一个小房间里排着队等着轮到你，你跟里面那些好东西最接近的时候就是当你从招待你的人的肩头往里面望的时候。你可以向他要任何东西，他眼睛几乎都不会眨一下：一个三相电源、一个二极管和一段光纤——任何东西都可以是你的，但是你需要填写许多文件才行。因为你的实验室操作台上空空如也，什么设备也没有，所以你需要从零开始建设你的实验装置。

当我站在厨房里，还有一周就要跟戈登·拉姆齐在电视上一决烘焙高下的时候，我感到迷茫和无助，就好像在卡文迪许的第一天一样。对于烘焙的科学原理我自然很清楚，但是我没有设备也没有技术。

而当我第一次烘焙一个维多利亚海绵蛋糕，用的是我前岳母的一个老配方时，最坏的事情发生了：我完全成功了。我胡乱地把所有的配料都搅在一起，给一个老蛋糕烤盘涂了些油，把它塞入一个热烤箱，成品却是世界上最华丽的维多利亚海绵蛋糕。它轻如知更鸟的梦，甜如挤奶女的吻。我基本上一个人就把它给吃完了，跟着就是一阵几乎让我不能行动的血糖升高。这太容易了！

虽然，我再次严格按照同一个配方做了同样的事情，次序也没有变化，但是接下来的三个蛋糕却全都是无可救药的灾难。第一个当拿出烤箱的时候就塌下去了；第二个的质感有如你清洁自行车所用的抹布一般；而第三个着火了。慢慢地我的狂傲凝固成了羞愧。我注定要失败了。

## 用科学实验增添生活趣味

我在卡文迪许物理实验室的第一年基本上就是做了一个微缩制陶工人的工作。我游荡了几周，对如何填商店的申请单毫无概念，更别说怎么引导自己的研究了，我被分配到极为耐心而且幽默感很强的大卫·哈斯克的组里。大卫好心地教我怎么在半导体晶体上制作微型金质图样。你看，我读博士的课题就是用这样的微小的金质图样来制作微缩电子设备——设备小到你可以观察到量子力学效应。

大卫教给我的技术中包括给一个半导体晶片裹上一层聚合物防腐蚀膜，在膜上用一个电子书刻出图样来，然后溶解掉带有花样的防腐蚀膜部分以制造出一个模板来。我会给模板上镀一层金，溶解掉剩下的防腐蚀膜，然后如果走运的话，剩下的就只是在模板上的金子了。如果听起来比较抽象的话，那么我为你画了一张示意图。如果用电子束画一个圣诞树的图样的话，在这个过程的最后你就会在晶片上得到一个黄金圣诞树。关键在于，你可以做出非常非常小的圣诞树；我经常做出只有一毫米的百分之一宽这样的小装置。

原理是很简单的，但是，其中的难点就是制作一个厚度恰到好处的防腐蚀膜非常需要技术。制作方法是把这个微小的晶片放到稍大一点的一个旋转平台上，这个平台有点像一个动力强劲的陶工旋盘。然后你挤一些液体聚合物到晶片上，踩下脚踏开关，然后晶片就会疯狂旋转，甩出大部分液体聚合物，但是会在晶片上留下非常薄的一层防

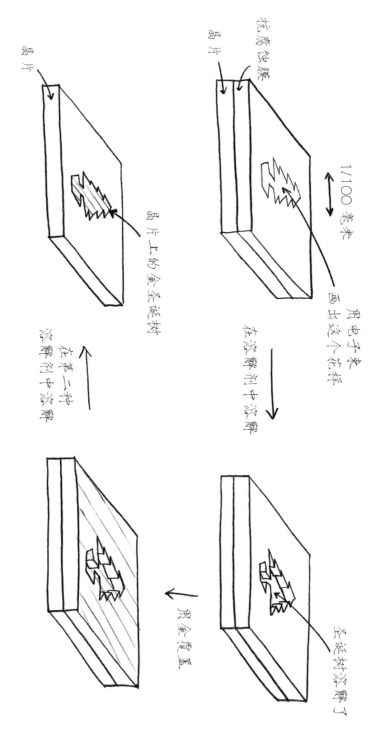

为何在半导体晶片上制造微小的金丝链树图样

1/100 毫米

抗腐蚀膜
晶片

晶片

用电子束画出这个花样

在溶解剂中溶解

晶片上的金丝链

在第二种溶解剂中溶解

金丝链溶解了

用金覆盖

在第二种溶解剂中溶解

腐蚀膜，并且可能是均匀涂在上面的。然后你按下停止，把晶片放到一个烤箱中，将膜烤成固体，然后就可以用电子束开始雕刻了。

到这一步，可能出错的事情就已经有千百万种了。首先，整件事情需要你极为心灵手巧，因为晶片非常有可能掉到地上，或者跑到你裤子的卷边里，[8] 而不是跑到小到令人捶胸顿足的那个转盘上。你放到晶片上的聚合物滴极为重要：如果多了 1 纳克，那膜就会太厚，电子束就不能使它变得可溶解；少了 1 纳克，那么晶片和膜之间的高度差就不够，金图样就不会正确地附着在晶片上。在旋转之前你让那个液滴在晶片上待多久，你转多快，你晶片上放置液滴的地方，室温，晶片温度和聚合物的温度：所有这些都有着巨大的影响。

我的博士前 6 个月基本上每天都是按着这一套进行工作。拿些晶片，转出个膜来，烘烤一下，测量一下膜的厚度，然后看看图样过程是不是成功了。偶尔地，就跟我的完美维多利亚海绵蛋糕一样，我也能做得像个样子。但是问题在于我从来都不知道我做对了什么。

最后，在练习了几百个小时以后，几乎是一夜之间我掌握了诀窍。我知道需要往注射器里放多少液体，在旋转之前我需要等待几分之一秒。单从防腐蚀膜的颜色上，我就能知道它最接近于千分之几毫米，知道它是不是值得去刻个图样，或者是不是可以直接洗掉重来了。我成为实验室里金质图样的专家，而其他更有经验的研究生开始找我帮他们来做这些小装置，而作为回报我也可以参与到他们的实验中去。

事情的关键在于，我想在物理博士学习过程中旋转出防腐蚀膜和

---

8 物理学家从来都不穿白大褂，白大褂是给化学家穿的。

八堂极简科学课

烘焙一个维多利亚海绵蛋糕有着某种程度的共性：两者都是我们所谓的混沌过程，在这样的过程中一个系统起始状态的微小变化会在最终状态中造成巨大的影响。在两个例子中，我们都在跟大分子行为打交道。在防腐蚀膜的粒子中，这些分子都基本上大小一致，而我们想要掌握的都是它们的物理特性——换句话说，它们是如何被温度、静置时间和转速所影响的。在蛋糕的例子中，事情更为复杂，因为跟我们打交道的是一整系列的复杂化学过程，也就是美拉德反应。而在现实世界中，我们对付混沌过程只有一种方法：技巧。我需要一个专家，而幸运的是亨利·丁布尔比正好有一个人选。

## 科学的蛋糕烘焙技巧

克拉尔·普塔克是烘焙世界的一个低调的传奇人物。原籍加利福尼亚，她曾经是爱丽丝·沃特斯在伯克利的餐厅潘尼斯之家的面点主厨，现在她在运营自己的面点公司，名字是紫色蛋糕，她还在东伦敦哈克尼的博乐威街市有一个常驻售货摊。她恰好是亨利的邻居，所以她成了里昂的面点咨询师，也是他第三本里昂烹饪书《里昂烘焙和布丁》的合著者，我在这里也向那些希望认真制作家庭蛋糕的人真心推荐这本书。[9]

我以为克拉尔第一件事情就是把我的食谱给批判一通，但是，她看起来却很高兴。我的海绵蛋糕食谱是这样的：

9 实际上，这本书中也有我为戈登·拉姆齐制作的维多利亚海绵蛋糕配方，还配有一幅我画的一个人在一个装满肉的浴缸中的画。

先连壳称 2 个鸡蛋。

然后称同样重量的黄油、精白砂糖和自发粉。也就是说，每一种的重量都跟 2 个鸡蛋的重量一样。

把黄油和糖搅成糊状。

将 2 个鸡蛋打散以后加入几滴香草提取物搅匀。

当这些东西都已经被搅匀成糊了以后，迅速放入面粉。

把这个混合物放入一个抹过油的蛋糕烤盘，在 180℃烘烤 30 分钟。

我不得不说，当她按照我的配方食谱做蛋糕的时候，我一直都很怀疑她的动机，因为她可能不想给我她自己的秘密配方，不过在我没收集到证据之前还是先判她无罪吧。她看起来对我的设备更感兴趣。我的烤盘，她说，完全不符合要求，这个又厚又方，是做水果蛋糕用的；我需要的是圆形的薄金属盘子来做海绵蛋糕，这样才能把烤箱的热量快速而均匀地传导到蛋糕上。下一个问题，她说，就是我搅和黄油和糖的时间完全不够。当她搅的时候，她搅的时间长到整个混合物颜色都变了，整个从黏稠的鲜艳黄色变成了一种浓郁的纯白色。这个，她说，就是上佳的维多利亚海绵蛋糕的秘密，没有它，你永远也无法从绝望中逃出来。我真的不能想象她用了多少时间一直在折磨那些黄油和糖；如果她所说的小诀窍中我只能选一个做代表的话，那肯定就是这个了。

最后，她说，我不能在如此高的温度下烘焙蛋糕。"又慢又低"是普塔克的方法，低的意思是 140℃。这就意味着烘烤的时间长到令人感伤，一般需要 45 分钟，有时候更长。而海绵蛋糕已经烤好了的征兆之一就是当你用手指戳它的时候，它应该会"记得自己原来的样子"，而蛋糕的两边刚刚开始从烤盘上分离开来。无需多言，她的最后装饰技巧非常典型而华丽；鲜奶油馅中加入的一点糖和几滴香草发挥了巨大的作用，而且，她坚持要用新鲜的草莓切片，而不依赖我原有的那些工业制造的罐装果酱。然后，她在最上面撒了一些用滤网过滤过的糖霜，让整个蛋糕呈现出一种令人口水横流的糖尘效果。戈登，你准备好了吗？

## 烘焙里的科学原理

烘焙的理论比较直白。面粉中含有小团的结晶淀粉粒，而每一个小团被蛋白质所包围着。所以说它是一种非常棒的食物，富含两种主要的营养成分，虽然跟熟的相比，生的面粉更难以消化一些，但是经典的面包和蛋糕帮我们解决了这个问题。

烘焙的基本技巧都是把水加入面粉中制作出面团或者面糊，然后再加入某种加热就会释放出二氧化碳的物质；二氧化碳就会形成小气泡，气泡扩张并使面包或蛋糕膨胀开来。对面包来说，我们经常使用的是酵母；而蛋糕我们更喜欢使用泡打粉。

泡打粉是由碳酸氢钠和酒石混合而成。碳酸氢钠加热时释放出二氧化碳，而酒石的作用就是将反应生成物的苦味给去掉。自发粉就是加入了泡打粉的面粉，比例大概是一茶匙泡打粉配一杯面粉。

根据面粉的量加入不同的水的量就是我们可以制作出三种不同的

面糊的原因：面团、生面团和面糊。[10] 用面团我们可以做饼干和酥皮糕点；生面团可以做出面包、司康饼和蛋糕；面糊则可以做出可丽饼和煎饼，所有这些都取决于你放入的是水、牛奶还是鸡蛋，还有你是不是加入了油脂和糖。比如，饼干一般都是用加入了油脂和糖的鸡蛋／面粉面团做出来的；司康饼则是在牛奶／鸡蛋／面粉面团中加入油脂和糖得来的。在我研究的这个蛋糕配方中，一般对于海绵蛋糕来说，水是以鸡蛋的形式加入的，并不会另加水或者牛奶。

而对于面包而言，揉面当然是必需的。面包粉是高筋面粉，而揉搓是一种让包裹淀粉粒的蛋白质互相反应，从而形成一种你一定听说过的新物质——面筋的方法。烘烤面包会促使酵母制造二氧化碳气泡，使面筋伸展开，于是就让面包膨胀了起来。只要生面团的烘焙温度高于140℃，那么复杂的美拉德反应就会发生，制造出一层美丽的褐色面包皮，并促使碳水化合物与糖在整个面包内发生化学反应。

虽然面包需要依赖面筋给它提供结构和质感，但是一个又好又轻的海绵蛋糕含有越少的面筋就越好。这就是为什么海绵蛋糕需要用低筋面粉来代替高筋面粉。这也是为什么在把黄油和糖打成糊然后加入鸡蛋以后，食谱上会说面粉需要被轻放进去：这是为了不让面粉蛋白发生反应，从而生成尽量少的面筋。[11]

---

10 基本原则如下：对面团来说，你需要3倍水重的面粉；对生面团来说，2倍水重的面粉；面糊则是二者重量一致。当然水的来源是鸡蛋（大概85%都是水），或者是牛奶（90%的水）或者是水（100%的重量，开个玩笑），都会对最后的成品造成巨大影响，形成各种各样不同的口味和质地。了解这个基本原则以后，你基本上就可以在厨房里做任何你喜欢的东西而不需要看食谱了，但是要小心：生面团比面糊和面团更难做，一般来说你必须要拿出秤来称。

11 当然，同样的"别去揉面粉"原则对面糊和饼干同样有效，如果你不想把它们变得又硬又黏的话。

八堂极简科学课

但是，虽然我有大段大段的理论，我仍然还是做出了几个相当难吃的海绵蛋糕，因为海绵蛋糕，不幸的是，超脱于如何发酵蛋糕和面包的一般规则之外。我对我在普塔克之前做的蛋糕所犯的最大错误就是以为蛋糕发酵都是通过自发粉中的泡打粉中的二氧化碳所得来的，所以我并没有对搅拌黄油和糖花太多的心思。事实上，就像普塔克教我的一样，这是非常关键的一步，因为它的目的就是在脂肪里困住大量的微小气泡，在烤箱中加热时这些气泡也能膨胀。毫无疑问面粉中的泡打粉也会帮助完成一部分工作，而想要尝试用普通面粉来做海绵蛋糕的人是极为勇敢的。普塔克打消了我所有的疑虑：跟戈登的对决我是否会胜利完全取决于我搅出的黄油／糖糊的质量。

## 我的健康饮食法

在我详细回忆那场史诗般的战斗之前，我觉得很值得先离题一下，带你进入食品科学中，了解一下世界上每一个人都好像在一直打交道的东西：卡路里。不管怎么样，蛋糕并不是以它们带来健康的特点而闻名的，而且，你可能也会好心地提醒我说我已经在蛋白质和其他东西上挥霍了一章，却没有对超级食物、寿司和其他看起来更健康、更有价值的食物做哪怕是简短的介绍。所以，为了那些寻找着不同于"常吃蔬菜和健康平衡膳食"的营养建议的人们来说，这章就是我为你们提供的最好的建议。

你有没有用过食品包装后面的信息来计算过卡路里呢？有没有想过那些值是怎么算出来的？你可能会惊奇地发现，计算方法就是把食物干燥以后燃烧它，看它能释放出多少热量来。你需要的只是一个比较精巧的叫作弹式热量计的仪器。本质上而言，它是水中漂浮着的一个金属盒子。你把一些干燥过的食物放入盒子中点燃它，然后，通过水温变化计算出燃烧释放出了多少能量。我们常说一颗榛子有 9 千卡，事实是，如果你把它弄干，放入弹式热量计里烧了它，就会产生 9 千卡的热量。

燃烧食物在化学上跟消化食物类似，但是不完全一样，所以要小心，因为这些卡路里值只是一个粗略的提示而已。一个生土豆，比如说，可能跟两块 HobNob 饼干的卡路里值差不多，[12] 但是相比较处理过的 HobNob 饼干来说，你身体会更难以从生土豆中抽取出热量来，所以，消化饼干比消化生土豆会带来更多的热量。不仅如此，而且把一个土豆榨成汁混入一杯茶里当然不是什么好喝的东西。

我们一般说的"坏"食品——比如蛋糕、汉堡包和含糖饮料——其实只是那些可以被我们身体高效转成能量的食品。它们可能吃起来味道很好，但是不好的地方就是我们不需要吃太多就可以消化得到足够多的能量来支持一天的活动。当你从食物那里得到的能量大于你生活所需的能量时，多余的能量就会以脂肪的形式存起来。如果你基本上是一个普通人，有着一份普通的工作的话，那么很可能你在生命的某个阶段体重会增加一些。你可能认为你现在就有点超重。如果是这样的话，在你落入那些畅销书架上各种膳食体系的陷阱时，请帮自己一个忙，试试米勒膳食吧。

让我先说明一下，任何你曾经感受到效果的膳食体系——不管是阿特金斯、海氏、生食、F- 计划还是柠檬净化 [13] ——它们有效的原因

---

12 我的计算是从一个大点的 175 克土豆，每克 0.77 千卡以及两块 Hobnob 饼干，每块 67 千卡所得出的。两者总计均为 134 千卡。

13 我的一个演艺界朋友有一次告诉我他发现了一种极好的新膳食，你只需要喝柠檬汁和枫糖浆就可以了。"而且它令人难以置信，"他说，"它完全净化了你。"他减轻了许多体重，而且他宣称是由于柠檬汁和枫糖浆的"净化"特质所带来的。想想吧——什么都不吃，体重减轻。真是天才啊。

八堂极简科学课

就是你摄入的卡路里变少了。基本上，膳食的关键就在于你必须吃非常难吃的食物（维生素饮料、甘蓝、低脂肪食物、低热量食物，随便你举例子），所以不管你有多么饿，你都不想吃那些食物，身体的卡路里就会入不敷出。其他更为复杂的膳食体系，比如海氏（这种体系要求你只吃某种组合的营养物质）可以帮助你减肥是因为你永远也找不到符合条件的食物来吃。生食膳食有用是因为你当然不可能像消化熟食一样高效地消化生食。不管膳食体系是怎么样的——我也真的不关心它们究竟是怎么样的——如果它有效，那么它就是通过降低你身体得到的热量所起效的。就是这样。没了。

所以我的膳食体系如下：少吃点。或者更准确地说，消耗掉比你摄入的热量更多的热量。如果你不想少吃，那没问题，但是一定去买个自行车或走路上班，不要坐公交车。我知道，你上班路上要花 1 个小时，如果你骑自行车的话，当你到达办公室洗了个澡以后，你就可以开始往回骑了。尽情地抱怨吧：我们都是一样的。但是请千万不要只吃青豌豆，或者停止脂肪、碳水化合物、蛋白质、维生素、矿物质或纤维的摄入，我们需要这些才能生存下去。比如说，没有脂肪，你就不能制造大脑组织；没有碳水化合物，你就不能为肌肉提供能量；而没有蛋白质，你就不会有任何肌肉了。

但是这就够了。甜点时间到了。

## 美食大挑战

关于戈登·拉姆齐，我想要说的第一件事是：他不是戈登·拉姆齐。至少，不是我们在他的烹饪节目中逐渐喜欢上的那个满嘴脏话、喜欢冲突的包工头。我遇到的这个人比我想象中的要高，但是话说回来，大部分人都比我想象中要高，因为我一直都比我想象中的要矮。

他私下里很友好，富有幽默感，而且很有智慧，但是在台上，我必须告诉你，一切都变了。

第二件值得注意的事就是他真的对烹饪很在行。在你自己的厨房里偷偷地打磨你的招牌蛋糕是一码事，而有戈登·拉姆齐在你旁边，切着东西，称着原料，他那各种调味的精确手法让你只能用蒙眼军人组装武器的那种技巧来做类比，而你还要跟他一起做饭，这就是完全不同的另一码事了。当我还只是想要做赛前准备的时候，我的手就已经抖得非常厉害，以致我只能用"看，我的手在抖"这样的话来减轻我的压力，但是这些却无法减轻那种令人心痛的窘迫感。然后喝倒彩开始了。

戈登并没有跟我公平竞争。在你烹调的时候，他会用他的方式攻击你，首先辱骂你选择了这样一个华而不实的配方，问你一个关于科学的问题，然后指责你没有让它变得有趣，然后叫嚣着你的厨艺是多么低级和拿不出手。我几乎都不记得我是在烘焙一个蛋糕，而女孩子般娇气的眼泪也差点掉落下来，破坏掉整个蛋糕的味道。

最后我得承认戈登的作品在想象力和外观上要比我的强太多了。他做的并不是一个传统的双层海绵蛋糕，而是烘烤了一个大的方形蛋糕，然后用类似伊顿麦斯的馅，包括甜奶油、蛋白酥和鲜草莓卷在一起，说实话这让我在想我到底为什么要出席这么一场实力悬殊的比赛呢？但是很幸运地，我被妇女协会所拯救了，因为实际上盲吃打分的四位评委更喜欢传统一些的做法，而普塔克的海绵蛋糕自然是经典中的经典。在镜头前，戈登以其独有的差态度接受了他们的一致评判，但是私下他却对我赞赏有加。"你知道吗？"在停止录影以后，他说，"你可以成为一个还算体面的面点师。"

## 第七课 气候变迁

### 难以忽视的气候问题

当我坐下来开始写这一章的时候，英格兰正在寒潮的笼罩之下。大约 1 小时以前，雪就开始下起来了，现在我的窗外已经是一片北国雪景，还有三个喝醉的中年人在堆着雪人。所有全国性的报纸头条都在警告接下来的几周可能会有"极度深寒"，没有银色圣诞节的概率也随着时间推移而越来越小。所有主要的英国机场都深埋雪中，来自北极的风从东边吹过来，而电视新闻中气象局警告说接下来 24 小时的天气情况会变得更糟。全球变暖是怎么回事？

我们都要毁灭了吗？

天气的趋势问题已经是数年来公众争议的主要话题之一。每一次暖锋或冷锋的推进似乎要么是否定了问题的存在，要么就宣告我们都会在自制的高温烤箱中被烤熟。有一些前任政治家，比如艾尔·戈尔，用很明显的科学图表和有力证词造成了巨大的影响，使许多人相信了一个"难以忽视的真相"：也就是说，现在这个星球跟过去 1 万年的任何时候相比都要更温暖，而人类碳排放就是罪魁。同样地，还有其他有影响力的前任政治家比如劳森爵士，他的全球变暖政策基金会的主旨就是要"将理性、尊严和平衡"带入气候变化的辩论中，还有着看起来很科学的文章阐述着英国过去 10 年的气温是如何越来越冷，而不是越来越热的，并且宣称变暖事件并不是由于碳排放引起的，而是由于某种神秘的太平洋洋流事件，即厄尔尼诺所引起的。那么，真相到底如何？是变热了吗？如果温室效应是罪魁祸首，那我们能阻止它吗？

这些问题不仅仅是我们作为一个物种所面对的最重要的一些问题，而且想要回答它们，我们就必须去一些确实令人屏息的景色中遨游一番：这就是令人着迷的地球和大气科学。我们的星球在绕太阳公转时周期性的冷热交替创造了壮丽的瀑布、海洋、冰川和冰盖，富饶的温暖热带海洋以及严酷的北冰洋，如摇摇欲坠的高耸教堂一般的云以及呼啸而过的强风和飓风。

但是不管在什么地方，同样的物理定律都在发挥作用，一旦你了解了它，你的惊奇之感只会增加而不会减少。夸克和轻子的世界让你绞尽脑汁，但是却永远都是抽象的，因为微小世界的规则永远都不是你可以亲手触摸到的东西。而喷射气流和冰风暴的世界则会引发另一种敬畏之情，因为它们塑造着我们的日常生活，也塑造了我们的祖先和子孙后代的生活。

## 冰河世纪

你可能不知道，但是你确实生活在一个冰河世纪中。具体地说，它的名字是第四纪冰河世纪，如果以我们生活的地质时期而命名。如果你想跟我一样追求学术精确的话，我们实际上生活在显生宙新生代第四纪全新世。从46亿年前地球形成到现在一共只有4个宙，每一个宙大概有10亿年长：第一个是冥古宙，包括了最初的岩石形成的时间；第二个叫太古宙，蓝藻细菌出现了，合成了第一批氧气；然后是元古宙，真核生命出现了；第四个则是我们属于的显生宙，地球上点缀着所有你可以想象到的植物和动物种类。

我们认为在地球的历史中至少有 5 个冰河世纪。第一个冰期叫休伦冰期，发生于元古宙开始之前，持续了大概 3 亿年；第二个叫作雪球地球或者是成冰纪冰河时期，[1] 发生于元古宙快结束的时候，持续了大概 1 亿年。其他三个都发生在我们的显生宙之内：安第斯－撒哈拉冰河时期首先降临，但是却是最短的，只持续了 3000 万年。第二个叫卡鲁冰河时期，在持续了 1 亿年的统治以后在 2.6 亿年前结束。我们的冰河时期第四纪冰河时期开始于仅仅 260 万年前。如果冰河时期是一个孩子的话，现在连一个尿布都没拿掉呢。

我知道你在想什么：如果这就是冰河世纪的话，那就放马来吧。但是，冰河时期并不是从头到尾地球一直保持冰封状态：它又分为若干次寒冷时期，又叫冰期，这个时期冰盖会增长；以及温暖时期，又叫间冰期，这个时期冰盖会后退。如果回头看最近 10 个循环的话，冰期持续时间一般都在 9 万年，而间冰期 1 万年。而令人恐怖的事实是：我们正生活在一次间冰期中。更令人恐怖的是，最近一次冰期在 1.2 万年前就结束了。

## 气候变迁并不恐怖

早在 20 世纪 70 年代当我还是个学生的时候，所有人担心的都是下一次冰河时期，或者更准确地说，下一次冰期的到来。整个 50 年代和 60 年代，地球平均温度一直在下降，而每一个寒冬都似乎在通告着长毛猛犸的回归。这个 20 年降温趋势，就像我们后面看到的一

---

1 名字如此是因为据称地球从上到下被整个冻上了。天啊。

八堂极简科学课

样，现在已经被了解得比较透彻了，但是当时主要的指责对象——至少被媒体指责的对象——是核武器试验。别误会我：我希望能让你相信二氧化碳排放造成了全球变暖，同时也会向你展示令人炫目的地球大气和海洋科学。但是不难看出，如果你把"冰河时期"和"全球变暖"对换，然后把"核试验"和"碳排放"对换，你就能得到跟当前气候争论的味道极为相似的东西。这种味道放在意大利面里面可能不错，但是人类却一直都喜欢担心正处于自己制造的末日前夕之中。

## 四季变幻如此美妙

为什么全球变冷已无人谈起了呢？主要原因是从 20 世纪 70 年代开始，我们已经基本确认引起冰期的原因；[2] 实际上，多亏 19 世纪一位有事业心的苏格兰人詹姆斯·克罗尔，问题的答案已经得出有一段时间了。

克罗尔是佩思郡一个穷佃农的儿子，13 岁就辍学了，他尝试了一系列的不成功工作，比如农场工人、茶商、保险经纪人和旅馆老板；之后，他在格拉斯哥的安德森博物馆开始了门卫的工作，目的是为了接近他的真爱：地质学和天体物理学书籍。他完全靠自学提出了一个激进的且在当时完全不可证实的理论：冰期是由于地球的轨道和倾角的极缓慢变化所造成的。

你可能知道，地球以圆形轨道绕太阳旋转，一个日历年绕太阳一周。当它移动时，它也绕着自己的轴旋转，大约一周旋转 365 次。地球上的生活如此精彩，其原因之一就是地球的轴并不是指向上方的：

八堂极简科学课

2 我说"引起"是因为一旦冰期开始，它自己就会发展得越来越严重。原因是科学家所谓的"正反馈"现象。一旦极地足够冷了以后，就会生成冰盖。因为雪是白色的，它会反射辐射，所以更多来自太阳的能量被反射出地球，使它变得更冷，导致冰盖增加，然后反射更多的太阳光，使地球变得更冷，然后……你懂的吧。

它有一个倾角，正如你在所有的地球仪上看到的那样。正是这个倾角给我们带来了四季。简单地说，当北极倾向于太阳的时候，北半球就会迎来一个壮丽的夏天；当它倾向另一边时，我们就迎来了冬天。[3]

从本质上来说，克罗尔的理论很简单。地轴倾角，地球轨道的形状，地球旋转轴的方向：没有一个是保持不变的。地球也有自己的变化时期，一次大概持续几千年。拿地球轨道的形状来说，在 10 万年的周期内，它会慢慢地从一个圆形变成类似椭圆形然后又变回来。地球也会晃动，就好像一个逐渐变慢的陀螺一样，其轴的顶端描绘出一个圆——一个完整的周期，或者说"岁差"需要 2.1 万年。同样地，每 4.1 万年地球的倾角会变化几度然后又回到原处。这些渐变的循环会改变季节之间的界限：夏天越冷，冰冻的可能性就越大，因为结的冰没有机会融化。

现在，在 21 世纪初这个时间点，看起来我们离下一次冰期还有一段时间。地球的倾角不是很好，位于两个极值之间。它的轨道也帮不了什么忙，现在是最接近圆形的时间。只有地球的晃动在正道上。晃动的效果之一是让地球的季节发生的轨道位置每年都有些微的不同。现在北半球的夏天发生在地球离太阳最远的地方，让夏天更冷所以让冰期更有可能来临。[4] 想要真正触发一次冰期，所有这些循环都必

---

3 我们还有至点，来源于拉丁语"静止的太阳"，因为一年的这些时候太阳要么是在赤道的最北边，要么是在最南边。当面对太阳的倾角合适的时候，北半球和南半球的昼夜是一样长的，你就得到了春分和秋分，意思是"等长的夜晚"。好了，我就不炫耀了。

4 事实上，地球在 1 月 3 日离太阳最近，7 月 4 日离它最远。两点之间的距离差并不大，因为地球的轨道是相当圆的：最远点又叫远日点，我们离太阳 1.52 亿公里，最近点又叫近日点，是 1.47 亿公里。这样的后果是，地球在 1 月份接收到的太阳能量比 7 月只多了 6%，而北半球的夏天只比南半球的夏天冷了一点点。当地球的轨道变得最为椭圆的时候，两者之间的差别将达到 20%-30%，于是我们的夏天就凉爽了许多。

八堂极简科学课

须与各方合拍，每一个都可以让某一个半球的夏天更冷。我们最好的计算模型预测在2.3万年内我们都不会遇到这样的事情发生。就冰河时期来说，我们无比幸运：我们在过去100万年中最长的间冰期之一开始了我们的文明。

## 温室效应元凶

所以作为一个物种，当事关我们无比荣耀的伊甸园的未来时，我们就变成了一帮无可救药的多事佬；那当事关气候变化的时候，我们又有什么信息是确定的呢？换句话说，如果气候科学是一场有奖比赛的话，我们一定能拿走的奖品又是什么呢？嗯，如果第一个事实是我们生活在一个冰河时期的间冰期的话，那么第二个肯定就是二氧化碳导致了全球变暖。

我们为何如此确定呢？因为所谓的"温室效应"是我们所知的生命生存下来的重要原因。简单地说，我们的大气就好像一张毯子一样，吸收着太阳的能量，提高地表温度。没有它，地球的平均温度会在-18℃左右。现在地表温度平均是15℃左右，也就是说，大气层提供了本来没有的33℃的升温。有意思的是，主要的温室气体不是二氧化碳，而是水蒸气；在33℃中大概有21℃是由水蒸气提供的。而剩下的部分，大约有10℃是由二氧化碳提供的。最后的大约2℃是由甲烷、一氧化二氮、臭氧和一些恶心的工业废气比如说氯氟甲烷所带来的。其他构成空气的主要气体——氧气、氮气和氩气——并不像上面提到的那些气体，它们并没有温室效应。

这儿我要强调的是，当提到大气变暖的时候，二氧化碳起的作用远比它的质量要大得多。二氧化碳在空气中的量相对而言是很小的——在2010年年底只是百万分之三百八十八而已。这也就是

0.0388%，或者说二氧化碳的含量大约只有水蒸气的百分之一，虽然整体来说二氧化碳导致了 33℃ 变暖中的近三分之一。这是什么意思？我的意思是这个星球的温度对大气中二氧化碳的含量非常敏感，就是这样。

多亏了一个叫查尔斯·基林的人的远见，我们现在有着从 1958 年开始的空气中二氧化碳含量的精确记录。在那一年，以记录于夏威夷的莫纳罗亚气象台为准，二氧化碳含量是百万分之三百一十五。从那时候开始每一年大气中的二氧化碳含量就会上升 0.4%，原因就是燃烧化石燃料。但是在更远一点的过去，二氧化碳的含量又是怎么样的呢？

好玩的是，我们对几乎近 8 亿年的大气二氧化碳水平都有不错的记录。就像你知道的，我们正生活在第四纪冰河时期开始阶段的一个间冰期，以极地冰盖为特征——跟所有的冰河时期一样。当雪落下来的时候，它会困住微小的气泡。更多的雪落在它上面的时候，之前的雪就会变得致密，最终变成冰。通过钻入格陵兰岛和南极洲古代的冰层，然后检查困在不同层里的气泡内容，科学家就可得到随时间变化的大气组成成分变化。这样的"冰芯"中的一个从南极洲的东方站取得，而它显示了大气二氧化碳的浓度在冰期的百万分之一百八十到间冰期的百万分之三百之间发生变化。为什么地球变暖了，二氧化碳水平就会变化呢？可能因为冷水和温水中二氧化碳的溶解度有变化；就像你知道的，温可乐就会没什么气。当海洋变暖时，它们就会释放二氧化碳，当它们冷却时，它们就会吸收二氧化碳。在当前的全新世间冰期，二氧化碳水平一直都保持在百万分之二百八十，直到 19 世纪 50 年代水平开始向上飙升。结论就是：因为燃烧化石燃料的缘故，现在大气中的二氧化碳水平是几亿年以来的最高值。

## 地球表面温度变化

于是我们又赢得了气候变化有奖问答竞赛的另外一个奖项：二氧化碳水平从 1850 年开始已经上升了 36%。我们还能拿回家的第三个奖是在这一段时期内，地球的温度也上升了。事实上，在同样的时间段内，地球平均温度上升了 0.75℃。

你可以在相应的图表里清楚地看到这一趋势，而这个图表是按照政府间气候变化专门委员会（IPCC）[5] 的最新报告所绘制的。就像你所看到的，它并不是显示绝对温度，而是温度异常，以时间为横轴绘制。右边的轴显示增长的年份，从 1850 年开始，止于 2007 年，也就是报告发表的时间。纵轴显示异常的范围，从纵轴最底部的 −0.9℃一直在顶部的 +0.5℃。什么是异常呢？它代表的是跟某个长期值相比的变化。比如说，在最近的 30 年（1981-2010 年）中，男人的平均身高一直是 1.75 米。如果我们在明年年末测量每一个男人的身高，然后发现新平均值是 1.78 米，那么相对于 1981 年到 2010 年的平均身高来说，今年有一个 +0.03 米的异常。如果再下一年我们又测量了男人的身高，发现平均身高到达了 1.79 米，那么这儿就有一个 +0.04 米的异常。让我们把这两个点画到图上，看看结果是什么。

没错。我们现在有了两个点，代表 2011 年和 2012 年的身高异常，然后，我们就能肯定地说男人的平均身高已经增加了 0.04 米。然后我们的小聪明就来了。因为我们只讨论异常，而不是绝对值，所以我们就排除了所有测量身高的方法所具有的自身问题。比如说，量

八堂极简科学课

5 我应该指出这个图表只显示到 2007 年为止，所以它不会体现出变暖的速度从 2006 年开始就已经变慢了。但是出于同样的原因，这个图表也能够展示曾经变暖的速度也变慢过，但是又再次加快了。

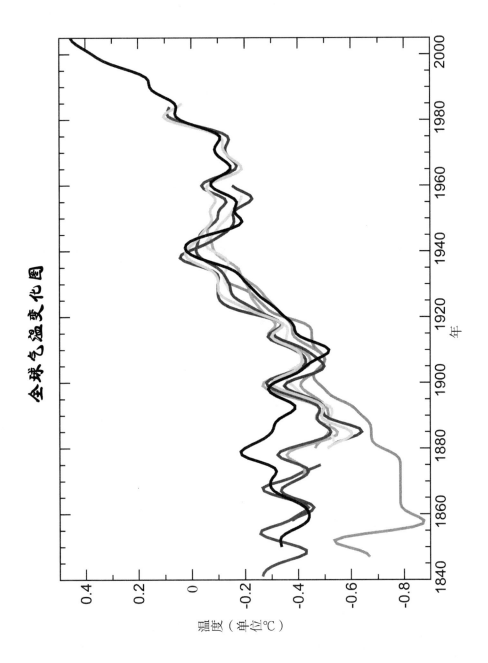

身高的人有一个特别烂的尺子，最开始的 2 厘米已经没有了。虽然真实高度是 1.50 米，但是他们量得的结果是 1.52 米。他们就会计算出 1981 年到 2010 年的平均值是 1.77 米，2011 年平均值是 1.80 米，而 2012 年是 1.81 米。但是当我们计算异常的时候，我们仍然会得到跟正确尺子结果一样的答案：2011 年是 +0.03 米，而 2012 年是 +0.04 米。当我们绘制图表的时候我们所得到的结果也是一样的。

对于温度测量来说也是如此。我们可以非常信任 IPCC 的图表，因为跟 1961 年到 1990 年的年平均温度相比，图表上显示的不是绝对温度，而是温度异常值。换句话说，不管某人的温度计是不是把 19.2℃显示成了 19.1℃，我们在比较的只是相对于 1961 年到 1990 年平均温度的温度变化。

## 身高偏差图

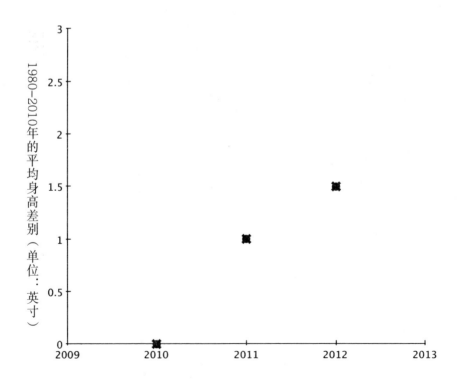

另外更让我们放心的是这些测量结果是通过一系列不同的方法所得到的。这些线中的一部分只代表了北半球的陆地测量站和船舶报告，而其他的代表了全球的陆地测量站，还有的使用了全球陆地和海洋表面温度。但是所有的数据，就像我们看到的，都在告诉我们同一个故事：从1850年的 -0.35℃到现在的 +0.4℃，有一个0.75℃的升温。

从图表中你能看到，随着越来越多的气象站加入到各种网络中，这些线条在1900年后变得更紧密了；这是一个好现象，因为你会希望越多的测量就会得到越准的结果，而各种各样的平均值看起来都在往一个值上重叠靠拢。我甚至会说不管你对全球变暖抱有什么怀疑态度，全球平均温度升高都不应该是你怀疑的对象。虽然这些值都是通过各种各样的仪器在各个时间和地区得到的，但是它们都在述说同一个故事：从1850年开始地球表面的平均温度一直在升高。

所以证明了我的观点了，对吧？不管怎么说，二氧化碳是一种温室气体。大气中二氧化碳浓度升高了，温度也升高了；那么肯定二氧化碳导致了温度的升高。不一定，可能只是巧合而已。有没有可能化石燃料中的二氧化碳造成的变暖被某种还未发现的冷却过程，比如云层增多而遮盖住了？又有没有可能我们观察到的温度升高是由于其他东西所造成的，比如来自太阳的能量增多了？现在，是时候让我们来谈一谈中世纪温暖时期和小冰期了。

## 泰晤士河上的冰上集市

不管你从哪个角度看，1813年到1814年的英国冬天都是极为寒冷的。我们是怎么知道的？首先，英国有着世界上时间最长的仪器温度记录，从1659年开始就有月平均温度，而1772年开始就有每日记录，所以我们只需要看看数字就行了。其次，因为当时伦敦在泰晤士河上举办了一次冰冻博览会。

英格兰中部温度是那种让你感到作为科学家的骄傲的记录之一。测量区域大致覆盖了一个三角形区域，以布里斯托、兰开夏郡和伦敦为顶点，它持续3个半世纪的记录是一首测量学的颂歌。当拿破仑在1813年莱比锡战役失败后重整旗鼓时，他那些在拉德洛受尽鄙视的小零售商们轻敲着温度计，用鹅毛笔在他们最好的羊皮纸上以十分之一摄氏度的精确度记录着大气温度。多亏有他们的贡献，我们能看到在一个温和的12月以后，气温在1813年12月27号降到了刚好0℃以下，并且保持在0℃以下一个月；而且在1814年1月有一周特别寒冷，气温一直都在-4℃以下。在1月末的时候，泰晤士河冰封至旧伦敦桥以上，一直沿着我们今天称为岸边区而当时被叫作奎因希哲的地方延伸。

虽然泰晤士报宣称冰面完全不能符合娱乐的需求，因为它粗糙不平；但是这不足以阻止一群有商业头脑的商人在上面搭上啤酒帐篷，摆上娱乐和纪念品摊，并且鼓励一些大胆的伦敦人来冒险一番。到2月1日，这个聚会已经到了高潮，一头大象竟然被牵着走过了冰面，以给那些仍然心存疑虑的人以证据，证明冰面完全可以承受他们的重量。雕刻于1814年2月4日的路克·克雷内尔的现代版画现存于大英博物馆，上面刻有大批闲人在滑冰、荡秋千、跑着跳着不干正事，更让人紧张的是这些娱乐活动第二天就结束了，也就是说可能冰的融化可能早就开始了。

泰晤士河的南岸全部冻结，在伦敦目前长期温暖冬天的情况下越发显得古怪，也只能部分地解释说因为当时伦敦桥的设计很不一样，现在有5个桥拱，而以前有19个窄拱，这样就减缓了水的流速，使之容易冻结。很明显的是，还有其他因素也起了作用，而这个其他因素被称为小冰期。

## 中世纪温暖时期和小冰期

结冰的泰晤士河对拿破仑时期的伦敦人来说可能没那么令人惊讶。一切都在几个世纪里明显地变冷了，北欧人在 1400 年左右放弃了越来越冷的格陵兰岛，而也有报道说亨利八世在 16 世纪中期，利用冰冻的泰晤士河作为从伦敦到格林尼治的近道。从 1608 年每隔一段时间就有冰冻博览会，而在 1683 年有史以来最寒冷的英国冬天博览会的参加人数也与众不同，[6] 一整条的商店街从河这边建到了那边，娱乐设施还包括了印刷机、木偶剧场和妓院。

当时气温并没有最后一个冰期时那么冷，目前的平均气温要比那个高出 10℃左右。但是当时比现在要冷，可能平均要冷 1℃左右。关于这次降温的全球化程度目前还在争论中：这是不是只是北半球的事件，还是南半球也变冷了？问题的一部分当然是我们并没有全球的长期仪器温度记录，但是比如说从新西兰南阿尔卑斯山脉冰川得到的二手证据好像说明了降温是比较普遍的，它让北欧人之外的其他种族也受到了挤压。

不管事情的真相如何——如果我们在这件事中学到什么，那一定是当你争论冷或热的程度的时候，温度计是非常好用的——你不需要去看太多布鲁盖尔关于小狗在冰湖上闲逛的画，就能知道小冰期是确实存在的，至少在大部分北半球是如此。冰冻的泰晤士河上的博览会让整个事情变得很有娱乐性，但是坏天气也造成了相当的破坏和死亡。1815 年到 1816 年的冬天，最后一次冰冻博览会之后的两年，就

---

6 CET 对于 17 世纪后半叶只有月平均值，而且置信度也比随后的日温度要低，因为它包括了非仪器数据；快速浏览 1683 年冬天的数据你就会发现 12 月份是 0.5℃，然后 1 月份是 −3.0℃，2月是 −1.0℃。这样平均值就是 −1.2℃，置信度是 0.5℃。比较一下最近伦敦的冷冬在 2009 年平均温度是 3.5℃，置信度是 0.1℃。

八堂极简科学课

是一个很好的例子。泰晤士河可能没有冻上，但是所有其他东西都冻上了。在新英格兰，雪和霜冻在 3 月中旬终于结束了，可是在 6 月又杀了个回马枪。1816 年被称为"无夏之年"，又叫"1800 人被冻死之年"，大面积的农作物歉收导致了欧洲历史上最大的饥荒，同时在英伦三岛爆发了斑疹伤寒，地中海则黑死病流行。

继续往前追溯，整个局面又不一样了：这一次迎来的是相对的温暖期。我们知道北欧人在 10 世纪 80 年代的时候利用了后退的北极冰盖以殖民格陵兰岛，而从公元 900 年开始以后的 5 个世纪直到小冰期来临时的温度至少跟现在是一样暖和的。当然寒潮也是存在的——就好像小冰期内也会有温暖时期一样——但是从大面上来说，北欧的所谓中世纪温暖时期以人口增加为特点，养活他们的粮食产量也增加了，于是，他们就把多余的人力和财富拿去建造了几栋极为震撼的大教堂。同样地，我们仍然不清楚公元 900 年到 1400 年欧洲的温暖时期在多大程度上代表了某种全球性现象，因为我们没有直接的气温纪录；但是我们通过气候学家称为"代理变量"的东西得到了一些不错的列证，[7] 比如化石树的年轮显示就像小冰期一样，中世纪温暖时期也或多或少是一个全球性范围的事件。

于是，我们就有了一个从公元 900 年到 1400 年的中世纪温暖时期，当时全球气温平均来说至少跟今天一样暖和，而从 1400 年到 1850 年我们有一个小冰期，气温比现在大约低 1℃。这两者中，我们

---

7 通过代理变量来推算温度是一件令人着迷的工作。年轮的作用是如果一年比较温暖，树就会生长得多一些。通过测量已知气温的年份年轮的厚度，你就可以得到那些不存在温度计测量记录的年份大致的温度情况。如果你够聪明的话，你也可以跟其他种类的年轮做交叉检查得到大致的误差幅度，当然也可以跟其他代理变量比如冰芯等做检查，确保你的方向是正确的。虽然不完美，但是总比去读塞缪尔·佩皮斯的日记发现他写道"外面有点冷"要强一些。

对小冰期把握更大，因为人类在 1650 年已经开始操作温度计，做出了非常清晰的记录。从冰芯的测量结果我们知道在这些时期二氧化碳水平都一直保持在百万分之三百上下，也就是所有这些温度变化并不是由温室气体所引起的。那么它们是由什么引起的呢？现在我们就要真正地深入真相来讨论一下地球气候的另外两个主要推动力：太阳黑子和火山。

## 时冷时热的太阳

让我们先暂时跳出来回忆一下整体情况。地球，我们美丽的蓝色星球，围绕着太阳以一个稍微有点椭圆的轨道公转。当地球离太阳最远的时候，它接收到的太阳能量比离它最近的时候要少。因为我们离太阳最远时北半球是夏天，所以这实际让我们的夏天变冷了一些，如果夏天发生在离太阳最近的时候则要比现在热一些。如果地球倾角比较小，夏天的时候我们接收到的太阳辐射就会更少，夏天就会更冷。如果公转轨道更接近椭圆，那我们就离太阳更远，而它们就会变得相当令人不爽，冰期就会开始。

我们对这个已经有了直观经验：不管怎么说，你坐得离火有多远，明显对你感到多温暖有直接的影响。但是火的热度又如何呢？如果我们丢了根柴进去，或者不加柴让那火慢慢烧又会怎么样呢？换句话说，地球的气候是怎样被太阳温度的变化所影响的呢？

直到 20 世纪 80 年代，我们都假设太阳辐射出的能量是恒定的，但是从那时开始我们就通过卫星每天测量太阳释放出的能量值，而结果组成了一幅令人着迷的图画。事实上，太阳这颗恒星以约 11 年的周期进行着微弱的冷热变化循环，幅度变化大约是 0.1%。总的来说，我们已经准确测量了三个这样的周期中太阳的能量输出值，最后一个周期似乎比其他还要冷一些，虽然并不多，但是确实要冷一些。[8]

更有意思的是，卫星数据显示太阳辐射强度与它表面的太阳黑子数量有很大的关系。多亏了一位特别狂热的业余天文学家海因里希·舒瓦比的努力，我们现在可以重构出太阳从 1825 年起的亮度循环。

## 聊聊太阳黑子

为什么是 1825 年呢？因为这一年一个德国药剂师海因里希·舒瓦比在一次抽奖中赢得了一个望远镜。很快他就喜欢上了观星。第二年他从慕尼黑的弗劳恩霍夫工作室接收了一个更为强大的折射式望远镜，然后把自己的房子改造成了一个天文台。由于他相信能够通过发现一个新行星而以天文学家的称号成名，他开始观测起太阳来，希望能看到某些可以带来职业突破的东西横穿太阳表面。

太阳和地球之间有两个行星——水星和金星。[9]两者在横穿太阳表面时看起来都是小点，而舒瓦比就是在他德绍的家中找寻类似的东西。问题是太阳的表面总是被黑色记号——又叫太阳黑子——所污染着，所以舒瓦比开始极为精确地记录着太阳黑子的出现，他仅是希望

8 事实上，要冷 0.02%。只是告诉你个事实。

9 金星凌日对天文学家来说是不可错过的奇景。最近一次是 2012 年 6 月 6 日（北京时间），而且跟天文奇观一样，它也造成了不小的媒体轰动。我不太愿意告诉你，在 2117 年前都不会再发生金星凌日了。到那时，如果气候变化跟它没有任何关系的话，我们可能会有许多其他事情需要我们的关注。水星更有可能一些，因为它更靠近太阳，比地球的公转速度也要快得多：实际上大概是地球的 4 倍。水星凌日看起来就是一个特别小的小点在几个小时内从太阳的表面穿过，而它的凌日现象大概每 7 年发生一次。

当他看到一个新行星的时候，能确定这不是太阳表面的黑斑而已。

他的热情越来越高涨，到 1829 年的时候，他把家族生意整个都卖掉了，以便能够把自己所有的时间都拿来做观测。10 年过去了，虽然新行星的影子都没看到，但是他的狂热并没减退，而就在此时他做出了一个伟大的发现，这个发现改变了我们对于太阳的一切认识。他发现太阳黑子的模式开始重复了。

当然，像他这样细致又投入的人，是不会直接发表文章的；他又花了 10 年时间，继续做着痛苦难耐的测量工作以证明他的理论是正确的，然后于 1844 年发表了他的发现。天文学界经历了一次大地震。太阳脸上的不再是胡乱涂上的斑点了；某种潜在的机制引起了它们的出现。天文学家同行们得出了答案：太阳的赤道比两极旋转得更快。速度的不同导致了太阳磁场的逐渐扭曲，当它扭曲到极限的时候它就会以表面活动骤增的形式爆发出来，释放出巨大的耀斑、光斑和黑子。舒瓦比的成果为他赢得了尊贵的皇家天文学会金质奖章。虽然他并没有找到一个新行星，但是却揭示了恒星内部的工作机制。

## 太阳上也有气候

计算太阳黑子看起来是一种了解太阳现状的简陋方法，但是与卫星数据相结合，我们可以看到它其实是非常准确的。第一个详细记录太阳黑子的人是伽利略，而且如果我们要把他的观察结果也算上的话，那么我们可以把我们对黑子数量的记录延伸到 1610 年。我们可以在图上看到的是横轴代表年，从最左边 1600 年到最右边的 2010 年。纵轴代表太阳黑子数量，你能清晰地看到由于 11 年循环造成的

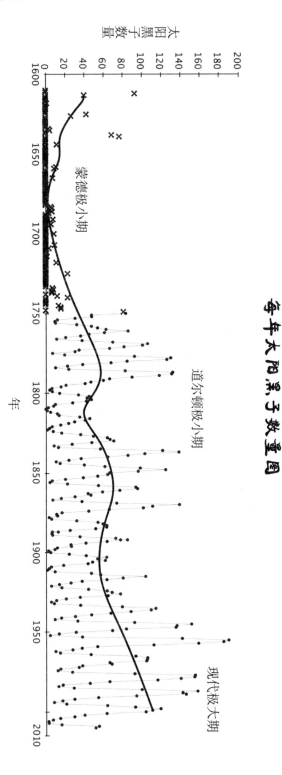

每年太阳黑子数量图

太阳黑子数量

蒙德极小期

道尔顿极小期

现代极大期

年

上下起伏。[10]更令人着迷的是，我们可以看到两个很突出的极小期，也就是在较长时间内太阳黑子的数量比平时要少：我们把它们叫作蒙德极小期和道尔顿极小期，它们出现在小冰期中最冷的时间段。1683年的冰冻博览会，比如说，就出现在蒙德极小期的正中间，而1813年的则正好出现在道尔顿极小期的中间。我们也能看到太阳黑子的数量在20世纪一直在上升，于1950年到达顶峰，下降至1970年后于1980年上升到了一个较低的峰值。它们在1980年到2010年之间又呈下降趋势。我们把这两个顶峰称为现代极大期。

这里我们需要小心一点：我们并不是在测量太阳辐射出来的能量；我们在数黑子数。但是不管怎么样，还是有事情是值得注意的。除了1980年后的30年以外，其他时期的黑子数量跟全球气温变化相符。让我们看看20世纪的数据吧。从1900年到1950年，太阳黑子数量是逐渐增加的，跟我们所见同时期温度升高是相符的。全球气温从1950年到1970年下降了一点——这就是为什么所有人都在为全球变冷而恐慌——而我们可以看到黑子活动同样地也下降了。太阳活动并不是气候变化的终极原因；我们马上就要知道还有另外一些同样迷人的因素也在起作用。但是，虽然太阳毫无疑问地在最近1000年内扮演了气候变化的重要影响角色，比如中世纪温暖时期和小冰期，但是最近30年的气候变暖你就不能怪它了。在这段时间

---

10 与舒瓦比同时代的瑞士天文学家兰道夫·沃尔夫把1755年到1766年的所有数据整理了起来，标记为第一太阳周期。他的数据在图上用蓝色标记了出来。在我写下这段文字的时候——2011年冬天——我们位于第24太阳周期的上升阶段，预计于2013年5月左右到达顶峰。随着这个日期的临近，可以预见国际航班飞行时间会变长，因为飞机需要避开在两极地区额外增多的太阳风，所以就不会通过北极来抄近道了。

八堂极简科学课

里，太阳变冷了。[11]

## 星期三的火山灰

　　1815年4月5日星期三，东印度群岛松巴哇岛上的坦博拉火山喷发出一个巨大的烟尘柱，直冲印度洋上的蓝色云霄。爆炸的巨响在旁边爪哇岛的雅加达都能听到，它们之间距离有1200公里远，而根据英国人副总督斯坦福·莱佛士所称，就像是远处加农炮的声音。大自然已经响起了警告的枪声。5天以后，在4月10晚上，坦博拉释放出由岩浆组成的岩浆流，并且喷发出巨大的有毒火山灰柱。有史以来最大的火山喷发之一开始了。

　　差不多是在一次爆发中，坦博拉从4230米高变成了2805米，而消失了的半座山被猛甩入接近40公里的高空中，伴随着的还有几百万吨的二氧化硫气体。当比较重的碎片落回地面的时候，它们形成了一个紧贴地面的炙热火山灰云，扩散到了整个岛屿之上，直接杀死了1万多人。在方圆600公里内，天空变成漆黑一片，持续了两天之久；一个高达4米的海啸在附近岛屿的海岸线上肆虐。总的来说，据估计松巴哇岛、龙目岛、巴厘岛和东爪哇岛因为后续的饥荒和疾病死去了6万多人。

八堂极简科学课

11 事实上，以年轮中的放射性二氧化碳做代理变量，我们有可能重建过去1万年的太阳活动。更多的黑子就意味着更多的太阳风，也意味着更少的宇宙射线，也就是更少的放射性碳。当我们观察过去1000年年轮中放射性碳异常的变化情况时，我们可以清楚地看到蒙德极小期，以及它之前的两个史波勒极小期和沃尔夫极小期。这个规律与小冰期中三次已知的寒潮是相符的。再往前一点，我们可以看到中世纪极大期，很精准地对应了中世纪温暖时期，在此之前是奥尔特极小期，一切应该又变得非常寒冷了吧。

# 火山爆发气候变冷

火山是气候变化的万能牌，对气候能够产生剧烈的影响。它们释放出的二氧化硫气体与空气中的水反应生成硫酸的气溶胶，也就是由小液滴形成的薄雾，它在大气层顶部反射太阳光，造成地球气候变冷的效果。在坦博拉这个例子中，东印度洋的岛屿所遭受的破坏仅仅只是个开始；火山灰和火山气体造成冷却效应，再加上变冷的太阳对造成全球性的"无夏之年"起到了巨大的作用。

这其实是反常理的，因为你可能觉得一个巨大的山体往空气中喷射岩浆会产生加热的效果，但是火山实际上会降低全球温度。在 20 世纪 50 年代和 60 年代，全球气温下降使得所有人都在为可能即将来临的冰河时期恐慌，而我们几乎可以肯定地说这是由于一系列的现代火山喷发而引起的，比如阿贡火山，于 1963 年在巴厘岛喷发，将一立方公里的火山灰送入了上层大气层。世人皆知的是，超级火山多巴湖于 7.7 万年前在现印度尼西亚苏门答腊岛喷发，据说它释放了如此多的火山灰和气体以致全球气温下降了 3℃—5℃，杀死了当时大部分的人类。

如果你仍然在怀疑最近气温上升的原因是什么——我认为怀疑就是科学的宗旨——那么你可能想到是不是缺乏火山喷发就是引起气温升高的原因呢？同样地，很有意思的是，你可以注意到在最近 30 年有着相当多的火山活动。20 世纪前半部分可能比较平静，但是从 1950 年开始，火山冷却效应一直都在后面显现出它的力量，而且经常还会进入舞台中央一展风采。我们已经提过了阿贡火山；1980 年我们有圣海伦斯火山；1982 年奇诺火山喷发；1991 年皮纳图博火山喷发，喷出了巨量的 1700 万吨二氧化硫气体，将 1992 年的全球气温降低了 0.5℃。

我们已经知道某种东西正在使这个星球变暖，但是并不是因为我们在火山神伏尔甘那里失宠而造成的。

## 地球越来越热

现在我们已经知道了关于气候变化我们能确定的东西。首先，我们并不处于冰期的短期威胁之下，除了某些无法预见的灾难比如超级火山喷发，大型小行星撞击地球之外。事实上，考虑到这些的时候，我们发现每一条都不是那么令人放心的，但是管它呢。其次，这个星球的平均地面温度确实升高了。

我们一开始就说道——就跟很多人说的一样——自从 1850 年开始温度已经上升了 0.75℃。我们知道，从那时开始我们逐渐从一个小冰期中开始恢复，可能变暖是因为太阳辐射增强的缘故，这样的话，就让我们集中分析最近 30 年大概 0.5℃ 的升温吧。在这一段时间内，太阳一直都在微微地变暗中，火山也有着冷却效果，而大量的二氧化碳被排放到大气中。那就是这个了，对吗？就是二氧化碳了！让我们开着电动汽车回家吧！我们还是不能那么确定。我们需要掌握地球那壮观莫测的天气系统。

## 发现喷射气流

在 1935 年 3 月 15 日这天，一位独眼的前江湖艺人威利·波斯特从加利福尼亚的伯班克起飞，想要前往俄亥俄州的克利夫兰。波斯特是环球飞行纪录的保持者，他在 1931 年用 8 天环游了世界，然后在 1933 年又将记录缩短了 6 个小时。这一次，波斯特的目标并不是速度。他的目标是高度。

他驾驶的飞机是单引擎洛克希德维加 5-C 型，它没有加压驾驶舱，所以波斯特给自己设计了一套外观独特的服装，外加一个只能描述为潜水头盔的头盔。与衣服相连的是一瓶液体氧气，它不仅可以使衣服保持充气状态，也能为波斯特提供可呼吸的气体。在 10.5 公里左右的高空，他发现了一些非常奇怪的事情。虽然他的飞机最高时速只有 170 迈，但是他的地面速度却是这个的两倍。他只用了 7 小时 19 分钟就到达了 3276 公里以外的克利夫兰，平均速度是 279 迈每小时。波斯特发现了喷射气流。

## 平流层航空飞行

你可能不像威利·波斯特一样是个飞行先驱，但是多亏了你过去乘坐的国际航班，你已经在不知情的情况下了解了大量关于大气层结构的知识。你知道，比如说，天气现象基本上限制在飞行过程中较低的部分，飞机在上升的时候会有点颠簸，而那些讨厌鬼们也不会把安全带灯关掉。科学家们将其称为对流层，名字来源于希腊语"混合"。客舱的温度取决于他们把空调开得多大，但是在飞机外面温度在下降：这就是为什么有些恐怖故事会说有些偷渡者在货舱中睡觉然后直接被冻死的原因。

然后当你还没缓过来的时候，你已经位于云朵之上，飞机开始平飞，一切都平静得奇怪。你到达了平流层，来源于希腊语"层次"，而从它的外观和感觉来说，它确实非常不同寻常。比如首先，它几乎没有风，而且云也很少，所以外面的阳光就好像是一个清澈灿烂的夏日一样，就算你刚刚穿越布鲁塞尔 3 月中旬灰暗的早晨的倾盆大雨也是如此。商业航空在加压客舱和强力喷气引擎出现以后真正开始腾飞，因为它们让平流层航行成了可能。除了太空很晴朗以外，你经常在对流层飞行时感受到的突然横移也消失了。在平流层中飞行让人感到安全和快乐，而对航空业来说这是件好事。

一旦飞机到达平流层，安全带指示灯就熄灭了；飞机极为平稳，地平线清晰可见，可以真正开始高速飞行了。如果你在长途航班上向东飞行，那么在此时飞行员很有可能正在操纵飞机进入喷射气流中。首先，他会打开安全带指示灯，因为很有可能当飞机穿过平流层下层的平静空气和喷射气流中高速的风的交界处时，飞机会有些颠簸。然后他掌控着飞机进入一条由快速流动的空气组成的几百公里宽、几公里深的"河流"之中，这样他就可以为让大家登上这个伟大的机器而耽误掉的45分钟找回一些补偿。

## 热平衡世界

喷射气流是大气层中最迷人的东西之一，而它们的存在为探索地球天气变化提供了重要的线索。每个半球都有两个喷射气流，一个是极地喷射气流，一个是亚热带喷射气流。就跟它们的名字一样，极地喷射气流环绕着极地，而亚热带气流环绕着水手所谓的亚热带无风带（马纬度）[12]，也就是赤道南北30°的地方。令人惊奇的是，就像天气所有的特性一样，它们形成的最核心的原因就是赤道比两极要热。没错，降雨、降雪、热带风暴这些，它们本质上都是披着花哨外衣的冷却过程。欢迎你来到热平衡的美妙世界！想要让我们的大脑理解什么叫热平衡的话，

---

八堂极简科学课

12 马纬度（Horse Latitude），也是门乐队（The Door）的一首著名歌曲的名字。航行船只经常在亚热带的热气中无法前进，此时船上的水手就会慢慢进入恍惚、麻木的状态。"马"也是海洛因的俗称。门乐队主唱吉姆（Jim Morrison）看到了它们之间的联系，于是与毒品结下了不解之缘。

那就让我们先暂时忘掉大气层，一起先去洗个澡吧。假设家里没有热水，我就只能在我新买的铸铁维多利亚卷盖式浴缸中放满冷水。悲剧的是，水温只比 0℃ 高了那么一点点，所以你义正词严地告诉我如果我认为你会跳进浴缸的话，我的脑子就已经烧坏了。所以我烧了一壶 100℃ 的开水，然后从浴缸的一端倒了进去。会发生什么事情呢？

答案当然就是你说热的那头是你的，冷的那头是我的，然后我们就一起进去了。慢慢地，在我鬼鬼祟祟搅动洗澡水的帮助下，浴缸里的水渐渐混合起来，很快整个浴缸里的水温变成了一样。然后慢慢地，洗澡水的温度会开始降低，直到它跟室温一样为止，这时你就会让我再去烧一壶水。

那么这里到底发生了什么事情呢？问题的答案跟一个被称为热力学第零定律（Zeroth law of thermodynamics）的东西有关，用通俗的话讲，这条定律说一切东西都趋向于温度相同。浴缸里一部分热水比较轻，所以会往上浮，而其他比较冷，就会往下沉，于是制造出一种称为对流的混合行为，而且其他被我的搅动和寒战所带动的水流和漩涡也会产生一些效果，整体效果就是所有的水温度都变成了一样。

洗澡水整体都比房间里的空气要热一些：部分热空气在热水表面形成，然后上升过程中由于接触到房间里的空气而冷却；浴缸也向房间里以电磁辐射的形式辐射热量，直到洗澡水和房间温度一致为止。

如果你认为我离题八千里，所有这些虽然有点意思但是基本毫无意义，那么就让我告诉你，其实大气层中类似的事情也正在发生。太阳加热赤道附近的陆地和海洋，但是在极地却没有这么明显，于是就导致了两者之间的温差，然后大气和海洋就会通过天气的方式消除这个温差。一会儿我会详细解释这里的工作原理，还有喷射气流和其他好玩的东西是怎么形成的，但是首先值得为洗澡水以及类比的气候的可预见性说上几句。

## 蝴蝶效应

假设我们可以把时间放慢去观察我们的洗澡水混合情况。因为我偷偷地搅动所引起的涡流是很难精确预测的，或者说在哪个精确时刻哪一部分的热水会因为对流而上升到表面是很难预测的。在一个比较长的时间段内，我们可以知道什么事情会发生：所有的洗澡水会达到相同的温度。[13] 但是在短时间段内，比如说你的脚趾的精确温度几乎是不可能被预测的。

跟浴缸里的情况相同，大气中也是如此。我们知道发生了什么：各种天气系统在试图平衡赤道和两极之间的温差。但是，预测短时间内会发生什么是非常困难的。疯狂搅动洗澡水有时候对你的脚趾头只产生极小的影响；但是有时候极细微的手部运动会制造出跟浴缸一样长的水波，导致水漫过浴缸顶部流到垫子上。它的经典名字当然就是"蝴蝶效应"，亦就是中国一只蝴蝶扇动翅膀可以引起美国南卡罗来纳洲的查尔斯顿的一场飓风。把一切都放入考量之中的话，现在我们可以对 5 天内做出比较有可信度的天气预报实际上是一个非常杰出的成就。

## 鸟瞰地球天气系统

让我们从太空中快速观察一下地球的天气系统，以便我们能了解它是怎样工作的。我们看到的第一个东西就是围绕着赤道的一圈云，以及在两极的晴朗天空。在亚热带无风带有着另外一圈晴朗天空：这个，你还记得，就是亚热带喷射气流的位置。现在让我们集中看北半

13 比如热水跟冷水比例是 1∶9。因为冷水温度是 273K，而热水是 373K，所以最终温度是 283K，或者说 10℃，不算因为辐射而损失的热量的话。

球；在北亚热带无风带以北有着一系列混乱无序的天气系统，而所有这些都在遇到两极喷射气流以后完全消失了。往南半球看，我们看到的跟北边是一样的：在南无风带以南有着各种天气系统，然后到达南极喷射气流时一切就全部被抹去了。

很容易就能看出里边的情况：太阳加热赤道附近的陆地和海洋，温暖潮湿低压的空气上升，形成了赤道云带。在两极，干冷空气下沉，形成了一个降水量很少的高压区。而在中部纬度地区，当热空气与冷空气交汇时，什么都有可能发生。我们现在知道，喷射气流本身是由低压的温暖热带空气与高压的寒冷寒带空气相遇造成的，而它们吹自西方的原因是地球的自转。[14]

## 地球上的大气循环

目前为止我们只讨论了大气，这很正常，因为不管怎么样我们居住在地球表面，呼吸着空气，担心着是不是突然来一场雨会让我们头发卷起来。但是说到把太阳的能量分配到整个星球，对流层只是故事的一半而已。

自从北欧人在第一个千年末穿过挪威海，航向新近融化的格陵兰岛时，水手们就注意到海洋中有着寒流和暖流，它们可以为他们的船

---

14 吹自西方的意思是"从西方来"；换句话说，喷射气流是往东方去的。如果我们给地球的天气系统加速，让我们能在几秒钟之内看到一年中的气候变化模式的话，那中间纬度的天气系统的多样性就会让其变成模糊一片，而全球平均气温这个概念就会马上变得有意义了。但是将一切都减速到日常生活中可见的天气系统变化速度，做出平均气温的预测就会难很多。在一个12月的伦敦雪天，15℃的平均温度相当难以达到。而这儿当然就蕴含着天气和气候之间的区别：天气是窗外正在发生的现象，而气候是它的长期平均现象。

八堂极简科学课

加速，这跟现代飞行员利用喷射气流是一个道理。地球上的三大海洋，太平洋、大西洋和印度洋，都从赤道往极地输送着暖流，而回流的寒流从两极流向赤道，两者持续不断地进行着交换，想要让两个地点达到同样的温度。

印度洋基本上以南半球为中心，所以它的大部分洋流在赤道和南极之间流动。大西洋在赤道附近有一个类似瓶颈的地方，也就是南美洲的右边顶向非洲的左边那里，这个有点限制住了它的形式，但是它仍然连接了两极，提供了相当程度的对流。但是说到转移温水和凉水，改变表面温度，只有一个海洋是真正的统治者——有着宽广蓝色水域的太平洋。

## 厄尼尔诺现象

我一直说得好像大气和海洋是两个独立的个体，但是其实它们之间的联系是非常紧密的，而这样的联系最明显的现象除了太平洋的厄尔尼诺现象以外，再也找不出第二个来了。南美的西海岸是著名的洪保德寒流的老家，这是一股寒冷、富含营养的上升流，招待着世界上最大的海洋生态系统，世界上 20% 的鱼都是在这里被捕获的。但是每 5 年左右，洪保德寒流都会被东太平洋的一股暖流所打乱，给捕鱼业带来毁灭性的后果，也会影响到整个地球的天气。这种现象就叫作厄尔尼诺现象。[15]

这些暖流会给通常很干燥的东太平洋地区带来大量降水，给西太

---

八堂极简科学课

15 这个名字是西班牙语孩子的意思，指的是圣婴，因为智利和秘鲁附近的暖流经常在圣诞节前后被首先注意到。

平洋地区带来干旱，然后一般还会造成全球性气温升高：1998 年的强厄尔尼诺现象，比如说，使当年成为有记录以来第三温暖的年份，位于 2010 年（第一位）和 2005 年（第二位）之后。同样地，这个周期的反过程——拉尼娜就会导致西太平洋升温，给东澳大利亚带来大量降水，给南美西海岸带来干旱，以及造成全球性的降温。

那么，厄尔尼诺现象是不是可以解释我们最近 30 年所见的变暖效应呢？答案可能是不可以。[16] 厄尔尼诺是一种内部效应，是一种有上必有下的循环效果。在一段时间内，厄尔尼诺的次数跟拉尼娜的次数是一样多的，两种效果相互抵消。全球气温升高意味着系统中的能量升高，也就是说我们剩下的唯一候选者是——你猜到了吧——二氧化碳。

## 给你介绍一个气候模型

所以说二氧化碳很有可能导致了过去 30 年的 0.5℃升温。而看到我们现在仍然在放纵着自己来燃烧化石燃料，这对未来来说又意味着什么呢？多亏了计算能力极为夸张的进步以及从卫星和观测站获得的越来越精确的真实气候信息，我们已经可以完成一件非常不可思议的事情了：我们可以建造一个模拟地球模型来获取数据。

首先，电脑模型并没有什么特别的。它是把我们对地球气候所有的知识都归总起来，然后使用这个知识去预测未来的发展情况。比如

---

16 并不确定，因为有证据证明厄尔尼诺 / 拉尼娜循环有年代际变化。换句话说，有的 10 年，厄尔尼诺很多，有的却有很多拉尼娜现象。如果是这样的话，那就有可能我们连续经历了 3 个"厄尔尼诺十年"了。长期来看，当我们有了很多个 10 年的样本以后，拉尼娜阶段当然就会出现，一切又将回归平衡。

八堂极简科学课

说英国气象局就有一个统一气候模型，用它来预报英国天气。当他们为拉特兰郡提供 5 天天气预报时，他们当然不会用到所有的功能，但是当他们在模型上模拟未来数十年的气候情况时，他们就会让这个模型火力全开。

我们对大气和海洋中各种过程的理解并不完整，所以这些模型也不完整。我们对大部分的事情都有相当的了解：我们可以用数学来描述大气和海洋的运动，以及它们是如何相互交互的，但是对世界上的其他元素则没有这么简单。我相信有一天，我们会用一个公式来描述一棵树对大气的影响，但是现在我们只能测量一个森林对大气的影响，然后尽我们一切可能去猜测在模型中应该如何表示。其他你可能认为很简单的东西却如魔鬼般复杂：比如说，云。首先云的种类可能有千万种，而且它们在大气层中所处的位置也会决定它们会有降温的效果还是升温的效果。[17]

模型的另外一个限制自然就是我们是无法对它做出的长期气候预测进行测试的，当然除了等着看它们是不是正确的以外，但是这就有点违背了预测的初衷了。我们知道它们中的大部分都可以很好地模拟全球平均气温变化，但是它们本应如此，因为它们本来就是用这些信息来进行校准的。我们可以通过历史气候预测来对它们进行强度更大的测试，但是我们对过去的气候状态所知不多，所以还是不能确定它们到底有多准确。不管如何，我认为以下的信息你还是很应该知道的：通过政府间气候变化专门委员会最新报告训练的 20 个顶级气候模型都给出了到 2100 年平均全球气温会有 1.8℃ 到 4.0℃ 的升高，幅

八堂极简科学课

17 层积云——你见到的在对流层低层形成的白色松软的那些——提供了降温效果，白天反射阳光，晚上吸收辐射热量。经典的对流层顶层的云，也就是稀疏的白色卷云，反射的光要比吸收的少，因此有升温的效果。

度取决于我们控制碳排放的力度大小。4.0℃这个数字，这个上限，是很大的一个数字。几个世纪以后，温度就足够高到让格陵兰岛的冰盖全部融化，让海平面上升 6 米，而且这没有算南极洲冰盖的任何融化。

## 别怕，应对气候变化是我们的专长

答案当然是肯定的，或早或晚的事：不管我们现在出不出车祸，当我们几万年后又遇到冰期时，这条人类文明的高速公路就会变成一条狭窄的自行车道；而大约 10 亿年以后太阳变成红巨星，海洋被蒸发，整个星球回到创世之初的样子后，这条路就会直接掉下悬崖。在路上，在几乎任何时刻，我们这个物种可能因为超级火山喷发使全球急剧降温，或者一块巨大的太空石头冲撞到我们头上，扰乱地球磁场使我们暴露于太阳风之中而华丽丽地挂掉。

但是为了回答我们是否可以在与全球变暖的斗争中获胜，并且为我们和所有我们的后代子孙创造太阳系中最适应生存的环境，我的答案一定是"我们可以"。就像我们在本章中看到的，我们最好的理论是从化石燃料中释放出来的二氧化碳使整个星球变暖，而且如果它们按当前的速度继续上升的话，它们就有能力明显改变气候。很清楚地，我们需要继续测量和讨论，也需要继续努力理解驱动气候的各种因素。但是我们面对的不是末日：至少，我们还有能力做点什么。

我们应该总是对科学抱有怀疑态度。但是对我而言，怀疑态度意味着在证据面前保持开放和谦虚的心态。我们曾经有过中世纪温暖时期；通过比较现在和小冰期结束时期的温度得到的结论让现在的变暖情况变得过于夸张；而且二氧化碳是一个充满保护机制和阈值的复杂系统中的一个角色，不太可能是全球气候的控制中心。另外来说，如果不是二氧化碳导致了全球变暖的话，那什么导致了变暖呢？二氧化碳可能不是唯一的因素，但是它绝对不是无辜的路人。

我们必须着手去解决它。不需要束手无策，也无须消极待命。气候正在变化中，那是因为它永远都在变化。我们这个物种就是这种变化的产物，我们很好地适应了上一次冰期的极端低温并且存活了下来，而在更新世的温暖世界中我们的文明昌盛无比。我们有着许多新兴的科学技术，比如核融合，通过控制为太阳提供能量的过程，它可以为我们提供几乎无尽的无碳能源；还有碳捕捉，它可以让我们继续燃烧化石燃料而不将二氧化碳排放到空气中。而且，作为一个内心积极的人，我不能不想到当我们对气候科学的理解继续飞速成长的时候，更多同样充满智慧的解决方案会涌现出来。我们，说到底，属于智人。气候变化是我们最擅长的东西。

# 第八课  探索外星文明

## 外星人在太空等你

在我5岁时，如果你问我长大以后想干什么，我会马上告诉你"宇航员"。但是请注意，我现在48岁，如果你在这时问我同样的问题，我仍会给你同样的答案。我现在已经能接受我可能永远也登不了月球这个事实了，虽然宇航员艾伦·谢波德[1]在47岁指挥了阿波罗14号登陆月球，并且还在月面打了高尔夫球；这个事实仍然让我留有些许希望。当然，他就是第一个被送入太空的美国人，也是NASA的首席宇航员，而我的经历却大多是电视情景喜剧……但是热情总应该算点数的，对吧？

不管最新一轮NASA宇航员招募中能不能轮上我，登月在我心中的位置一直都非比寻常。作为1966年出生的孩子，我当时太小，无法观看尼尔·阿姆斯特朗和巴兹·奥尔德林第一次在月球漫步；但是第二年我观看了大卫·斯科特和詹姆斯·艾尔文阿波罗15号登月的直播，当时他们在月面上蹦蹦跳跳，好像我最喜欢的电视节目《香蕉船》里的那只虫子。对我和我那一代的孩子来说，登月是我们想要学习科学的理由。大型强子对撞机以其规模和野心让你屏住呼吸，而牛

---

1 谢波德（Alan Shepard, 1923-1998）创作了太空计划中最好的笑话之一。他在谈到参与水星任务时说："他们本来打算送条狗上去的，但是后来他们认为这样就太残忍了。"

津的 JET（欧洲联合环形加速器）聚变实验室控制室，看起来像是 22 世纪的太空船的桥梁，[2] 但是即使是这两项伟大的成就也无法与阿波罗计划的辛勤劳动、胆量和智慧相提并论。

　　但你可能不会相信，很多受过高等教育的人都认为登月计划都是假的。至少，这是我通过坐在我晚餐桌子旁边的人的言行中推断出来的。根据我的判断，他们的主要论点是说：火箭和太空服都只是个幌子，而阿姆斯特朗和奥尔德林从登月舱出来的影片是从在摄影棚里拍摄的，向全世界直播只是为了让苏联人相信登月竞赛已经结束了。

　　虽然这让我有点失落，但是我还是想花点时间把那些通常被用来证明 NASA 伪造了登月的证据讨论一下，希望能说服你，NASA 并没有做这样的事情。事实上，我希望能给你更多的东西：希望能重新点燃你的惊奇感，让你能认识到这在人类离开地球、殖民其他星球的任务之路上，是何等重要的第一步，而且我们已经踏出这一步了。

　　现在，对阿波罗计划的理解越发显得重要了，因为这一个十年我们会看到太空旅行会发展的飞快。[3] 事实上，如果理查德·布兰森

---

八堂极简科学课

2 当制作 BBC 地平线节目一度时，我很有幸去参观了 JET 实验室，而它是我所经历过最有未来感的东西。JET 将氢聚变成氦，并释放出能量，就像太阳一样。核聚变跟核裂变相比，两大好处是首先你拿来当原料的东西到处都是——是氢，而不是铀，其次废料只在几百年内保持放射性，而不是几千年。基本上，如果人类想要继续繁荣下去，除了核聚变以外，很难想象还有什么东西可以一直为我们的灯泡提供能量。目前为止 JET 通过核聚变消耗的能量比输出的能量要多，但是它的下一代，ITER（国际热核实验反应堆）被设计成输出的能量要比输入的多。但是别太激动，到 2033 年它才会面世。

3 中国打算于 2020 年前登月；俄罗斯在进行载人火星计划，而且已经完成了对模拟火星任务中的宇航员的心理测试 Mars500。另外 NASA 遵循着巴拉克·奥巴马新提出来的目标，想要在 2025 年之前把宇航员送上小行星。我的日记中的下一个大日子是 2014 年，到时欧洲太空总署的罗塞塔探测器会登陆丘留莫夫 - 格拉西缅科彗星。

（Richard Branson）的计划成功的话，维珍航天公司会很快把几百名付费游客送上离地面 100 公里高的高空，在外太空的边缘把酒言欢。

《八堂极简科学课》讲的都是我最喜欢的科学知识，但是如果我只能写一课的话，这一课是我一定会写的。因为科学向来就是这样：真相远比任何阴谋家所捏造的故事更为怪异。

我们确实登上了月球，而且我们是用 17 世纪就提出来的运动和万有引力的原理做到的。虽然很怪异，但是有些科学家真的认为其他星球上有智慧生物；事实上，自从 19 世纪晚期无线电被发明以来，科学家就一直在试图跟这些生物进行接触。我们会在所谓"德雷克公式"中代入一些数值，计算出全宇宙可能孕育出多少个可探测的生命，并且可以思考我们在有生之年与一个外星文明进行接触的可能性有多大。我们马上就要看到，我们的未来确实是在其他星球上。

## 送你上太空

那么，我们的登月之旅是从何开始的呢？一种观点是从怀特兄弟时代开始的，他们是俄亥俄州达顿的自行车制造商，并且于 1903 年在怀特飞行器中进行了第一次有动力的飞行。而尼尔·阿姆斯特朗自认为是一个航空先驱而不是宇航员。他甚至把怀特飞行器的木制推进器的一小片带上了"阿波罗 11 号"，送到了月面。其他人会以更早的乔治·凯利爵士为开始，他于 1849 年发明了滑翔机，也是现代航空航海术的创始人。[4] 更有诗意的人可能会将其归结于那种主张人的自

---

4 凯利（George Cayley）认为作用于飞行器上的主要的力为升力、推力、拉力和引力。拉力作用于飞行方向相反的方向；升力垂直于飞行方向；推力作用于引擎前进的方向；引力则作用于竖直向下。对于一个想要降落在月亮上的飞船来说，月亮上没有拉力和升力，只有推力和引力。

八堂极简科学课

由天性，正是这种天性在 7 万多年前让智人走出了非洲。但是对我来说，太空旅行是从一个人开始的：伟大的艾萨克·牛顿爵士。

## 站在巨人的肩膀上

这个世界充满了各种各样运动的物体。树叶在微风中摇动，云朵在天空中快速飘过，汽车在繁忙的马路上奔驰着，载着那些永不停歇的人们在一个永远自转的星球上，按一条无穷无尽的轨道绕着一个往四面八方放射炫目光芒的白热核熔炉不停旋转着。我们每天结束时腰酸背痛，揉搓着僵硬的脚趾和酸痛的四肢，直立于一个强大的引力场中会感到筋疲力尽。但是多亏了一位科学界的真正天才，我们还可以理解所有这些日常发生的碰撞、环绕和动作。

艾萨克·牛顿确实是一位杰出的人。他生于 1642 年圣诞节当日，当时英国陷入了清教徒狂热中，并且被议会党人和保皇党人相互征伐弄得民生凋敝；这位从林肯郡的文盲农家走出来的文法学校小学生一直晋升到了剑桥三一学院的卢卡斯数学教授席位[5]，而且他也是皇家学会主席、议会议员、皇家铸币局局长，被埋葬在威斯敏斯特教堂。他性格偏执，有神秘感，待人冷淡且暴躁易怒，诗人亚历山大·蒲柏（Alexsander Pope）写给他的墓志铭总结他一生的成就：

自然和自然的法则隐藏在黑暗里。

上帝说，让牛顿出现吧！于是光来到世间。

---

5 如果这个职位看起来很眼熟的话，那是因为史蒂芬·霍金从 1979 年到 2009 年一直享有这个著名头衔。

牛顿的成就跟另外一个科学天才阿尔伯特·爱因斯坦相比，绝不差，甚至超越了他。然而，爱因斯坦看起来很和蔼，有着菩萨般的平静以及孩子般的自信。牛顿的天分则是以另一种完全不同的方式呈现出来的。他是一个孤独者，父亲在他出生后不久就死去了，三岁时母亲抛弃了他再婚了，所以牛顿内心充满了不安全感，无法面对批评，所以他的作品出版得很少。之所以这样，部分由于他扭曲的性格；部分由于他想要隐藏他非正统的基督教信仰；[6] 还有就是他处于炼金术师和魔法师的传统下，而不是现代科学家的友善环境中。事实上，你可能很难按现代的定义把牛顿定义为一个有牛顿精神的人，也就是一个会相信宇宙本身就像钟摆运行的人；其实，他认为他发现的自然定律是上帝创造的，是上帝设计的有力证据。

在他那些研究炼金术和试图从圣经中寻找隐秘信息和预言的日日夜夜中，牛顿发展出了光学理论和几何光学，还创造了数学中最重要的工具之一——微积分。他的运动和引力的理论正是为最近三个世纪中几乎所有科学和工程的进步奠定了基础。

今天，这些定律对我们来说已经成了简单的常识。有了简单的运动定律和引力理论，牛顿将一个繁杂的混沌系统变成了一个我们可以理解、可以用数学描述、最后可以真正去操控的宇宙。

---

6 这听起来像是很糟糕的丹·布朗小说，但是牛顿通常被认为是信仰着异教阿里乌教派（Arian sect）的。这个教派是在 325 年第一次尼西亚公会议上从正统基督教会分裂出来的。他们拒绝接受三位一体的想法，认为基督是凡人。就我所知，没有直接证据证明牛顿与这个教派有关联，虽然我们从牛顿的笔记中可以确定他是一位反三位一体者。随便说一下，也有人说牛顿也有可能是共济会会员、蔷薇十字会会员、郇山隐修会创始人之一，以及魔术圈的资深成员。好吧，最后一个是我编的。

八堂极简科学课

## 运动并不需要受力

牛顿三大运动定律的第一条是如此直接，以致写下来都似乎是浪费墨水，但是至少对我来说它是最微妙、最深远且最美丽的英语美文之一。你对它推敲得越多，就越觉得有内涵。牛顿在著作《自然哲学之数学原理》（简称为《原理》）中这样写道："一切物体在没有受到力的作用时，总保持匀速直线运动状态或静止状态，除非作用在它上面的力迫使它改变这种运动状态。"

让我们先想一想。乍一看说的只是你需要去推一个东西，才能改变它的运动状态，我们都认可这说得没错。但是实际上它的内涵比这更丰富。牛顿说匀速直线运动是不需要力的。但是，你没去推一样东西，它怎么可能会运动呢？这简直是荒唐的话，不是吗？

亚里士多德就是这么认为的。他认为一个物体做匀速直线运动是需要有一个推力的，原因是很简单的。在地球上，我们已经习惯于克服摩擦力和空气阻力，就好像让一个东西保持运动状态是需要不停地对它施以一种力，其实不然——如果没有力来阻止它移动的话，是不需要力的干预的。以打高尔夫球为例。有两个因素限制了你击球的距离。首先，球在被地心引力拉回地面之前，只有有限的飞行时间；其次，一旦它离开球杆以后，空气阻力就会开始阻止它继续运动。第三点，以我的经验来看，挥杆击中一个高尔夫球是几乎不可能的事情，但是我们暂且不谈这点。

但是，在月球上打上几杆，你就会开始喜欢牛顿第一定律了。艾伦·谢波德打空了他的第一杆，但是第二杆他打了近 1.6 公里远。由于没有空气阻力，这个球的水平速度维持着它离开谢波德球杆时的速度——跟牛顿预测的一样。限制了击球远近的唯一因素就是月球的引力。

现在再考虑一下，如果把一个东西系在绳上，绕着你的头甩动会怎么样？或许跟我8岁大的儿子一样，你会把两只手套系在一个橡皮筋的两头，然后假装一个手套就是直升机的螺旋桨。这个惊讶而又反直觉的事实就是直接从牛顿第一定律来的。想要让手套匀速转圈，你只需要把手套拉向你就行了。毕竟，按牛顿第一定律所言，手套在任意时刻都要保持直线运动；事实上，如果橡皮筋断了的话，它就会朝你旋转的圆圈切线方向飞出去。[7]

这对轨道而言意义重大。轨道就是一个物体围绕着另一个物体旋转——比如说月亮绕地球转——但是你知道，月亮并不是靠橡皮筋与地球相连，而是另一种力量拉着月球绕地球转动。牛顿在这里有个令人屏息的思想跳跃，他意识到，让行星按各自轨道运行的力，跟苹果从树上掉下来的力是同一个力。在这充满诗意的美妙时刻，他给这个力起了一个精彩绝伦的名字：引力。[8]

## 加速则需要力

我们过一会儿再来好好讨论引力。让我们还是回到牛顿运动定律

---

7 好吧，实际上，想要让手套绕圈运动，你确实需要提供一个很小的作用力来克服空气阻力。你用手也是不停地绕着小圈，而不是静止不动。当然，你需要提供一个较大的切线方向的力来让这个东西先转动起来。但是最重要的一点是：一旦手套开始旋转，如果没有摩擦力的话，则圆周运动只需要一个沿半径方向的力来维持。

8 引力（重力）的英文"gravity"其实是翻译来的。牛顿用拉丁文写作，所以他将其称为"gravitas"。顺便说一句，纯粹为了娱乐，我使用的翻译是我能找到的最接近于牛顿那个时代的英语翻译。它们是由一个叫本杰明·莫特的人在1729年写的，这时牛顿已经逝世两年了，而离原书1687年第一次出版也已经有40年左右了。当然，现代物理学家会用现代英语来叙述这些定律，而且他们也已经不戴假发了。

八堂极简科学课

上来，因为它们所带来的成果就是宇宙飞船的出现。这位伟人的第二运动定律是这样写的："物体加速度的大小跟作用力成正比，跟物体的质量成反比，加速度的方向跟作用力的方向相同。"

很不错，我知道，但是它是什么意思呢？牛顿说的是运动——就跟第一定律说的一样——不需要力的作用，但是运动的改变需要力的作用。运动状态的改变，当然就是所谓的加速度。当我踩下我那辆破旧的福特起亚的油门时，车的后轮会更有力地推柏油路面，然后车子就会行进得更快。如果后轮对地面的力加倍的话，那辆车的加速度就会同样加倍——如果车体能撑住的话。

如果我们用数学来表达这条定律，我们就得到了所有科学中最有用的公式：

$$F=ma$$

$F$ 是净力，以"牛顿"为单位，$m$ 是物体的质量，以"千克"为单位，而 $a$ 是物体的加速度，单位为 $m/s^2$。我知道这听起来很像数学，但是先不用担心，因为我要说的重点只是：牛顿定义了质量这个简单的事实。在牛顿的模型中，质量是一个常量：所有物体都具有抗拒改变其现有运动状态的不变属性。质量越大，加速就越困难，用肩扛着人跑的朋友都懂这个道理。对于我们这个年代的人来说，小时候很难想象有人可以这么厉害；这决定了人类看待世界的基本概念，竟然是来自某一个人的想法，真是让人无比震惊。

有意思的是，其实牛顿是错的，虽然他对日常生活中质量与速度的看法有误，但错误程度很微小，以至于一直没人注意到这个错误，直到 20 世纪爱因斯坦才发现了它。就像爱因斯坦所证明的那样，事实上一个物体的质量并不是不变的。根据公式：

$$m=m_0\frac{1}{\sqrt{1-\left(\frac{v}{c}\right)^2}}$$

质量取决于它的移动速度。低速运动中，物体的速度 v 远小于光速 c，那么物体的质量 m 基本上与它的静止质量 $m_0$ 一致。当它的速度接近光速时，它的质量就会接近无限大。这对于我们能否接触外星人意义重大，因为它表示着没有物体可以快得过光。

## 力，总是成对出现的

所以说，牛顿第一定律告诉我们，物体，如果不去管它的话，会保持静止或匀速直线运动状态。第二定律告诉我们想要物体加速，我们就需要推力。第三定律告诉我们推物体的时候，我们也一定会被物体推，或者就像牛顿说的那样："两个物体作用在彼此身上的力，总是大小相等、方向相反。力不能离开物体单独存在。"

换句话说，单独一个力是不存在的，当物体之间相互作用时，力才会出现。走路撞到路灯杆时，你会感到脸部一阵剧痛，而路灯柱子也受到了同样的冲击。我们马上要看到，这条定律是目前载人航天成为可能的关键。但是从地球飞到月球，我们当然需要理解引力。再次提醒你，我们使用的理论仍然是艾萨克·牛顿于17世纪历史的迷雾中构想出来的。

## 物体之间相互吸引

"……任何物体之间都有相互吸引力，这个力的大小与各个物体的质量成正比……引力与离行星中央的距离的平方成反比。"

这是牛顿在《原理》中的一种说法，而且我们值得花一点时间消化一下他的意思。实际上，如果用数学来表达这个定律的话，理解它的内涵可能更加简单：$F=\dfrac{GMm}{d^2}$。[9]

在这个公式中，$F$ 是两个物体 $M$ 和 $m$ 之间的力，它们之间存在一个距离 $d$。先不用担心 $G$，这只是一个常数而已。[10] 这儿你应该掌握的重点是两个物体之间的吸引力跟它们的质量成正比，而跟它们之间的距离成反比。

有了这个引力定律，牛顿就可以证明一些小的物体，比如一个行星，绕一个大些的物体，比如太阳，其旋转的轨道是一个椭圆。不仅如此，你知道一个星球移动的速度和方向，以及它离太阳的距离，就可以精确计算出它的轨道形状，精确预测它在任意时间的位置，以及它进入这个位置的速度和方向。你可能猜到了，当我们要向月球发射飞船时，这些都派上了大用场。

## 科学真的没那么高精尖

不好意思让你失望了，然而火箭能飞上天，其原理真的很简单。首先是载重，就是你想要弄上太空的东西，比如宇航员、各种昆虫和国旗，然后就是带它们上去的引擎。一个火箭引擎基本上就是由一个腔室和一个喷嘴组成的。燃料在燃烧室中被点燃，然后从喷嘴里喷出

---

八堂极简科学课

9 如果你有段时间没跟代数调过情，就让我帮你回忆一下吧：$GMm$ 的意思是 $G$ 乘以 $M$ 乘以 $m$。这个公式说的是引力 $F$ 等于一个常量 $G$ 乘以第一个物体的质量 $M$，再乘以第二个物体的质量 $m$，再除以两个物体之间距离的平方。"乘号去哪儿了？"你可能会问。答案是因为它们看起来跟另外一个代数中经常出现的字母 x 很像，所以我们不经常使用乘号。

10 $G$ 实际上是一个很小的数字：$6.67 \times 10^{-11} \mathrm{m^3 kg^{-1} s^{-2}}$（大约是 $1 \mathrm{m^3 kg^{-1} s^{-2}}$ 的百亿分之一），因为引力是一种非常弱的力。想要制造跟地球表面引力场一样大的引力场的话，你需要大量的物质。

炙热气体。我们从牛顿第三定律知道，如果引擎给一堆热气施加力的话，这堆热气也会给引擎施加一个力。从牛顿第二定律我们知道，当热气提供的力大于火箭的重量的时候，它就会开始加速然后从发射台上升起。当它进入轨道以后，我们从牛顿的引力定律知道它不需要额外的力就能保持住高度，并以一个椭圆形的轨道路径运转。从牛顿第一定律，我们知道，如果没有任何引力场的话，任何逃离地球引力场的飞船就会地以匀速飞入太空。

还有什么需要知道的？嗯，燃料可以是固体，比如高氯酸铵复合推进剂（APCP）被用来装在两个巨大的火箭推进器里为航天飞机提供动力；或者是液体，比如与液氧混合的煤油。使用液体推进剂的推进器一般更安全，因为要是出事的话它们可以被关闭，而一旦你点燃了固体燃料，就没有回头路了。[11]

另外一个应该注意的是：火箭引擎跟喷气式引擎不同，喷气式引擎吸入的空气中就有很多氧气来辅助燃料燃烧，但是火箭引擎必须自带氧气。如果是固体燃料的话，氧气是通过一个固体化学物质提供的，比如 APCP 里的高氯酸铵，或者火药里面的硝酸钾。如果是液体燃料的话，一个燃料舱里装的是燃料，另一个装的是液氧，而一个抽运系统将它们抽入燃烧室然后点燃它们。不管何种方式，火箭都可以在离开大气以后继续燃烧燃料。[12]

然后你还得了解火箭的轨道。人们经常犯的第一个错误就是认为

---

11 一个火箭炮就是一个微型的火箭引擎，装着固体燃料火药，而我们都知道当你点燃引线的时候你就知道它到底能不能冲天了。如果有一堆人在围观的话，一般来说它是不会冲天的。

12 在阿波罗计划中，土星 5 号火箭的最后两节燃烧的是液氢和液氧，这个燃烧过程甚至为宇航员提供了可饮用的水。另外一个我永远到不了月球的原因就是：我忍不了带气泡的水。

八堂极简科学课

从地球到月球你必须一直烧着燃料才行，但是当然不必这样。你其实像是搭着地球引力场的顺风车去到那里，大部分燃料都是在把你弄到近地轨道（LEO）上的时候用掉的。到那里以后，你检查一遍系统，然后等待机会前往月球的引力场。稍稍燃烧一些燃料就能让你进入一个特别大的椭圆轨道，地球在一端，月球在另一端；在阿波罗计划中，这个过程被称为月球转移轨道射入（Trans-Lunar Injection）。当你到达月球的时候，你再次点火使自己减速，进入一个圆形的停泊轨道，让你能往月面派出小型的飞行器并且回收它们。

然后大家都回来了以后，再次点火就能把你带到另一个椭圆轨道上让你直达地球大气层的边缘；选择一个非常小的进入角，你就不会在大气层处再次弹回太空中。然后你就会掉入海里。[13]

一切就结束了。你已经知道了阿波罗计划中所有必须知道的科学知识了。有一些细节我并没有提：比如说，地球和月球都不是完美的球体，而且太阳也会对你产生引力，所以你在计算中需要修正一些地方以让一切都整齐一致。

但是不管怎样，牛顿的三大运动定律和引力定律就是我们用以计算所有重要事情的工具：发射时所需要的力，所需要的燃料数量，发射火箭的地点，在月球上着陆的准确地点，还有重新回到地球大气层后太空舱的着陆点。[14]

好了，你已经取得了一定的成果了，现在可以让你见见人类建造

---

八堂极简科学课

13 除了这些换轨时需要做出的点火以外，我还应该提一下还有一些小型的点火是为了处理一些家居日常工作的，比如火箭分节，在新一阶段的点燃开始前把燃料导入舱中，还有就是确认这个鬼东西在天体之间运动时方向是正确的。

14 顺便提一句，登陆小行星的挑战之一就是它并没有一个正常意义的引力场可利用，这正是 NASA 计划激动人心的原因。

出来的最伟大的火箭：土星 5 号了。

## 火箭侠

若选择经常往返月球的交通工具，在条件相似的情况下，火箭可能并不会成为你的首选。有更可持续性的方案，比如近地轨道上停泊的一个大型空间站，然后用它来作为其他飞行器的发射基地。60 年代当登月竞赛白热化的时候，我们当然是没有任何大型空间站的，也没有任何建造它们的技术。那时有的就是火箭。

或者更准确地说，我们有的只是导弹。不管怎么包装，苏联和美国的太空计划基本上就是以二战时纳粹制造的令人印象深刻的 V2 火箭为基础，建造了几种弹道导弹，然后在导弹弹头里面放了几个人，而不是炸弹。1945 年春天，德国沦陷让美国和苏联陷入了争夺 V2 的斗争中；苏联人拿到了这些火箭，但是美国得到了 V2 的设计者——沃纳·冯·布劳恩（Wernher von Braun，1912–1977）。

幸好苏联人有着自己的总设计师谢尔盖·科罗廖夫（Sergei Korolev，1907–1966），利用从获取的 V2 火箭得到的知识，他成功地建造了第一个多级火箭 R-7，用它他在 1957 年 10 月 4 日把"斯普特尼克号"送入太空，打响了太空竞赛第一枪。R-7 有两级，燃烧的都是煤油和液氧：多级设计是火箭设计中的一项重要创新，一部分因为，它意味着你可以丢弃一些无用的重量；另一部分因为，最后几级的燃料抽取系统中可以设计成专门在真空状态下运作，而不是在大气压下。

美国人对"斯普特尼克号"所作出的回应是，设立了美国航空航天局——NASA，然后任命冯·布劳恩负责设计一个可以与 R-7 相媲美的火箭。他设计出来的火箭系列被称为"土星"；将我们带到月球的叫作"土星 5 号"。这些都是多么伟大的火箭啊。

我并不是一个喜欢谈论规格和数字的人，但是"土星5号"确实值得仔细说说。这个高性能火箭在发射台上的重量是3000吨，其中大部分都是燃料的重量。这个三级火箭中，第一级是由多达5个巨大的燃烧煤油和液氧的F-1引擎所组成的，当它跟主体在2分钟后分离时，火箭离地面的高度已经有64公里了。第二级装备有5具J-2引擎，以液氢和液氧为燃料燃烧大约6分钟，将火箭带入离地面193公里的高空。第三级只有1个J-2引擎，以液态氢和液态氧为燃料燃烧大约2分钟，将土星5号带入一个圆形的近地轨道，然后引擎关闭，所有人都松了一口气，最后再次点火，大约5分钟将整个火箭送入前往月球的轨道。

那苏联人呢？不幸的是，科罗廖夫的"土星5号"竞争者——"N-1火箭"，一直都没有通过测试。1966年他的去世是造成这个悲剧的因素之一，他所设计的火箭的复杂程度也是另外的因素之一，"N-1"只比"土星5号"矮几米，它也是由三级组成，可是在第一级就已经装有不下30个引擎。4次试射都以失败告终，当美国人从1969年7月开始进行了多次登陆以后，苏联人基本上退出了太空竞赛。

## 登月的证明

好吧，让我们直面这个现实吧！美国人登上了月球。登月所带来的荣耀是众多太空人员努力的结果。这要从"水星计划"谈起，当时他们能将宇航员送入近地轨道，随后的双子座计划大大巩固了外太空交汇对接等任务和技术，它不仅巩固了"水星计划"的成果，更使"阿波罗登月计划"成为更重要的聚焦核心，首先"阿波罗8号"利用月球引力掠过了月球后返回；然后"阿波罗11号"载人飞船才在1969年7月在月面上着陆。在6次登月任务里，美国人将电视信号发射回了地球，拍了照片，收集了岩石，甚至安装了反射器，甚至我们今天都还发射激光到这些反射器上以测量它们离地球的距离。

而作为制造火箭的基本技术，我们已经知道它们随着冯·布劳恩的 V2 火箭而诞生，从二战开始就一直存在了。我们当然也有一些工程方面的挑战：把 V2 火箭按比例放大到"土星 5 号"的大小并不简单，而指令舱和登月舱以及导航系统的设计也非常不易。但是美国能取得这样的成就其实并没有什么神秘之处，苏联的失败原因也并不复杂：事实很简单，美国人制造出了一个很大很大的合格火箭，而苏联没有。

但是仍然有传言说人类并没有登月。为什么？一大理由就是在"阿波罗 17 号"以后我们就再也没去过了。经过一段时间以后，整个事情就变得有点站不住脚，有点假。另外就是紧随着登月而来的水门事件丑闻，正牵涉到了在各种热烈游行中与宇航员们握手的那位总统，这对公众对美国政府和其组织机构（比如 NASA）的信心并没有任何促进。另外就是 CGI 技术的出现。作为 1969 年的电视观众，眼见就为实了，但是今天的观众则更熟悉：图像只是一组组可以随意进行操纵的数字。

然后，科学本身的特点也是一种因素。总体来说，科学是以同行的检查系统来运作的。当你的论文在有名的期刊上发表之前，它会被一组专家仔细评审——然后再决定是录用、是修改还是拒绝。一旦发表，它就是成立的，直到有人提供另外评审过的材料证明它不成立。你不需要为自己的观点辩护，也不需要开展一次公关活动，或者去诽谤那些不同意你的观点的人。不像社会科学，自然科学并没有主张和反驳这样的文化。举个例子，在 1931 年，一个批判相对论的小册子在德国发表了，它的名字叫"反对爱因斯坦的 100 个作者"。爱因斯坦的回复非常有名："要打败相对论，你不需要 100 个科学家的话语，而只需要 1 个事实。"

对于大部分职业科学家来说，"阿波罗计划是伪造的"这个观点跟事实如此不相符，以致他们无法将其当回事。去反驳这种站不住脚的观点实在是毫无意义，这就好像用法语谈论法国是否在一样。但是幸好，我是你的中间人，而我很乐意放下身段来回应那些否定者们。所以让我先打破常理，用一点时间介绍一些阴谋论者的常见观点，然后再去深入到那些最有趣的话题：比如在外太空我们究竟能发现什么？还有我们的下一段旅程将会去哪里？

如果阿姆斯特朗是第一个登月的人，那谁拿着相机拍他呢？

没人拿着。他们在登月小艇外面装了一个照相机。而且我要告诉你：如果 NASA 足够狡猾可以伪造整个登月计划，那么他们真的会疏忽到让一个摄影队来记录阿姆斯特朗从登月舱中走下来吗？而且如果斯坦利·库布里克真的是导演的话，他难道想不到这一点吗？

宇航员不可能安然无恙穿过范艾伦辐射带。

这里倒有一些有意思的科学原理。范艾伦辐射带是一个甜甜圈状的环绕着地球磁轴的带电粒子云。这个辐射带是由第一颗美国卫星"探索者 1 号"于 1958 年发现的。它的形成，是由于太阳风和宇宙射线中的高能质子和电子，正好被地球磁场捕获。它是由美国物理学家詹姆斯·范·艾伦（James Van Allen，1914-2006）设计的仪器所发现的，因此命名。对你来说，你可能更熟悉它的一种奇特现象：有时候地球磁场会受到干扰，带电粒子会被甩出范艾伦辐射带然后被抛向两极。当它们到达上层大气的时候，它们会碰撞气体分子使其发光，导致北极光和南极光的出现。

NASA 知道范艾伦辐射带的事；因为不管怎么样，那是他们发现了范艾伦辐射带。于是，TLI 燃烧（就是那次将阿波罗飞行器送入朝向月球的轨道的燃烧阶段）是把角度瞄准了范艾伦辐射带的上边缘而去的，并不是直直地从范艾伦辐射带中央穿过去的，回来的时候飞船是切着范艾伦带的下边缘回来的。在通过辐射带时，数个阿波罗宇航员都感受到眼内出现了闪光。有人一直持续监测着宇航员们受到的辐射量，而他们最后受到的辐射总量比造成辐射病所需的量要低 100 倍。

你无法在宇航员照片里看到星星。

这是因为登月都是发生在月球的白天，太阳光在头顶上呢。照片的曝光度是配合月球上的阳光，而不是配合相对暗淡的星空。同样地，如果一个航天局能伪造整个登月，那么忘了把星星给放上去就有点错到没边了。

你可以在一些影片中看到旗帜飘动，但是月亮上不是没有风吗？

这一点也不可疑，我们从牛顿第一定律知道物体都喜欢匀速做着自己的事情，直到有力过来干扰它。旗帜的环境中没有空气来减缓旗子运动，它在插好以后就会继续运动。

月亮岩石是 NASA 自己做的。

你这是在装傻吧。

## 与月球亲密接触

所以说，1969 年 7 月是我们第一次离开自己居住的行星，去探索我们最近的邻居月球的时间。我们马上就要看到，接下来的数十年又会有许多其他的太空冒险，比如我们会第一次回到月球，然后有可能拜访小行星，再毫无疑问地到火星以及更远的地方旅行。那么什么样的惊险旅程在等着我们呢？太阳系其他星球上有没有生命呢？星系里有没有其他文明呢？更远一些，可观察宇宙这个直径达 930 亿光年的暗色球体又有其他生命吗？[15]

老实说：当我们冲出地球轨道去探索太阳系和它以外的世界时，我们想要找到的东西并不是我们能带回来什么样的石头。我们描绘的画面更加像星际迷航一般，我们沉静地从一个恒星系统航行到另外一个，向那些穿着紧身太空服的、跟人类特别像的外星人传播智慧。但是我们有什么证据证明外星人确实存在呢？他们是什么样子的？像克林贡人那样的吗？像博格人那样的吗？现在我们可以提出科学中最迷人的问题之一，也就是著名的意大利物理学家恩里克·费米以如下形式提出来的问题："大家都去哪儿了？"

## 用面包屑做成的房子

今天早上当我送儿子去上学的时候，我最喜欢的 DJ 之一，伟大的克里斯蒂安·欧康奈（Christian O'Connell）在 Absolute FM 的早时段节目中主持节目。他想让一个听众帮他修一扇坏掉了的天窗，然后他又开始讨论为什么女人要把指甲油放在冰箱里，然后他问了一个问题，突然直接抓到了我心中那个物理学家的软处。你需要多少面包屑

15 因为宇宙还在扩张中，虽然它还（只有！）137 亿年之久，但是它的边缘已经在 470 亿光年之外了。在撰写本文的时候，我们看到的宇宙中最古老的东西是一个叫作 UDFy–38135539 的星系，由哈勃太空望远镜所发现，据说是以某人最喜欢的条码命名的。它发出的光经过 131 亿年才到达我们这里，但是这个星系本身距离我们有 300 亿光年。

才能做成一个房子呢?

在科学界,这样的问题被称为是费米问题。恩里克·费米自然是以他在辐射方面的研究而出名。你可能已经知道,比如说在1942年他在芝加哥大学足球场地下的一个地下室中建造了第一台核裂变反应堆,或者是他在与纳粹抢时间制造原子弹,并最终打败他们的曼哈顿计划中起到关键作用。但是你可能不知道,在物理学的世界里,费米以另外一个原因而闻名:他强大的估算能力。

费米喜欢提出一些轻松的科学问题。有名的例子包括一些脑筋急转弯,比如"你每一次深呼吸都会吸入凯撒最后呼出的一口气中的多少个原子",还有"芝加哥有多少个钢琴调音师"。[16] 解答它们不仅仅本身好玩,还能培养一种对物理世界的真实感觉。举个例子,目击者甚至会说,费米在1945年的新墨西哥州死亡之旅沙漠的"三一"试验场试爆第一颗原子弹时,他在看到第一次爆炸的闪光时就扔下一些小纸片,观察它们能被冲击波震出多远,从而精确计算出爆炸释放出来的能量。

回答费米问题的方法是:基于你已经了解的关于这个世界的知识,做出有根据的推测。比如说如果我问"赤道有多长",你就应该会先想起,飞越美国的话你会经过四个时区,而路程则大概是4830公里。所以每一个时区一定是1207公里宽,因为地球上有24个时区,那赤道就大约是24×1207=28968公里长。我知道!我知道:美国并不是位于赤道之上,也不是刚好4830公里宽;但是大概意思就是这样的。这个答案肯定跟正确答案差距在10倍以内,或者就像物

---

16 如果你想知道的话,你每次呼吸都会吸入大概凯撒最后一次呼气的一个原子,而芝加哥一共有大概100个钢琴调音师。

理学家所说的，在同一个数量级上。[17]

在 1950 年，飞碟的目击报告突然增多了。这样的事件从 1940 年开始就逐渐增多，而他们的描述都比较接近：发光的碟状太空船，大概跟人造飞行器大小差不多，很安静地高速飞行且并不留下任何飞机云。那个夏天，费米拜访了新墨西哥洛斯阿拉莫斯国家实验室，在那里核物理学家爱德华·泰勒（Edward Teller,1908-2003）正在研究氢弹的可行性。[18]当他、泰勒和其他两个人一起去吃午饭的时候，他们的话题转到了最近的飞碟报告、光速飞行的可能性以及费米不相信它们真的是外星人飞船的观点。

不管怎么样，费米推理说，如果外星人真的想要跟不幸的地球人玩"打了就跑"的游戏的话，他们就得找个方法到这里来，而它们的飞船需要特别快才能征服星际之间巨大的空间。泰勒的观点是，从当时算起十年内，可能有百万分之一的概率会出现超光速飞行的证据。而费米没那么悲观，他认为概率是十分之一。根据泰勒的说法，这个对话然后就转到了其他更世俗的话题，比如如何用核武器毁灭人类。[19]然后在午餐中间，费米突然凭空而出地问道："大家都去哪儿了？"

他的同事们马上理解了他指的并不是富勒宿舍餐厅空荡荡的样子。费米问了自己一个费米问题："外星文明存在的可能性有多大？"，

---

八堂极简科学课

17 事实上，我刚刚查了一下，赤道是 40076 公里长，所以我们的答案还是不错的。

18 氢弹是简单原子弹的进一步的形态。原子弹使用的是铀的连锁裂变反应来制造的一种爆炸装置。二战结束时扔到广岛和长崎的就是原子弹。另外来说，氢弹使用氢聚变以及铀裂变来制造一次巨型的爆炸。它是所有核弹头的基本蓝图：当我们说某个国家拥有了"核武器"的时候，我们指的是氢弹，或者是"H-bomb"，有时候又叫"热核弹"。

19 好吧，他并没有说这些。

然后被答案搞得非常迷惑不解。大致估计了一下星系中外星文明的数量以后，他认识到我们应该已经被拜访过很多很多次了。那它们在哪儿呢？[20]

## 寻找可能性

费米在阿拉莫斯给爱德华·泰勒的问题，已经成了寻找外星文明的里程碑之一，以至于它以"费米悖论"的名字臭名远扬。简单地说，这个悖论是这样的：假设地球和人类没什么特别的，智慧生命在宇宙中应该是常态。但是证据在哪儿呢？

对大部分人来说，认为人类是孤独的，简直是荒诞可笑的。夏夜时随便往天空上的群星看一眼——在我们自己的星系中就有约1000亿颗恒星，而在可观测宇宙中还有约1000亿个星系——如果认为我们在某个方面是独一无二的简直就是狂妄至极。实际上，非常可能在某处某种生物也跟我们一样，努力地付着账单，找着好的停车位，更不用说各种长相怪异、有着超级飞行器和毫不官僚的跨星际委员会的外星人。

但是他们在哪儿呢？常见的飞碟、麦田怪圈和小灰人都有着浓重的人工痕迹，以致不能当成智慧外星生命的确切证据。我们当然不能

---

20 好吧，你可能会说，但是你需要多少面包屑才能造出一个房子来呢？好吧，我要把我自己的房子造成一个正方体，有一个平顶、两面大内墙，和两个大内部楼板，一个在地面这层，还有一个是第二层的地板，所以整个房子是上四下四的结构。先假设房子是6米高，对我来说这挺合适的，因为我从我书房的窗户望出去就能看到这样的一栋房子。算上内部的楼板、房顶、两面内墙和四面外墙，再假设它们都是20cm（0.2m）厚，这就意味着我需要的建筑材料总量是 $9×6×6×0.2=64.8m^3$。假设普通面包屑是边长为2毫米的立方体，那么它的体积是8立方毫米，那所需的面包屑总量就是 $64.8/(8×10^{-9})=8.1×10^9$ 或者81亿。

八堂极简科学课

排除它们就是真的，但是直到我们收到某个独一份的证据之前——比如一个由某种天外合金制造出来的外视镜，或者是某种不涉及性交的近距离接触——我们还是得面对事实：就我们看到的东西而言，没人能下定论。而且，重点是，费米悖论并不只是关于几个飞碟的；我们就要看到，如果你计算过的话，那么你就会认为我们现在应该在市中心推挤着外星人前进了。所以大家在哪儿呢？

## 寻找外星智慧

在 1960 年，在阿拉莫斯费米与爱德华·泰勒著名对话后的十年，一个美国物理学家弗兰克·德雷克（Frank Drake）决定是时候去查明真相了。他的计划是用无线电望远镜瞄准具体的恒星来寻找天外文明的信号。想要让理论成立，他给自己提了以下这个费米问题：用我的无线电望远镜，我预期能接收到多少个外星人信号呢？

他用一个方程作为自己的答案，然后在西弗吉尼亚绿岸的国家无线电天文台第一届寻找外星文明（SETI）研讨会上发表了出来。从此它就被称为"德雷克方程"，但是它真的只是一个费米问题突然想出来的答案而已。写下来的时候它看起来有点恐怖，但是别灰心，因为我们马上就会知道，它实际上很直接，而且更重要的是，它可以扩展我们看待生命、宇宙和它可能包含（或可能没有）的生命形式的思维方式。公式如下：

$$N=N^*\times f_p\times n_e\times f_l\times f_i\times f_c\times f_L$$

我知道它看起来像从爱因斯坦的黑板上抄下来的东西，但是它真的只是一堆相乘的数字而已，更精确地说，两个数字（$N^*$ 和 ne）和五个分数（$f_p,f_l,f_i$ 和 $f_L$）。它的作用就是如果想要知道可能正在发射无线电信号的外星文明数量 N，你只需要算出星系中有多少恒星能够支持智慧生命。

## 如何计算外星人的数量

所以要算出 $N$——正在发射无线电信号的外星文明数量——我们先要知道星系中有多少恒星，$N^*$。嗯，为了得到德雷克方程的解，我采用的是比较保守的数字 1000 亿。目前的估计数字从 1000 亿到 4000 亿不等，所以我完全有权取上面那个数字。

下一步我们需要问自己，这 1000 亿恒星中有百分之多少——$f_p$——有行星呢？20 世纪 80 年代当我还在大学里时，我们还没有证据证明太阳系以外也有行星。这一切都在 1992 年因第一颗太阳系外行星的发现而完全改变了（或者说是前两颗外行星，因为它们都围绕着一颗名字很好听的中子星 PSR1257+12 公转）。从那之后几百颗行星又被发现了，而我们的最佳预测是，我们银河系中看到的恒星，50% 有行星。目前为止，我们有了 $N^*$=1000 亿以及 $f_p$=0.5。

我们已经知道了银河系中多少比例的恒星有行星，那么我们就需要进一步问：在这些有行星的恒星中，有多少行星是适宜居住的呢？顺便说一句，宜居一般是指这颗行星离它的恒星距离合适，可以支持液态水在其表面存在。生命也可以在行星的卫星上出现，所以我们的猜测也要考虑这一点。

我们确实有一些关于适宜居住的行星的数据，但是却不多。事实上，第一颗宜居的外行星在 2011 年 12 月才被发现。它围绕着一颗以发现它的 Kepler-22 太空望远镜命名的名字为 Kepler-22 的恒星运转，离地球约 600 光年。[21] 因为我们没有太多可参考的，所以看一下我们自己的太阳系也是不错的，因为这里地球、月球和火星都是一定程度上宜居的，而你肯定不会想去金星上建个度假屋，也不会想双休日去木星上玩一圈。一个太阳系中有一个宜居行星看起来比较悲观，而三个又觉得有点过了，所以我取的是 $n_e=2$：平均而言，对每一个有行星的恒星系来说，有两个星球可以支持生命的存在。

目前为止一切都好。接下来的取值就更棘手一些。在所有这些宜居的星球上，有多少行星上会产生生命？一个重要的线索是早期生命是如何在地球上扎根下来的。如果它很快就发展起来了，我们就可以预想生命是一个较为常见的因素。如果它需要一段时间才能发展起来，我们就可以猜想它是比较罕见的。生物学家基本上一致同意认为确切的生命的最初证据发现于西澳大利亚皮尔巴拉山的岩石中，在这里 35 亿年前蓝藻细菌大量存在于浅浅的海洋。

但是蓝藻细菌是一种较为先进的生命形式。那么最早的生命体是什么时候什么地点出现的呢？这个问题仍然是没有直接答案的，每一个人都有着自己支持的理论，从海底的热液喷口到淡水里的温暖水坑。在冰岛阿基里亚岛上一块 38.4 亿年前的古老石头有着似是而非的

八堂极简科学课

21 NASA 的开普勒望远镜通过监视恒星的亮度来寻找行星。当一个行星从它的母星前面经过时，它会导致到达望远镜的光的数量产生小的下降。还记得天津四，人类肉眼可以看到的最远的星星之一吗？它位于天鹅座，而望远镜指向的就是这个星座，部分因为这个区域有银河经过所以有很大量的恒星可以观察，部分因为指向这个方向也意味着太阳永远不会直射它。还有可以加分的是，你可能也会想要知道，这个望远镜是绕太阳而不是地球运转的，所以太阳系中的东西（行星、小行星、库伯带天体等等）不会挡它的道。如果你去谷歌上搜索"宜居行星目录"，你就能实时关注它发现的所有类地行星数量。在撰写本文之际，一共有 4 颗确认的，还有另外 23 颗待定候选。

生命痕迹，所以我就用这个作为生命开始日期吧。看到生命在地球上如此迅速地发展起来了，我会说在宜居星球上发展出生命的概率接近100%。所以我给 $f_l$ 的赋值，也就是宜居行星上产生生命的概率，是1。同样地，我们没有坚不可摧的理论做后盾，但是我感觉这个数量级是没错的。

好吧，差不多了。那么在这些有生命的星球上，有多少出现了智慧生命？这个时候我们的思绪随风飘荡着，几乎没有任何可用的事实。有人说智慧很稀有：不管怎么样，在地球上这么多物种中，我们有可能是唯一一个发展出了智慧的种族。然后也有人说进化一定是促进复杂性增加的，而智慧只是复杂生命体的一个副产物而已。我必须给它定个数，所以我就定个数，不是那么可能，但是也不是不可能的：$f_i$=0.001，或者换句话说，在有生命的星球上发展出智慧生命的概率是0.1%。

然后让我们继续解决德雷克公式里的下一项。在这些有智慧生命的星球中，它们的百分之几——$f_c$——会发展出一个可以通过无线电进行通讯的文明来呢？你的猜测跟我的猜测一样有可能是对的，但是对我来说如果你有智慧的话，你就应该会去探索宇宙的规律，而当我们人类开始认真对待科学以后，我们比较迅速地就得到了电磁理论。所以我还是会采用不太可能但是也不是不可能但是还是比智慧要更可能的方法：大约是 $f_c$=0.1 吧。

最后，我们必须试试猜一下 $f_L$，也就是发射无线电信号的文明持续时间在星系生命周期中占的比例。在这点上我是很乐观的。总有人宣称人类马上要毁灭，但是对我来说，一旦你达到了我们目前所在的程度的话，你就已经有了足够的科技和创造力来撑过几乎任何灾难。当然永远都会有小行星的威胁，比如说那一颗将恐龙直接扫出地球的小行星，但是它们似乎每1亿年左右才会光临一次，而我不认为我们能坚持发展那么长的时间。所以算上星系的年龄大概是 130 亿年，而文明的平均寿命是 1 万年，那么外星文明发射信号的时间所占比例就是 1 万 /130 亿。

现在我就可以算出我能探测到无线电信号的星星数量 N 了：

$N=N*\times f_p \times n_e \times f_l \times f_i \times f_c \times f_L$

$N=（100 \times 10^9）\times 0.5 \times 2 \times 1 \times 0.001 \times 0.1 \times（10000/5.5 \times 10^9）$

$N=18$

换句话说，在我们的星系中大概有 18 个外星文明正等着我们给他们打电话呢。

## E.T. 不给任何人打电话

那么目前为止我们学到了什么呢？首先，在我们目前的知识范围中，我们很难得到本星系中有通讯能力的外星文明的确切数量。但是，在一系列比较有根据的乐观猜测下，我们可以期待得到以十或百计的信号，而如果你相信智慧是比较常见的，文明也是长寿的话，数字还会更大。这个，或者跟这个差不多的东西，可能就是 1950 年恩里克·费米在阿拉莫斯做出的计算，而它就是费米悖论的核心。因为在 50 年的聆听以后，我们还没有发现任何人在家等着我们。

几乎如此。在 1977 年有一个"啊！"信号，当时一个叫杰里·R·俄曼（Jerry R.Ehman）的人在俄亥俄大学的大耳朵（Big Ear）无线电望远镜上工作，他探测到了一段 72 秒的来自射手座中一个点的无线电信号。可惜的是这个信号再也没有重复出现过，而随后用威力更强大的望远镜做的更多次的搜索都没有得到任何结果。而且，SETI 的搜索越来越复杂，而且现在依靠着世界上数量众多的射电望远镜持续地搜索着天空。事实上，多亏 SETI@home 计划，你那台笔记本现在也可以为寻找外星智慧计算一些数据了；我的电脑甚至在我打字的时候也在为 SETI 分析数据，而我也强烈建议你也把你的电脑拿来做这个事。

问题在于，星系数量是很大的。就算你相信在银河系中有上万个正在发送广播的文明，你还得从 1000 亿颗星星中找出它们来。更糟糕的是，外星人广播的频率也是个问题，更别提他们究竟是不是用无线电，还是比如说用激光或者伽马射线发送广播的。可能信号其实到处都是，但是我们找的地方是不对的。

不管怎么样，谁知道外星文明会不会发射任何信号，或者他们会不会符合我们对智慧的定义，或者在类地行星中居住的是不是碳基生命形式呢？如果他们完全不是生物学上的生命体呢？可能不可能他们先进到如此的程度，他们已经不再居住在物质宇宙中，而是喜欢把自己上传到一个自建的虚拟世界中然后整天玩卡丁车？

## 外星人都到哪儿去了？

对我而言，这是结束本书最好的话题。只要你想要解决星系中是否有智慧生命这个问题，我们就必须引用如此多伟大的发现，同时又必须对如此多还未做出的伟大发现充满信心。通过探索生命的起源我们可以描绘出它是如何在其他太阳系中的其他星球上扎根的；通过探索物质的起源我们可以保持着我们自己的能源供应，然后在某一天去拜访他们。虽然，就像我们学到的，对于我们这个物种来说，到达目的地从来都不是我们真正的目的。从最初那一小拨人离开非洲定居于旧和新世界开始，旅行才是我们真正的目的：感受探索未知带来的惊喜和震撼。

那我自己对于费米悖论的答案是什么呢？我当然有权改变自己的主意，但是这是我这个时刻的想法：我们是孤独的。首先，这个听起来有点悲观，但是它并不是。我的逻辑是：物理定律是一样的，不管你是住在 Kepler22b 上还是地球上。在太空中某一个被忽视的外星球上，雪花正在温柔地落下，海浪正在拍打着热带沙滩。火星和月球的惊人特征并不是它们有多么怪异，而是它们之间有多么相似，多么像比如说美国国家公园的某一个被人遗忘的角落。我们可能还没有在某个深深的月亮壕沟中或者火星上背阴的石头下找到微生物，但是外面有着无数类似的岩石行星，只要有一个水坑，40 亿到 50 亿年以及少量的闪电，在它们上面低级生命就非常有可能可以发展起来。

在我看来，生物可能是很常见的，但是智慧呢？说实话，我不知道我有没有完全理解这个概念。可能难以让人接受的是，进化并不关心你是不是可以完成《泰晤士报》上的填字游戏，它只关心你是不是可以把你的基因传递给你的后代。在这些方面，线虫就已经把我们完全打败了；它们已经在数量上大大超过了我们，可能 10 亿条线虫才能对上 1 个人。在生存方面，我们的智慧并不是多大的优势；有人可能说它实际上是一种残疾，因为我们有能力发明更多姿多彩的方法来毁灭自己。

对，我认为我们在星系中是孤独的，外星人不在这里，因为他们根本不存在。但是我不认为这是很压抑的，事实上，相反地，我觉得它非常有激励效果。因为，在我看来，星际迷航并没有错得太远。不管怎么样，我们人类是有外形特点的。就好像我们历史中发生过几次的一样，我们中的一小部分人会离家出走，出去探险。就跟达尔文的雀鸟一样，他们会传播到邻近的行星，同时在这样的过程中进化成新的类人物种。而可能有一天，从地球来的飞船可能会加入他们的旅行，为他们传播智慧，跟穿着紧身比基尼的他们眉目传情。我们就是博格人、克林贡人和罗米兰人。我们只是还没有出发呢。

# 扩展阅读

对于本书，如果我有任何期望的话，我希望它能够成为迷人的科普世界的入门书籍。下面让我为你介绍一些好东西吧……

## 一般性阅读

Bad Science by Ben Goldacre, Harper Perennial, 2009

Physics for Future Presidents: The Science Behind the Headlines by Richard Muller, W. W. Norton & Co., 2008

## 粒子物理

Dreams of a Final Theory: The Search for the Fundamental Laws of Nature by Steven Weinberg, Vintage, 1993

Surely You're Joking, Mr Feynman:Adventures of a Curious Character as Told to Ralph Leighton by Ralph Leighton, Richard P. Feynman and Edward Hutchings, Vintage, 1992

## 天体物理学和相对论

Relativity: The Special and the General Theory by Albert Einstein, Pober Publishing Company, 2010

Why Does $E=mc^2$?(And Why Should We Care?)by Brian Cox and Jeff Forshaw, De Capo, 2010

## 进化论

Your Inner Fish: The Amazing Discovery of Our 375-Million-Year-Old Ancestor by Neil Shubin, Penguin, 2009

Catching Fire: How Cooking Made Us Human by Richard Wrangham, Profile, 2010

## DNA

Genome: The Autobiography of a Species in 23 Chapters by Matt Ridley, Fourth Estate, 2000

What Mad Pursuit:A Personal View of Scientific Discovery by Francis Crick, Basic Books, 1990

## 烹饪

Cooking for Geeks: Real Science, Great Hacks and Good Food by Jeff Potter, O'Reilly Media, 2010

Molecules at an Exhibition: Portraits of Intriguing Materials in Everyday Life by John Emsley, Oxford Paperbacks, 1999

## 气候

The Weather Book: Why It Happens and Where It Comes From by Diana Craig, Michael O'Mara, 2009

The Little Ice Age: How Climate Made History 1300 − 1850 by Brian M. Fagan, Basic Books, 2001

## 航空和外星人

How Spacecraft Fly: Spaceflight Without Formulae by Graham Swinerd, Springer, 2008

The Eerie Silence: Searching for Ourselves in the Universe by Paul Davies, Penguin, 2011

# 致谢

首先必须感谢 hhb 文学代理公司的艾丽·詹姆斯（Elly James），她在 5 年前听到我在第四电台喋喋不休地讨论物理以后，就给我打了电话，以极尽谄媚之能事来鼓动我，使我最终同意把这些有意思的科普题材写成书。同样要感谢利特尔布朗（Little，Brown）出版社的卓越出版人安东尼娅·霍奇森（Antonia Hodgson），她对这本书抱着始终如一的热情，而且对它的将来有着清晰的愿景。同样也要向汉娜·布斯奈尔（Hannah Boursnell）、萨利·雷（Sally Wray）、希里亚·雷维特（Celia Levett）和所有在利特尔布朗的团队致意，同时也向在 hhb 文学代理公司一直支持我的希瑟·霍登·布朗（Heather Holden-Brown）和罗布·丁斯代尔（Rob Dinsdale）致意。

若没有这些非常优秀的老师，我永远也不可能写出任何有关科学的东西：维拉斯顿小学的巴利（Bailey）老师；南特维奇梅班克中学的克拉克（Clarke）老师，基（Gee）老师，罗伯茨（Roberts）老师和戴维斯（Davies）老师；剑桥圣凯瑟琳学院的戴维斯（Davies）博士和谢克谢夫特（Shake shaft）教授；卡文迪许物理实验室的佩珀（Pepper）教授。若书中有错误就是我犯下的，所有的启发都是他们给的。也要多谢汤姆·海恩（Tom Haine），现在已经是海恩教授了，他一直都是我仰慕的对象，在我们一起读本科的时候，他也是我求教格林函数解法的对象。

我想要感谢《泰晤士报》的詹姆斯·哈丁（James Harding）鼓励我为科学而进行写作，我也想要向《Eureka》杂志的盖尔斯·维特尔（Giles Whittell）、大卫·爱德华兹（David Edwards）和大卫·雷伊（David Reay）以及杂志的所有工作人员表达我的谢意，让我可以发表专栏文章，在这个过程中也让我每月都可以抢先读到全国各大报纸最精彩的科学文章。

我向所有帮助我成稿的每一个人致以深深的谢意。杰克·沙德尔（Jack Sandle）阅读了我的前两课，那充满激情的评论正是我当时需要的，乔宾娜·哈迪（Jobina Hardy）是在生物学课我上不可或缺的研究同伴和思想碰撞者，而苏西·麦克林托克（Suzy McClintock）帮我生成图表，她还把我关在房子里，直到我画完那些插图为止。

我也感谢那些能用老练的眼光阅读我文章的专家。伊恩·斯特兰奇维斯（Ian Strangways）博士纠正我关于测量温度的一些基本错误，而气象局的米歇尔（Mitchell）教授帮助我避免了一些气象学上的令人惭愧的错误。此外，卡伦·布朗（Caren Brown）纠正了一些数学上的错误，还有弗兰西斯·阿斯特利－琼斯（Frances Astley-Jones）帮我指出生物课中一些低级的错误。

我也很幸运能第一手接触到许多伟大的科学机构。气象局的戴夫·布里顿（Dave Britton）很友好地邀请我到哈德利中心去看气候的计算机模型；我衷心感谢他以及莎拉·荷兰（Sarah Holland）为我提供了许多帮助和建议。

为了我在第四电台的系列节目《我的伟大粒子冒险》（My Great Big Particle Adventure），欧洲核子研究理事会（CERN）的员工带我参观了大型强子对撞机，也让我有机会接触到粒子物理学界的领军者们；我感谢所有贡献出他们时间的人，但是我需要特别提到约翰·埃利斯（John Ellis），他对希格斯场和弦理论的解释非常浅显易懂。我也在制作BBC2地平线的 One Degree 节目时有幸参观了 JET 聚变实验室，我非常感谢他们回答我关于核聚变前景的问题，也感谢他们确保我没有碰到任何按钮。

其他的感谢都是比较私人的。杰西卡·帕克（Jessica Parker），我的伴侣，在无数个赶着写稿的夜晚，都是她独自支撑起我们这个家庭，我无比感激她，并且答应一定要补偿她。我的母亲玛丽安（Marion）、我的姐妹布朗文（Bronwen）和莉亚（Leah）以及我的侄子和侄女比利

（Billy）、裘德（Judy）、贝丝（Beth）和迪伦（Dylan）经常给我爱和支持。布鲁斯·麦凯（Bruce McKay）、欧·帕克（Ol Parker）、罗布·布拉特比（Rob Bratby）、斯蒂芬·克里（Steven Cree）、杰斯·巴特沃斯（Laz Butterworth）和皮埃尔·康度（Pierre Condou）一直都是我的坚实盟友。亚历山大·阿姆斯特朗（Alexander Armstrong）几乎大半辈子都在听着我絮叨科学上的轶事，我在这里正式向他道歉。我也要正式感谢他让我每天都充实地进行着娱乐事业。

　　说到工作，没有《独立报》（Independent）的莎米拉·海娜（Samira Higham），以及在托夫媒体（Toff Media）公司和帽子戏法（Hat Trick）工作室的吉米·穆威尔（Jimmy Mulville）以及所有同事，我也不会顺利地进行这个行业的工作。我要感谢约瑟芬·格林（Josephine Green），我那精明能干的私人助理，还有我的助手金·里德（Kim Read）的付出，没有他们，我也不可能在写书的时候，还能撑着在瓜德罗普岛拍摄《天堂岛疑云》。我的好朋友伊莫根·爱德华兹－琼斯（Imogen Edwards-Jones）一直都为我提供文字方面的建议，她甚至为我提供了可以抛开世俗和浮躁，静心写作的场所。我也要感谢大卫·米歇尔（David Michelle）和布莱恩·科克斯（Brian Cox）愿意抽时间阅读我的初稿，并为我提供了适当的引用文句——当我觉得他们两人会信手拈来这些，并向他们求教时。

　　最后，我想要感谢所有创作了持久不衰的科普作品以鼓励着后来者的科学家。卡尔·萨根的《宇宙》，雅格布·布洛诺夫斯基的《科学进化史》，史蒂芬·霍金的《时间简史》都点燃了我那幼小的想象力，而大卫·阿滕伯勒和布莱恩·科克斯那无可匹敌的BBC系列都帮助了我们，不仅仅把科学变得更平易近人了，而且同时也揭示了它的壮丽。

　　最后但绝对同样重要的，我想要感谢NASA登上了月球。

2012年5月

# 图片出处

**图书在版编目（CIP）数据**

八堂极简科学课 ／（英）本·米勒著；金立峰，陈
青石译. -- 北京：北京联合出版公司，2017.8（2018.1重印）
ISBN 978-7-5596-0758-4

Ⅰ．①八… Ⅱ．①本… ②金… ③陈… Ⅲ．①科学知
识－普及读物 Ⅳ．①Z228

中国版本图书馆CIP数据核字(2017)第180470号

著作权合同登记 图字：01-2017-4903号

It's not Rocket Science by Ben Miller
Copyright © Ben Miller, 2012
First published in Great Britain in 2012 by Sphere, an imprint of Little, Brown Book Group.
This Chinese language edition is published by arrangement with Little, Brown Book Group, London.
中文简体字版©2017北京紫图图书有限公司
版权所有 违者必究

## 八堂极简科学课

项目策划　紫图图书 ZITO®
监　　制　黄 利　万 夏
作　　者　[英]本·米勒
译　　者　金立峰　陈青石
责任编辑　杨 青　夏应鹏
版权支持　王香平
装帧设计　紫图图书 ZITO®

北京联合出版公司出版
（北京市西城区德外大街83号楼9层　100088）
北京嘉业印刷厂印刷　新华书店经销
180千字　710毫米×1000毫米　1/16　15印张
2017年8月第1版　2018年1月第2次印刷
ISBN 978-7-5596-0758-4
定价：49.90元